古典詩歌研究彙刊

第十輯

龔鵬程 主編

第 17 冊

王昶詞學研究

林友良 著

國家圖書館出版品預行編目資料

王昶詞學研究／林友良 著 — 初版 — 新北市：花木蘭文化出
版社，2011〔民 100〕

目 4+226 面；17×24 公分

（古典詩歌研究彙刊 第十輯：第 17 冊）

ISBN 978-986-254-590-4（精裝）

1.（清）王昶 2. 清代詞 3. 詞論

820.91 100015360

ISBN-978-986-254-590-4

古典詩歌研究彙刊

第十輯 第十七冊 ISBN：978-986-254-590-4

王昶詞學研究

作　　者	林友良
主　　編	龔鵬程
總 編 輯	杜潔祥
出　　版	花木蘭文化出版社
發 行 所	花木蘭文化出版社
發 行 人	高小娟
聯絡地址	新北市永和區中正路五九五號七樓
	電話：02-2923-1455 ／傳眞：02-2923-1452
網　　址	http://www.huamulan.tw 信箱 sut81518@gmail.com
印　　刷	普羅文化出版廣告事業
初　　版	2011 年 9 月
定　　價	第十輯 20 冊（精裝）新台幣 28,000 元

王昶詞學研究

林友良 著

作者簡介

林友良，1979 年生，雲林麥寮人。東吳大學中國文學系碩士，現為台北市立教育大學中國語文學系博士候選人、國立台北商業技術學院附設高商進修學校國文教師。曾任國立台北商業技術學院通識中心、東吳大學中文系、台北市立教育大學中語系兼任講師。撰有碩士論文《王昶詞學研究》，單篇論文〈東坡雜體詞研究〉、〈譚獻《篋中詞》淺探〉等。

提　　要

　　本文首先考察王昶之生平背景，從其著作、交游、師承等多方角度進行分析，了解王昶個人經歷及其與當代詞壇交流概況。其次，分就論詞、填詞、選詞、改詞等面向，逐一論述其詞學成就。詞學批評方面，自詞籍序跋中所見詞學文獻，探究其論詞宗旨與實際批評內容；詞篇創作方面，以羈旅抒懷、山水田園、題畫詠物等主題概括其詞作風格；詞選刊刻方面，係綜合王氏所編《明詞綜》、《國朝詞綜》、《國朝詞綜二集》等詞選，分就版本體例、編纂動機、成書背景、選詞標準及特色、價值與影響，予以論述。至於王昶編纂詞選時，屢見擅改原詞情事，則藉由闡述詞壇所見改詞現象，探討王氏改易詞作之動機與背景，更以《明詞綜》為例，結合其詞學理念，試圖歸納詞作改易類型，以及對後世產生之影響。末則總結王昶之詞學貢獻及其在清代詞壇之地位與影響。

目

次

第一章　緒　論

第一節　研究動機與現況

　　王昶（1725～1806），字德甫，號述庵，一號蘭泉，江蘇青浦（今
上海市青浦區朱家角鎮）人，身歷清代雍正、乾隆、嘉慶三朝。年少時
曾與錢大昕、王鳴盛、曹仁虎、趙文哲、吳泰來、黃文蓮等六人同在沈
德潛門下，有「吳中七子」〔註1〕之稱；七人博涉經史，精擅文學。如
王昶輯有《金石萃編》，乃一部整理石刻文字和銅器銘文之金石學鉅作；
撰有詩文選集《湖海詩傳》及《湖海文傳》，以收錄當代詩文作品為主，
而歷來以王昶為研究對象者，亦多探討其詩學與金石學成就。〔註2〕實

〔註1〕王昶等七人以治經史、詩學著稱。沈德潛曾選輯《吳中七子詩選》，
　　　遂有「吳中七子」之名。
〔註2〕詩學如林秀蓉撰：〈王昶詩論探研〉，《輔英學報》第 14 期，1994 年
　　　12 月，頁 237～244。金石學如顧吉辰撰：〈王昶和他的《金石萃編》〉，
　　　《固原師專學報（社科版）》，1999 年第 1 期（總 68 期），頁 31～37。
　　　范茂震撰：〈名碑鼎文宛見古物──王昶與《金石萃編》〉，《美術之
　　　友》，1994 年第 2 期，頁 41～42。王慧華《王昶的文學文獻學研究》
　　　（華東師範大學碩士論文，2006 年）即呈現王昶於編纂《湖海文傳》、
　　　《湖海詩傳》、《青浦詩傳》、《明詞綜》、《國朝詞綜》等文學選集之
　　　體例及特色、文獻價值，並藉以印證其文學思想，並綜述其文獻學成
　　　就。本論文完成後，陸續有黃治國：〈王昶詩學思想淺探〉，《齊齊
　　　哈爾師範高等專科學校學報》，2010 年 1 期。王玉媛：〈論清代格調

則王氏於詞學著作方面，有《琴畫樓詞》四卷、《琴畫樓詞鈔》、《練川五家詞》、《西崦山人詞話》、《明詞綜》、《國朝詞綜》、《國朝詞綜二集》等書，其中詞話並未刊刻行世；而尤爲重要者，莫過於王昶所編訂之系列詞選——《明詞綜》、《國朝詞綜》、《國朝詞綜二集》。

嚴迪昌先生於《清詞史》一書中嘗云：「乾隆前期厲鶚以及中期這派近乎寒蟲之鳴的吟唱，很不爲高層次的文士們所欣賞。浙派的地位被推舉，要到王昶手中才再次獨尊」，〔註3〕又云：「早年名列『吳中七子』的王昶後來名高位重，聲氣廣通。所以在鼓動浙派詞風，溝通各個詞人群的聯繫等方面起的作用特大。王昶可以說是浙派全盛期的一個總結性人物」。〔註4〕究竟王昶與各地詞人群體互動情形爲何？值得深入探究。儘管王昶於浙派佔有舉足輕重之關鍵地位，卻因詩名掩蓋詞名，徵諸詞學史及清詞著作等相關研究論述，亦遠不及其他浙派詞家翔實。

環顧國內及大陸以清代浙西詞派爲研究領域者，有張少眞《清代浙江詞派研究》（東吳大學中國文學研究所碩士論文，1976 年）、楊麗珠《清初浙派詞論研究》（臺灣師範大學國文研究所碩士論文，1982 年），相關研究如沙先一《清代吳中詞派研究》（北京：人民文學出版社，2004 年）；以浙西詞家作爲研究對象者，如權寧蘭《朱竹垞詞研究》（臺灣師範大學國文研究所碩士論文，1985 年）、曾純純《朱彝尊及其詞研究》（淡江大學中國文學研究所碩士論文，1991 年）、蘇淑芬《朱彝尊之詞與詞學研究》（臺北：文史哲出版社，1986 年）、

派副將王昶〉，《廈門教育學院學報》，2009 年 4 期。此外，涉及王昶生平者，有黃蕙菁：《清前期江蘇青浦縣圓津禪院與士人網絡的關係》（國立清華大學歷史研究所碩士論文，2008 年），此書以《圓津禪院小志》呈現青浦文士互動概況，王昶與圓津禪院之關係，且指出《圓津禪院小志》收錄詩篇改易現象。

〔註 3〕嚴迪昌撰：《清詞史》（南京：江蘇古籍出版社，1999 年 8 月第 2 版 2 刷），頁 355。

〔註 4〕嚴迪昌撰：《清詞史》，同前注，頁 363。

徐照華《厲鶚及其詞學研究》（中國文化大學中國文學研究所博士論文，1995 年）、司徒秀英《清代詞人厲鶚研究》（香港：蓮峰書舍，1994 年）、柯雅芬《郭麐詞論研究》（政治大學中國文學研究所碩士論文，1994 年）、曾亞梅《吳錫麒詞及詞學研究》（靜宜大學中國文學研究所碩士論文，2005 年）等，於浙派重要詞家朱、厲、吳、郭等均已涉及，研究成績可謂粲然大備，然而以王昶於詞學之貢獻，卻僅見概述而已，至今尚乏專文研究，豈非遺憾！〔註5〕

　　再者，自朱彝尊輯《詞綜》以後，開啓以「詞綜」爲名之一系列歷朝詞選，如王昶輯有《明詞綜》、《國朝詞綜》、《國朝詞綜二集》；嘉慶以後，又有黃燮清《國朝詞綜續編》、丁紹儀《國朝詞綜補》、林葆恒《詞綜補遺》等，各家不遺餘力，續補《國朝詞綜》，至此形成一完整詞選體系。此一系列「詞綜」詞選之中，王昶實居承先啓後之關鍵角色，然學者多以朱彝尊《詞綜》爲研究重點，如于翠玲《朱彝尊詞綜研究》〔註6〕結合文獻學，研究《詞綜》之地位與價值。而符櫻《清代詞綜系列研究》〔註7〕一書雖談及王昶《國朝詞綜》、《國朝詞綜二集》，卻因綜述清代詞綜系列選本之整體特色與影響，未能對照王氏詞學背景，進行個別作家、作品之深入闡述，可謂大醇而小疵。其他論及王昶詞選者，如舍之〈歷代詞選集敘錄〉〔註8〕及王學泰《中國古典詩歌要籍叢談》，〔註9〕則多屬短篇簡介。

〔註5〕自本論文完成後，專論王昶詞學思想及詞集者，裴風順撰《王昶詞及詞集研究》（華東師範大學碩士論文，2009 年），其中如《紅葉江村詞》考辨、《明詞綜》與《西崦山人詞話》聯繫，及附錄〈王昶家族關係圖〉、《《西崦山人詞話》校箋〉等部分，均可資參考。單篇論文有朱惠國：〈從王昶詞學思想看中期浙派的新變〉，《中山大學學報（社會科學版）》，2009 年 4 期。涉及王昶所處當代詞風者則有陳水雲：〈乾嘉學派與清代詞學〉，《文藝研究》，2007 年 5 月。

〔註6〕于翠玲撰：《朱彝尊《詞綜》研究》（北京：中華書局，2005 年 7 月）。

〔註7〕符櫻撰：《清代詞綜系列研究》（武漢大學文學院碩士論文，2004 年 5 月）。

〔註8〕舍之撰：〈歷代詞選集敘錄〉，收於《詞學》編輯委員會編：《詞學》第五輯（上海：華東師範大學出版社，1986 年 10 月），頁 262～

故就前人研究成果觀之，王昶明、清二代《詞綜》實有賴具說分論、總說統整，庶得完備。

　　此外，王昶詞選中屢見改易前人詞句之現象，亦頗值得觀察研究，趙尊嶽〈旅堂詩餘跋〉云：

> 《明詞綜》選〈滿江紅〉(走馬歸來)一首，詞句迥異。「人如昨」作「回首處」，「舊國重尋」兩句作「久客不知家遠近，重來卻怪人驚顧」，「那是遼陽」兩句作「惆悵遼東丁令鶴，當年華表誰爲主」，「去來兮」作「但相逢」，不知何據也。〔註10〕

趙氏以《明詞綜》與胡介原詞字句相較，發現相異處竟達四句以上，僅止於存疑而已，不妄加評斷。事實上，近來學者已公認王昶選詞內容迥異原詞之現象，乃出自個人擅改，如王兆鵬校點《明詞綜》〔註11〕時，於〈出版說明〉指出王昶選詞，常常擅改原作。張仲謀《明詞史》〔註12〕不但介紹《明詞綜》編選特點，同時深刻分析王昶改易動機。鄭誼慧〈王昶詞學思想及其《明詞綜》探析〉〔註13〕一文結合王昶論詞內容及其《明詞綜》編纂特色，亦述及詞篇改易現象。至於專文探討此種改易現象者，則有葉曄〈清代詞選集中的擅改原作現象——以《明詞綜》爲中心的考察〉〔註14〕一文，舉王昶《明詞綜》爲例，探

264。

〔註9〕 王學泰撰：《中國古典詩歌要籍叢談》(天津：天津古籍出版社，2004年7月)，頁671～673。

〔註10〕趙尊嶽撰：〈旅堂詩餘跋〉，《明詞彙刊》(上海：上海古籍出版社，1992年7月)，頁230。

〔註11〕〔清〕王昶輯、王兆鵬校點：《明詞綜》(瀋陽：遼寧教育出版社，1997年3月)。

〔註12〕張仲謀撰：《明詞史》(北京：人民文學出版社，2002年2月)，頁363～367。此外，另撰〈《明詞綜》研究〉，收入《中華文史論叢》總第78輯(上海：上海古籍出版社，2004年10月)，頁262～274。

〔註13〕鄭誼慧撰：〈王昶詞學思想及其《明詞綜》探析〉，《東方人文學誌》第3卷第1期，2004年3月，頁121～136。

〔註14〕葉曄撰：〈清代詞選集中的擅改原作現象——以《明詞綜》爲中心的考察〉，《中國文化研究》，2006年春之卷，頁109～116。

討清初以來詞選改易原作現象，雖已集中析論其改易類型，亦尚未深究改詞現象與王昶詞學之關係。

近年來，專文探討詞篇擅改現象與詞家詞學背景關係者並不多見，如趙修霈〈戈載「就詞制韻、因韻改字」的詞學理論與實踐〉〔註15〕即結合戈載詞學批評及其「改韻」現象。而王兆鵬、姚蓉〈作品意義的展現與作家意圖的遮蔽──以陳子龍〈點絳脣・春日風雨有感〉爲例〉〔註16〕則藉王昶輯《陳忠裕公全集》與《倡和詩餘》版本差異處，分析其擅改現象與影響。是以若能藉由檢視並歸納詞篇改易模式，且相應於詞學審美理念之方式，或可爲詞學研究開拓嶄新之途徑。〔註17〕

第二節　研究方法與步驟

本論文旨在呈現王昶詞學成就，研究範疇約有四端：其一，考察王昶生平及其詞壇交游；其二，闡釋王昶詞論及其詞作特色；其三，綜述王氏詞選編纂與詞學實踐；其四，歸納詞篇改易類型與詞學目的。以下將研究方法與步驟，略述如後：

一、考察王昶生平及其詞壇交游

王昶生平資料豐富，本文除參考嚴榮所撰《述庵先生年譜》外，並參酌其他傳記史料，如管同〈資政大夫刑部右侍郎致仕王公行狀〉

〔註15〕趙修霈撰：〈戈載「就詞制韻、因韻改字」的詞學理論與實踐〉，《東方人文學誌》第 2 卷第 1 期，2003 年 3 月，頁 109～131。

〔註16〕王兆鵬、姚蓉撰：〈作品意義的展現與作家意圖的遮蔽──以陳子龍〈點絳脣・春日風雨有感〉爲例〉，《南開學報（哲學社會科學版）》，2004 年第 6 期，頁 1～6。

〔註17〕自本論文完成後，有劉婷婷《王昶《明詞綜》與《國朝詞綜》研究》（浙江大學碩士論文，2009 年），其中亦對王昶詞選中「異文情況」詳加論述，亦可資參考。單篇論文尚有，閔豐：〈清初清詞選本中的異文形態與詞學流變〉，《詞學》18 輯，2007 年 12 月，頁 114～158。王學軍：〈宋詞異文探微〉，《文教資料》，2010 年 18 期，頁 32～36。

〔註 18〕、盧文弨〈贈資政大夫大理寺卿王公墓誌銘〉〔註 19〕、秦瀛〈刑部侍郎蘭泉王公墓誌銘〉〔註 20〕、阮元〈誥授光祿大夫刑部右侍郎王公昶神道碑〉〔註 21〕、江藩《漢學師承記》〔註 22〕、李元度《清朝先正事略》〔註 23〕、支偉成《清代樸學大師列傳》〔註 24〕、徐世昌纂《清儒學案小傳》〔註 25〕、《文獻徵存錄》〔註 26〕、《國朝詩人徵略初編》〔註 27〕、《國史列傳》〔註 28〕、《清代七百名人傳》〔註 29〕、《國朝耆獻類徵初編》〔註 30〕、《清史列傳》〔註 31〕、《清史稿》〔註 32〕、《青

〔註 18〕〔清〕管同撰：《因寄軒文初集》，《續修四庫全書》本（上海：上海古籍出版社，2002 年 3 月），冊 1504，卷八，頁 11。以下所據《續修四庫全書》均係此本，不另註明版本項。

〔註 19〕〔清〕盧文弨撰、王文錦點校：《抱經堂文集》（北京：中華書局，2006 年 6 月，第 2 刷），卷三十三，頁 435。

〔註 20〕〔清〕秦瀛撰：《小峴山人詩文集》，《續修四庫全書》本，冊 1465，卷五，頁 38～40。

〔註 21〕〔清〕阮元撰：〈誥授光祿大夫刑部右侍郎王公昶神道碑〉。見〔清〕錢儀吉纂錄：《碑傳集》卷三十七，收錄於周駿富輯：《清代傳記叢刊》（臺北：明文出版社，1985 年 10 月），冊 108，頁 243～251。以下所據《清代傳記叢刊》均係此本，不另註明版本項。

〔註 22〕〔清〕江藩撰：《漢學師承記》卷四，《清代傳記叢刊》本，冊 1，頁 89～102。

〔註 23〕〔清〕李元度撰：《清朝先正事略》卷二十〈王蘭泉侍郎事略〉，《清代傳記叢刊》本，冊 192，頁 702～705。

〔註 24〕支偉成撰：《清代樸學大師列傳》（長沙：岳麓書社，1998 年 8 月），頁 264～267。

〔註 25〕徐世昌撰：《清儒學案小傳》卷九〈蘭泉學案〉，《清代傳記叢刊》本，冊 6，頁 217～227。

〔註 26〕〔清〕錢林輯、〔清〕王藻編：《文獻徵存錄》卷九，《清代傳記叢刊》本，冊 11，頁 582。

〔註 27〕〔清〕張維屏輯：《國朝詩人徵略初編》卷三十六，《清代傳記叢刊》本，冊 22，頁 219～229。

〔註 28〕東方學會編：《國史列傳》卷六十三，《清代傳記叢刊》本，冊 37，頁 311～315。

〔註 29〕蔡冠洛編纂：《清代七百名人傳》，《清代傳記叢刊》本，冊 196，頁 362～364。

〔註 30〕〔清〕李桓輯：《國朝耆獻類徵初編》卷九十二，《清代傳記叢刊》本，冊 145，頁 891～928。

浦縣志》〔註33〕等，呈現王昶家世、經歷之梗概，期能收「知人論世」之效。其次，略述王昶個人著作及其《青浦詩傳》、《湖海詩傳》、《湖海文傳》等以「傳」為名之詩文選集。至於《明詞綜》、《國朝詞綜》等詞選，屬本文探討重點，故另撰專章論述。再者，就其所處詞壇概況、詞學師承淵源及與當代詞家交游等，逐一探究，以便窺知其詞學思想背景，及與乾嘉詞壇、詞人之互動情形。

二、闡釋王昶詞論及其詞作特色

　　王昶雖有詞話專著《西崦山人詞話》稿本，然世所罕知，今藏於上海圖書館，取得不易。〔註34〕若逕以《明詞綜》、《國朝詞綜》二書中輯錄之詞話為立論依據，則乃雜糅詞選所收之各家詞評論述而成，不足以代表王氏個人評詞心得。〔註35〕故本文僅就其別集中所見論詞序跋為主，兼及〈淨名軒遺集序〉、〈刑部員外郎汪君墓志銘〉等零星涉及評詞文獻，分析其論詞宗旨與詞學理念，冀能彌補未能取得詞話之憾。

　　此外，有鑑於王昶《琴畫樓詞》詞篇達三百餘闋，創作量雖豐富，然詞名卻未顯於世。故本文以陳乃乾所輯《清名家詞》為底本，就其

〔註31〕國史館原編：《清史列傳》卷二十六，《清代傳記叢刊》本，冊99，頁203～206。

〔註32〕趙爾巽等撰：《清史稿》卷三○五，《清代傳記叢刊》本，冊91，頁225～226。

〔註33〕〔清〕陳其元等修、熊其英等纂：《青浦縣志》，光緒五年刊本影印本（臺北：成文出版社，1970年5月），卷十七，頁16～17。

〔註34〕本論文完成後，稿本經彭國忠整理發表於《詞學》21輯，2009年6月，頁285～305。此外另撰文探討其詞學思想，見彭國忠：〈論王昶詞學思想——以稿本《西崦山人詞話》為論〉，南京大學文學院，兩岸三地清詞學術研討會，2008年10月。《西崦山人詞話》共二卷，此書隨筆紀錄詞人佚事，馮登府跋「述庵詞當是纂《詞綜》時所輯」，與《明詞綜》中詞人小傳相同或類似的多達四十幾處，可見裴風順《王昶詞及其詞集研究》，華東師範大學碩士論文，2009年4月，頁46～49。

〔註35〕王昶個人評語僅《明詞綜》卷五引《青浦詩傳》評施紹莘、莫是龍二則。

主題內容，以「羈旅抒懷」、「山水田園」、「詠物題畫」為範疇，舉若干詞篇為例，品評鑑賞，以呈現其詞篇風格趨向。

三、探究詞選編纂及其詞學實踐

王昶晚年輯《明詞綜》十二卷、《國朝詞綜》四十八卷、《國朝詞綜二集》八卷等，選錄明、清二代詞人詞篇，雖可視為各自獨立之斷代詞選，然既系出同源，皆成於王昶之手，則宜整合觀察，以明王昶選詞趨向與詞學理念之實踐。而其《琴畫樓詞鈔》二十五卷、《練川五家詞》〔註36〕等詞學總集，不乏當代師友之詞，可視為清代詞籍初步整理成果，將一併討論。

首先，筆者就文本外圍問題，如版本概況與編輯體例加以探討，並檢視其編纂謬誤疏失之處。其次，考察其編纂動機與刊刻背景，以詳其成書經過。復就選詞特色等進行歸納分析，探究王昶詞學主張及其詞選之實踐。最後，針對後人批評與輯補、選本文獻價值與詞學地位等，予以客觀說明，以見王氏編纂詞選之貢獻。

四、歸納改詞模式及其詞學意義

前人於詞學理論之探究，多半以詞話著作為主，或輔以詞選編詞籍評點、序跋、論詞絕句等文獻，亦有藉詞選編纂標準與入選特色，觀察其人審美傾向及詞論之實踐。然明、清以降，不僅詩選屢遭改易，詞選亦然，若能就選家之「改易」入手，分析改易詞篇目的與類型，亦可證其創作與鑑賞眼光。本文首先探析詞壇所見詞篇「改易」現象，釐清「改易」於詞學之意義，並就時代、師承及個人習性等，分析王昶改易詞篇之成因與背景。其次，以《明詞綜》為例，界定其擅改詞篇範圍，大規模進行比對。選家改易詞句背後動機與操作模式，實能間接反映個人創作理念，故經分析歸納，當可與王昶詞學內容相互發

〔註36〕吳熊和、嚴迪昌、林玫儀合編：《清詞別集知見書目彙編・見存書目》（臺北：中國文哲研究所籌備處，1997年6月）。

明。以下分就五點說明筆者進行歸納時之取擇原則：

（一）以《明詞綜》原刻本為底本，取《全明詞》所收詞集作為比校對象，〔註37〕不另一一回溯詞集原刻本。再者，為避免資料繁雜冗長，凡未能凸顯其改易動機與類型，且改易處僅一、二字者，均不列入正文，以省篇幅。

（二）排除文獻流傳過程中形成之異文，如古今字、異體字、通假字、形近訛誤等影響判別之因素，不在討論之列。

（三）由於王昶《明詞綜》除卷十標注選自某詞選外，其餘詞篇未詳其來源，若逕取《全明詞》校對，則其改易處恐怕係出於其他詞選之手，故仍取《明詞綜》以前之詞選進行比對，期能排除非王昶改易之詞句，還原改易真相。

（四）詞篇出自各詞選無別集可供校對者，一律置於各節正文之後，以資佐證。而女性詞人部分，本文僅取改動一句以上之詞篇，以表格呈現其改易面貌。

第三節　研究目的與預期成果

清代詞學之研究，至今已成績粲然，然大多偏重清初或清末。至於乾隆一朝，則除厲鶚、鄭燮、蔣士銓、黃景仁等詞壇名家外，罕見專文論述。故本文欲以王昶詞學之研究，觀察其人於詞學之貢獻，包括詞籍序跋中所見詞論內容，以及詞篇之創作特色、詞選編纂成就

〔註37〕儘管《全明詞》尚待訂補處不少，如張仲謀撰：〈《全明詞》補輯〉（2004年 11 月）、王兆鵬、吳麗娜撰：〈《全明詞》的缺失訂補〉（《中國文化研究》2005 年春之卷，頁 123～130）、陸勇強撰：〈《全明詞》疏失舉隅〉（《學術研究》2005 年第 7 期，頁 133～138）、王兆鵬、胡小燕撰：〈《全明詞》漏收 1000 首補目〉（《上海大學學報（社科版）》第 12 卷第 1 期，2005 年 1 月，頁 5～11）、余意撰：〈《全明詞》漏收 1050 首補目〉（《上海大學學報（社科版）》第 13 卷第 1 期，2006年 1 月，頁 75～83）等文補錄詞篇甚多。《全明詞補編》（杭州：浙江大學出版社，2007 年 1 月）亦應運而生，然經查均與《明詞綜》無涉，不影響比校工作之正確性。

等，當能綴補清代乾隆時期詞壇研究之不足。此外，亦藉《明詞綜》改易原詞現象，試圖歸納改易模式，以見其詞學創作與鑑賞之要求，冀能為詞學研究另闢蹊徑。

一、王昶詞學之客觀呈現

昔人述及王昶傳略，率僅詳其仕履經歷而已，本文則兼敘其身世背景，期能完整呈現其生平事蹟，窺探其生命情調。在詞人交游方面，前人多留意王昶與「吳中七子」之交游，然真實酬倡情形為何，則待詳加考察。

其次，王昶《西崦山人詞話》於論文撰寫期間仍藏於上海圖書館，未刊行於世；但就其詞籍序跋，亦可知其詞論內容，諸如推尊詞體、重視詞家人品等論點，於詞學史上自有其價值。又其《琴畫樓詞》詞篇三百餘闋，數量可謂宏富，且集中不乏佳篇，故本文亦擇取若干詞篇為例，冀能凸顯其創作風格。

至於王昶《明詞綜》、《國朝詞綜》、《國朝詞綜二集》等三部詞選，若能統合觀察，深入探究，則可知其成書背景、編纂方式、選詞特色及後世評價等，凸顯其詞學地位。此外，將其詞選中所錄詞話，考索文獻來源，並一一輯錄製表，則應可完整呈現王昶編纂詞選之貢獻。

二、改詞模式之研究意義

詞籍文獻於刊刻傳鈔過程中，因字形相近而容易產生訛誤，校訂勘誤自然有其必要，故自朱祖謀《彊村叢書》、王鵬運《四印齋所刻詞》等叢書之校勘以來，無論質與量均已取得極佳成果，開啟詞家校勘學之風。儘管藉由校勘可解決詞篇字句謬誤處，客觀還原詞篇風貌。然而選家大幅度妄自改易，以致與原詞迥異處，則又非文獻校勘所能解釋。故任訥於〈研究詞集之方法〉云：

> 校勘家體例，最重臚列異文，以備考訂。……其有明知改
> 詞以就韻律，避重文，凡一切選家所妄易者，則去之唯恐

不盡，不得以校對之說相繩矣。〔註38〕

任氏於詞籍校勘過程中，發現版本相異處，多半爲「選家妄易」，改易詞句以求合於韻律，此類現象已無涉校勘；蓋校勘係屬客觀辨正，以求還原詞篇本來眞目，而「選家妄易」則爲主觀憑依己意改動字句。而此改動處，正爲選家創作態度與審美傾向之具體反映。故本論文以王昶《明詞綜》爲例，逐一校對，並檢視擅改詞句類型與其詞論內涵相應之處，藉以呈現其鑑賞、創作之詞學理念，此研究方法或可開拓詞學研究之視域。

〔註38〕任訥撰：〈詞集研究之方法〉，《東方雜誌》25 卷第 9 號，1928 年 5 月，頁 49～61。

第二章　王昶生平、著述與其詞學活動

第一節　王昶之家世與生平

王昶，字德甫，號述庵，又號蘭泉、琴德，〔註1〕學者稱蘭泉先生。江蘇青浦（今上海市青浦區朱家角鎮）人，〔註2〕清世宗雍正二年（西元 1724 年）十一月二十二日生，仁宗嘉慶十一年（西元 1806年）六月初七卒。〔註3〕年八十三。以下就先世與家庭背景，及其生平經歷事蹟兩部分，考察其身世概況。

一、先世與家庭背景

王昶之先世背景，據嚴榮〈述庵先生年譜〉所載：

〔註1〕〔清〕嚴榮撰：《述庵先生年譜》：「因有蘭泉書屋、琴德居。故時亦以爲號焉」，《春融堂集》附，卷上頁 1。（上海：上海古籍出版社，2002 年 3 月，《續修四庫全書》影印三泖漁莊刊本）冊 1438，以下所引《述庵先生年譜》均據此本。

〔註2〕一作「江南嘉定人」，見〔清〕張維屏撰：《國朝詩人徵略》卷三十六，《清代傳記叢刊》本，頁 1。按此說恐誤，各傳記資料均爲江蘇青浦人。

〔註3〕本文所載王昶生卒年據《述庵先生年譜》，秦瀛〈刑部侍郎蘭泉王公墓誌銘〉云：「嘉慶十一年六月三日卒於家」，又沈大成〈王公行狀〉：「嘉慶十二年五月七日」，轉引自謝巍撰：《中國歷代人物年譜考錄》（北京：中華書局，1992 年 11 月），頁 446。

先世居浙江蘭溪縣，高祖懋忠，字思岡，始遷江南松江青
浦縣西珠街角鎮。曾祖之輔，字幼清，馳贈資政大夫大理
寺卿。晉贈光祿大夫刑部右侍郎。祖璵，字魯淵、父士毅，
字鴻遠皆敕贈文林郎内閣中書舍人，再贈奉直大夫吏部考
功司主事，三贈資政大夫大理寺卿，晉贈光祿大夫刑部右
侍郎。曾祖母雷氏，祖母沈氏，嫡母陸氏，生母錢氏皆封
至一品夫人。〔註4〕

其先世原居浙江蘭溪縣，自高祖王懋忠之後遷居江蘇青浦縣西珠街角
鎮，經曾祖王之輔、祖父王璵，至父王士毅已歷五代。王懋忠列名幾
社，故論者有「謂公之風槩，不愧爲幾社後人云」，〔註5〕可見先世忠
義之風。盧文弨〈贈資政大夫大理寺卿王公墓誌銘〉載：

考諱璵，生三子，公（王士毅）其季也，九歲而孤，少長
竭力爲母營甘旨，自奉則取其至觳者，伯兄出入爲人後，
長苦貧，時時爲給朝夕費，仲兄沒無後，公兼主其祭，歲
時對几筵，輒洭然興哀。儉身治家，嚴而有法。〔註6〕

其祖王璵生有三子，王士毅排行第三，九歲時因父親亡故，自幼便負
擔家計以奉養母親，由於家境背景清寒貧苦，故能勤儉持家，生活嚴
謹。然王士毅家中遲遲未能添子。江藩《漢學師承記》云：

考士毅字鴻遠，年四十五，無子。禱於杭州靈隱寺，夢人
贈以蘭。明日，市蘭歸。逾兩旬，蘭茁二枝，一出土即隕，
其一長尺有六寸，森森若巨竹狀；及夏，紫燕栖於楹，同
巢異穴。至冬，陸太夫人孕男不育，而錢太夫人生先生，
咸以爲蘭徵燕兆也。〔註7〕

王昶之父王士毅娶陸氏與錢氏二夫人，陸氏孕男不育，惟錢氏生王

〔註4〕〔清〕嚴榮撰：《述庵先生年譜》，卷上，頁1。
〔註5〕〔清〕陳其元等修、熊其英等纂：《青浦縣志》，光緒五年刊本影印
本（臺北：成文出版社，1970年5月），卷十七，頁17。
〔註6〕〔清〕盧文弨撰：《抱經堂文集》（北京：中華書局，2006年6月），
卷三十三，頁434～435。
〔註7〕〔清〕江藩撰：《漢學師承記》卷四，《清代傳記叢刊》本，冊1，頁
89。

昶。是以此段「蘭徵燕兆」傳聞，雖屬穿鑿附會之說，但可見王氏一家對其子出世之殷切企盼。且由於王昶爲家中獨子，故自幼即接受父親嚴加教誨，如盧文弨所云：

> （王士毅）每夕爲說通鑑事，又取古來名臣碩儒，自屈子而下，止於明季凡百二十人本傳，總編之。命曰「百世師錄」，俾誦習之，引其志使不落於庸近也。〔註8〕

王士毅對其子人格修養十分重視，爲激勵志氣，培養品格，於是取古代史書所載名臣碩儒，挑選一百二十位名人傳記作爲教材，故王昶年少時曾撰〈固窮賦〉自我砥礪，蓋深受其父親教育之影響。惜其父因病驟逝，此時王昶僅二十一歲。

乾隆九年（西元 1744 年）娶鄒貞（字孟吉）爲妻，次年生一子，名「肇春」，然未周月而夭折；鄒氏辛勤持家，三十六歲卒。〔註 9〕乾隆二十二年，納許玉晨（字雲清）爲妾，許氏爲閨秀才女，三十五歲卒。〔註 10〕乾隆二十六年，再納陸緗（字芸書）爲妾，〔註 11〕生一女名慧仁，陸氏十八歲而卒。前後三名結髮妻子紅顏命薄。雖又於乾隆三十二年納黃氏，四十二年納謝氏，然年已老大，尚無子嗣，故以從弟王曦之長子「肇和」過繼爲子。

由上述可知，王昶少年喪父，又於中年之際，結髮妻子一一亡故，

〔註8〕〔清〕盧文弨撰：《抱經堂文集》卷三十三（北京：中華書局，2006年 6 月第 2 刷），頁 435。

〔註9〕事蹟見王昶撰：〈亡妻鄒氏志略〉，《春融堂集》，卷五十九，頁 6。《續修四庫全書》影印三泖漁莊刊本（上海：上海古籍出版社，2002 年3 月），冊 1437。以下引《春融堂集》均據此本。

〔註10〕許玉晨，字雲清，徽州人。得年三十五。喜文學，嘗「從余（王昶）京師學詩，作近體往往得佳句，於時錢塘方芳佩、吳縣徐玉映見所作，愛之，遺書問候，有聞于閨秀間。」見王昶撰：〈許孺人志略〉，《春融堂集》，卷五十九，頁 7。又〔清〕徐乃昌輯：《閨秀詞鈔》（宣統元年小檀欒室刻本）卷五，頁 19。傳云：「玉晨字雲清，華亭人，有《琴畫樓詞》」，該書錄許詞〈浣溪沙〉（翠竹陰深暑未消）、〈菩薩蠻〉（棗花簾外西風緊）、〈好事近〉（春水碧澌澌）、金縷曲（晝永何當遣）四闋。

〔註11〕事蹟見王昶撰：〈芸書志略〉，《春融堂集》，卷五十九，頁 6。

所生獨子早夭,中年歲月煢煢獨立,母親錢太夫人於乾隆四十五年(西元 1780 年)辭世,長女慧仁又於乾隆四十九年歿;故至晚年,家中無一親人。其〈與曹來殷書〉曾自述身世云:

> 某少無兄弟,年四十有六,生女一,尚乏子息,家無擔石儲,往時取一第,進一階,必積勞苦乃得之。既得之,又復摧挫隔閡,使不如意。蓋命之屯寒,拂鬱至於此。……且三年中,備閱艱苦,精神消耗過半矣!曩時白髮,僅一兩莖,今顚毛種種,髭鬚亦有白者,子曰父母之年,不可不知也。老母年逾七十,煢煢一身,尚在萬里外,誠不如牛醫狗屠,猶得具甘毳以備侍養也。〔註12〕

此文寫於遠征之際,從軍緬甸、雲南、四川等地,離鄉背井,所掛念者,唯有母親錢氏而已,且因父親早逝,少無兄弟,生子早夭,妻妾早亡,一生頗有孤寂落寞之憾。此或爲其自入仕以來,喜與當代名士交游,提攜後進,廣結善緣之因。

二、宦遊與生平事蹟

王昶享壽八十三歲,其生平橫跨雍正、乾隆、嘉慶三朝,其經歷梗概,約可分爲三時期:

(一)年少游歷仕宦時期(四十五歲以前)

王昶少有才名,十八歲應學試以第一名入學。自弱冠後,喜於結交當代名士。先於乾隆十二年(西元 1747 年)與王鳴盛、吳泰來定交,後於紫陽書院與錢大昕、曹仁虎以經術、詩、古文互相砥礪。十六年,沈德潛爲紫陽書院院長,錄王昶、王鳴盛、吳泰來、錢大昕、趙文哲、曹仁虎、黃文蓮等七人詩,編成《吳中七子詩選》,時稱「吳中七子」。此書流傳日本,大學士頭默眞迦喜愛有加,每人寄相憶詩一篇,一時傳爲藝林盛事。經學則師承吳派學者惠棟,潛心經術,於學無所不窺,尤邃於《易》,講求聲音訓詁之學,以編輯《金石萃編》

〔註12〕〔清〕王昶撰:《春融堂集》,卷三十,頁 16。

一書著稱於世。

　　乾隆十九年（西元 1754 年），入京考試，歸班銓選，受秦蕙田延請修纂《五禮通考》。二十一年，赴兩淮運使盧見曾邀請爲其弟子授業。二十二年，召試第一，賜內閣中書，二十四年，協辦內閣侍讀，入直軍機處，先後十年出任《通鑑輯覽》、《同文志》以及《方略》、《經咒》、《續三通》等館纂修。乾隆二十四、二十五、二十七年順天鄉試與二十六、二十八年會試，一共五度擔任科舉同考官之職。

　　乾隆二十八年（西元 1763 年），隨侍高宗木蘭圍場校獵，故有〈望江南〉詞云：「中秋憶，從獵在金微。萬里星河隨出塞，十番簫鼓送行圍。詰旦侍龍旗。」〔註13〕深受皇恩隆寵。二十九年，擢刑部山東司主事兼辦秋審；三十一年，遷刑部浙江司員外郎；三十二年，授刑部江西司郎中，仕途可謂平步青雲。

（二）遠征緬甸、大小金川時期（四十六歲至五十四歲）

　　乾隆三十三年（西元 1768 年）四月，擢爲京察一等，交軍機處以道府記名，此時正值飛黃騰達之際，卻於同年七月，以盧見曾兩淮鹽運提引一案，因言語不密而革職。〔註14〕同時遭貶者，尚有趙文哲、紀昀等人。當此之時，緬甸未靖，王昶上疏請發軍前自效，遂從總督阿桂遠赴雲南騰越，出銅壁關，大敗緬軍。三十六年，四川省境內大小金川土司（今四川省西北部）澤旺、僧格桑父子作亂，阿桂之職由溫福取代，移師四川討伐，時王昶出任吏部主事，隨溫福以西路軍進討；此時阿桂亦奉命由北路進兵，兼督南路，攻克小金川。三十八年，軍行至當噶山，溫福軍於木果木遭潰敗，阿桂軍撤退至翁古爾壟。此時警報絡繹，王昶夜治章奏文書於礮火矢石之中。四十一年，在西、北、南三路軍合攻下，

〔註13〕〔清〕王昶撰：《琴畫樓詞》，收錄於陳乃乾輯：《清名家詞》（上海：上海書店，1982 年 12 月），冊 5，頁 29。

〔註14〕《清史稿》：「三十二年，察治兩淮鹽運提引，前鹽運使盧見曾坐得罪，昶嘗客授見曾所，至是坐漏言奪職。」見趙爾巽等撰：《清史稿》卷三〇五，《清代傳記叢刊》本，冊 91，頁 225～226。

終使敵將索諾木等率眾投罪，於是兩金川悉平，以功績擢升郎中。

（三）晚年刑部致仕時期（五十五歲以後）

王昶前後在軍營共九年，所有奏檄起草，均出於其手，故得以加軍功十三級，紀錄八次。乾隆四十一年（西元 1776 年），凱旋之日，乾隆賜宴紫光閣，擢升鴻臚寺卿，並賞戴花翎在軍機處行走，可見位階尊貴。四十二年，擢升大理寺卿。四十三年，任通政副使，四十四年冬，授左副都御史。此時王昶重返京師任職，以位高權重，執經談藝，文酒之盛如初。

王昶為人正直，執法不阿。乾隆四十五年（西元 1780 年），出任江西按察使。因江南多盜賊，下令所屬府縣嚴行保甲，又禁止族祠訟鬭之習，並判決累積獄案達百餘件。服畢母喪之後，又移調陝西凡十年，乾隆四十九年，值甘肅省回教徒田五叛亂，聚眾佔據通渭石峰堡，攻陷西安州。昶鎮守長武，整治軍備，以安定民心，並使行軍後勤補給得以無虞。同時，又奉命緝捕要犯秦國棟。後於雲南布政使任上，因境內採銅冶礦之政務繁瑣，故而編纂《銅政全書》，提供具體整頓方案。乾隆五十四年，王昶擢升刑部右侍郎，屢受命往江南、湖北讞獄。此一時期歷任各省地方官，包括江西、雲南、陝西，屢屢平定亂事，頗有政績。

乾隆五十七年（西元 1792 年），王昶任順天鄉試主考官，以博雅重海內，宏長風流，模楷後學，論者以擬新城王文簡公（王士禛），有兩司寇之稱。五十八年，以年邁告病乞歸，上諭「以歲暮寒，俟春融歸」，因而名居所曰「春融堂」。嘉慶元年（西元 1796 年），入京參與「千叟宴」盛會，主持太倉及婁東兩書院講席。四年夏，歸青浦，創辦王氏祠塾，且致力於刊刻書籍。嘉慶六年，應阮元之請，主持杭州敷文書院。嘉慶十一年（西元 1806 年）卒，年八十三歲，葬於崑山縣雪葭灣。

綜觀王昶一生，除遠征緬甸、大小金川以外，均受乾隆帝恩寵，或官居朝廷要職，或主持會試、鄉試，或出任各地方首長；晚年更以刑部致仕歸鄉，主持書院講席，身分地位頗尊崇，在當代文壇深具影響力。

第二節　王昶之著述與選輯

　　王昶藏書樓名「塾南書庫」，號稱藏書二萬卷。平生撰述亦多，《春融堂集》收錄個人生平文學作品。《金石萃編》收錄歷代銘文石刻，為一部金石文字集大成之作。此外，以「傳」為名之文學選集，如《湖海詩傳》、《湖海文傳》等，收錄當代名家詩文，亦為後世學者所重。以下將其著作略述如後：

一、個人別集與學術著作

　　《春融堂集》六十八卷，有嘉慶十二年（西元 1807 年）塾南書舍刊本，卷一至二十四為古今體詩，卷二十五至二十八為詞，卷二十九以下為文，以碑誌、傳狀之作為多。有魯嗣光總序，法式善、趙懷玉文序，吳泰來、王鳴盛詩序，錢大昕詞序。王昶之詩詞創作特色，如李慈銘《越縵堂讀書記》云：

> 閱王述庵《春融堂詩詞》，述庵學詩於歸愚，詞則以竹垞、樊榭為宗。其詩分《蘭泉書屋集》、《琴德居集》、《三泖漁莊集》、《鄭學齋集》、《履二齋集》、《述庵集》、《蒲褐山房集》、《聞思精舍集》、《勞歌集》、《杏花春雨書齋集》、《存養齋集》、《臥遊軒集》共十二集、二十四卷，計二千餘首。《蘭泉書屋集》至《述庵集》，雖氣格稍弱，而醇雅清絕，律絕尤有風致，蓋皆其未仕以前所作，得於山水之趣者為多。《蒲褐山房集》至《聞思精舍集》，則召試官中書直軍機房後所作，已不免塵沸沓雜。《勞歌集》三卷，乃罷官後從征緬甸金川時之作，戎馬閱歷，滇蜀煙雲，多入歌詠，詩又較前為勝。《杏花春雨集》以後，則凱旋晉秩，歜歷中外，致位九卿，老年頹唐，可取者矣。總其大要，實勝歸愚，蓋源流雖同，而讀書與不讀書異也。《琴畫樓詞》四卷，亦多清雅可誦。〔註15〕

〔註15〕　〔清〕李慈銘撰：《越縵堂讀書記》（上海：上海書店，2000 年 6 月），
　　　　　頁 1031。

李慈銘認為王昶創作以從軍九年時期最勝，終其一生擔任廟堂重臣，且以刑部侍郎致仕。故洪亮吉《北江詩話》稱其詩：「如盛服趨朝，自衿風度」，﹝註16﹞袁枚《隨園詩話‧補遺》云：「王蘭泉方伯詩，多清微平遠之音，擬古樂府及初唐人體最擅長」，﹝註17﹞可知其詩以典雅雍容與清新淡遠為主。

散文方面，王昶師承沈彤（1688～1752），而沈彤為方苞門下，《桐城文學淵源考》載王昶「師事沈彤，受古文法，其為文規矩謹嚴，典贍詳實」，﹝註18﹞又姚鼐曾於〈述庵文鈔序〉云：「其才天與之，義理、考據、文章三者皆具之才也。先生為文，有唐宋大家之高韻逸氣，而議論考核，甚辨而不煩，極博而不蕪，精到而意不至於竭盡」，﹝註19﹞說明其散文與桐城派之淵源。

據《清人別集總目》，﹝註20﹞其個人詩文集刊刻情形，可整理如下：

書　名	版　本	收藏情形
《履二齋集》二卷	沈德潛選。乾隆十八年《七子詩選》本 民國二十九年上海掃葉山房石印本	叢書綜錄
《蒲褐山房集》一卷	江昱輯。乾隆刻《三家絕句選》抄本	叢書綜錄
《岱輿詩選》二卷	鄭廷暘選。 清邵氏青山草堂刻《四家詩抄》本 清心遠齋刻《四家詩抄》本	叢書綜錄

﹝註16﹞〔清〕洪亮吉撰、劉德權點校：《洪亮吉集》（北京：中華書局，2001年10月），冊5，頁2248～2249。

﹝註17﹞〔清〕袁枚撰、王英志主編：《袁枚全集》（江蘇：江蘇古籍出版社，1993年9月），冊3，頁563。

﹝註18﹞劉聲木撰：《桐城文學淵源考》，《清代傳記叢刊》本，冊17，頁522。

﹝註19﹞〔清〕姚鼐撰：《惜抱軒全集》（北京：中國書店，1994年12月），頁46。

﹝註20﹞李靈年、楊忠主編：《清人別集總目》（合肥：安徽教育出版社，2000年7月），頁60～61。

《述庵詩鈔》十二卷	施朝榦編。乾隆五十五年江蘇經訓堂序刻本	北圖、上圖、南圖、川圖、復旦、青島、諸暨、常州、臺大
《春融堂詩抄》一卷	畠山寬選。江戶畠山寬抄本	日本國會
《王昶信札》稿本	據稿本打印本（柳州方志辦，劉漢忠）按：共收 112 封，未見於《春融堂集》	柳州市博物館
《履二齋尺牘》	清抄本	南開
《春融堂集》六十八卷	嘉慶四年刻本	粵圖
《春融堂集》六十八卷	嘉慶十二年塾南書舍刻本	北圖、上圖、粵圖、湘圖、無錫、旅大、臺灣史語（按：北圖藏本有李慈銘批并跋，上圖藏本有陳鱣、吳騫批，吳騫跋）
《春融堂集》六十八卷	光緒十八年刻本	叢書綜錄、川圖、湘圖、贛圖、北大、人大、復旦、天津師大、華中師大、徐州

　　《春融堂集》成書之前，先有《履二齋集》，收錄於沈德潛所輯《七子詩選》。另有《蒲褐山房集》收錄於江昱《三家絕句選》。乾隆五十五年（西元 1790 年），將生平詩篇集結，錄為《述庵詩鈔》。直至晚年始整理生平作品，刊行《春融堂集》。此外，又有地理記行之書，包括《滇行日錄》一卷、《征緬紀聞》一卷、《征緬紀略》一卷、《蜀徼紀聞》一卷、《商洛行程記》一卷、《雪鴻再錄》一卷、《使楚叢譚》一卷、《臺懷隨筆》一卷等，名為《春融堂雜記八種》（嘉慶十三年刻本），均記載其出任各地官職之經歷與見聞。

　　此外，據《清人詩文集總目提要》〔註21〕所載，另有《柏井集》六卷（經查《柏井集》為汪昶所編，所載有誤）、《履二齋尺牘》（抄本）、《王昶信札》不分卷稿本，皆未見於《春融堂集》。其餘尚有《秦

〔註21〕柯愈春著：《清人詩文集總目提要》（北京：北京古籍出版社，2002年 2 月），上冊，頁 700。

雲擷英小譜》一卷（清道光二十九年刊本）、《蔡中郎年表》一卷（刻本）、《孔子暨七十二子贊》（刻本）、《王蘭泉墨稿》一卷（稿本）等。

文獻學方面，金石學著作有《金石萃編》一百六十卷，王昶自年少即收集碑版石刻，收羅商周銅器及歷代石刻拓本一千五百餘種，此書爲清代金石學集大成之作。有清嘉慶十年（西元 1805 年）青浦王氏經訓堂藏板刊本、同治十一年（西元 1872 年）補刊本、清光緒十九年（西元 1893 年）上海寶善石印本、民國十五年上海掃葉山房石印本等。此外，又有《蜀石經殘字考》、《校老子》等文字校勘之相關著作，亦曾參與編修《大清一統志》、《直隸太倉州志》、《青浦縣志》、《續三通》等方志史書，其他如《雲南銅政全書》（亡佚）記載雲南境內銅礦開採實況，以及《天下書院總志》介紹全國各地書院等。可見王昶對於方志、政書文獻保存及整理頗有貢獻。

二、以「傳」爲名之詩文選

（一）《青浦詩傳》三十四卷

王昶於乾隆四十六、四十七年（西元 1781～1782 年）間，藉修纂《青浦縣志》之便，收錄青浦歷代詩篇。是書有乾隆五十九年（西元 1794 年）刻本。關於此書內容，劉啓瑞曾云：

> 此《青浦詩傳》者，乃所輯鄉里之詩，始自元明，迄於乾隆，得詩千首，得人百餘，介爲三十有四卷，卷一之三十爲歷代之詩，卷三十一爲閨秀之詩卷，卷三十二之三十四爲歷代之詞，詞者詩之餘，故附詩傳以行焉。先是蘭泉有《湖海詩傳》、《湖海文傳》之輯，宇內奉爲善本，論時人之詩多有取於斯，至是更輯邑人歷代詩詞以爲鄉里考文徵獻之助，故其體例，悉同《湖海詩傳》、《文傳》之式，其不同者則爲一爲時人，一爲歷代而已。〔註22〕

據其文所述可知，《青浦詩傳》三十四卷，卷一至卷三十爲歷代詩，

〔註22〕中國科學院圖書館整理：《續修四庫全書總目提要（稿本）》（濟南：齊魯書社，1996 年 12 月），冊 28，頁 483。

卷三十一爲閨秀詩，卷三十二至三十四爲歷代詞。又〈青浦詩傳自序〉：「錄其詩凡齟齬齟突者汰之，空疏陳腐者去之，留連光景，羌無故實者裁之。牽率應酬，庸俗鄙倍，一切劉削」，〔註23〕可知王昶捨棄庸俗、崇尚雅正之選詩標準。此書亦是首度以「傳」爲名所編之詩文選集。

（二）《湖海詩傳》四十六卷

除地域詩選外，王昶輯《湖海詩傳》四十六卷，今傳版本有三泖漁莊刊本、同治四年（西元 1865 年）綠蔭堂重刊本（藏於臺灣大學圖書館）、同治四年亦西齋重刊本（藏於中央研究院傅斯年圖書館）、《國學基本叢書》本等。

此書收錄時代範圍自康熙五十一年至嘉慶八年（西元 1712～1803 年）之間，選錄師友、門生、詩人達六百餘家。編纂背景即〈湖海詩傳自序〉云：

> 予弱冠後出交當世名流，及洊登朝寧，歔歷四方，北至興桓，西南出滇蜀外，賢士大夫之能言者，攬環結佩，率以詩文相質證，批讀之下，往往錄其最佳者，藏之篋笥，名曰《湖海詩傳》。……因屬同志編排前後，復稍加抉擇，要不失古人謹慎之意，其得六百餘人，編四十六卷，以科第爲次，起於康熙五十一年，迄於近日其間布衣韋帶之士，亦以年齒約略附之，而門下士並附見焉，視《感舊》、《箧衍》二集多至一倍，有奇矣。亦云富矣，間以遺聞軼事綴爲詩話，供好事者之瀏覽。雖未比于知人論世，而爲懷人思舊之助，亦庶幾元結諸公之遺，至于往時盛有詩名而爲投契所未及者，則姑置之。蓋非欲以此盡海內之詩也。〔註24〕

自序可知王昶弱冠後，出遊登朝，廣交海內詩人，收集大量投贈篇章及詩集。王昶選詩動機，在於保存當代名家詩篇。其選詩標準有二：其一，爲取一代精粹之詩，以詩證史；其二，爲取交游所贈，以爲懷

〔註23〕〔清〕王昶撰：〈青浦詩傳自序〉，《春融堂集》，卷四十一，頁2。
〔註24〕〔清〕王昶撰：〈湖海詩傳自序〉，《春融堂集》，卷四十一，頁3。

人思舊之助。至於編排體例,則詩篇以科第爲序;無科第者,略以年齡爲序。於各家詩篇之前,有詩人品評與傳記資料。僅以同類性質詩選相比,數量已遠超過王士禛《感舊集》與陳維崧《篋衍集》。〔註25〕

　　此書之編纂動機,除保存當代詩壇名家詩篇外,乃欲重振沈德潛格調詩說之地位,蓋時值袁枚詩名漸盛,且選輯同派詩家編《續同人集》,〔註26〕故王昶欲編《湖海詩傳》與袁枚相頡頏,宗派色彩濃厚。洪亮吉《北江詩話》云:

> 侍郎(王昶)詩派,出於長洲沈宗伯德潛,故所選詩,一以聲調格律爲準。其病在於以己律人,而不能各隨人之所長,以爲去取,似尚不如《篋衍集》、《感舊集》之不拘於一格也。〔註27〕

王昶選詩悉以格調詩說爲入選標準,故洪亮吉批評此選僅以「聲律格調」爲準,而忽略詩家個人特色。李慈銘亦批評曰:「拘守歸愚師法,短於鑑裁,故所選者,往往膚庸平弱,腔拍徒存」,〔註28〕即認爲王昶拘守沈德潛師法,不免有平庸膚淺之弊。然此書記錄清代嘉慶以前詩人生平小傳,可供後世研究清詩者參考,於詩學亦有一定價值。

　　至於王昶《蒲褐山房詩話》,乃由《湖海詩傳》與《青浦詩傳》二書中詩人小傳輯錄而成,以記載當代詩人交游情況及遺聞軼事爲主。今傳版本有道光元年(西元 1821 年)鄭喬遷抄本、道光三十年(西元 1850 年)吳縣毛氏手定底稿本、光緒四年(西元 1878 年)上海淞愛閣石印單行本(題作「湖海詩人小傳」)、商務印書館排印本等。今有周維德輯校《蒲褐山房詩話新編》校點本。

〔註25〕嚴迪昌撰:《清詩史》(杭州:浙江古籍出版社,2002 年 12 月),頁653。

〔註26〕劉靖淵撰:〈從臺閣詩風的消長看乾嘉之際詩風轉換〉,《山東師大學報(人文社會科學版)》,2001 年第三期(總 176 期),頁 60。

〔註27〕〔清〕洪亮吉撰、劉德權點校:《洪亮吉集》(北京:中華書局,2001年 10 月),冊 5,頁 2248。

〔註28〕〔清〕李慈銘撰:《越縵堂詩話》卷上,頁 29。見杜松柏編:《清詩話訪佚初編》(臺北:新文豐出版公司,1987 年 6 月),冊 8,頁 61。

（三）《湖海文傳》七十五卷

此書初編成於嘉慶十年（西元 1805 年），然遲遲未刊，直至道光十七年（西元 1837 年），其孫王紹基得到阮元資助，始於同治五年（西元 1866 年）刻成。姚椿序云：

> 青浦王侍郎述庵先生，高文博學，負海內眾望者數十年，其生平纂輯，多已刊行，獨《湖海文傳》成於晚歲，未及付梓而卒，……公爲是書體例，一視《詩傳》，然其所繫之鄭重，則又過之，一曰「徵文獻」，一曰「重實學」。蓋自康熙中葉，以及嘉慶初年間，大率具是。……先生是書之作，意在傳文以傳人；使以文字之小不備，而就亡佚之大不備。〔註29〕

由此文可知此書編纂目的在於傳文以傳人，所選均是清朝極盛時代文章，起自康熙中葉，迄至嘉慶，收錄作者百餘家、七百餘篇文章。全書計七十五卷，分爲賦、頌文、講義、論釋、解、答問、對、考、考證、辨、議、說、原、序、記、書、碑、墓表、墓碣、墓誌、塔銘、行狀、述、傳、書事、祭文、哀詞、誄、讚、銘、書後、跋、雜著等體。

再者，其選錄原則有二，即「徵文獻」、「重實學」，因此自〈凡例〉所見，其選錄文章之傾向，如經說史言之文重在「資學者疏通而證明」；詩文集序則貴於「源流派別與其人之性情學問有所發明」；至於往還書牘則錄「經史事物，推闡精義，足爲後學津樑」。〔註30〕故胡適認爲此書最可代表清朝「學者文人」之文學。〔註31〕流傳版本有道光十七年（西元 1837 年）經訓堂刊本、《國學基本叢書》本、上海文瑞樓石印本等。

〔註29〕〔清〕姚椿撰：〈湖海文傳序〉，〔清〕王昶輯：《湖海文傳》，《續修四庫全書》本，冊 1668

〔註30〕〔清〕王昶撰：〈湖海文傳凡例〉，〔清〕王昶輯：《湖海文傳》，《續修四庫全書》本，冊 1668。

〔註31〕胡適著、姜義華編：〈一個最低限度的國學書目〉，《胡適學術文集》，（北京：中華書局，1998 年 2 月），頁 70～81。

第三節　詞壇背景、師承與交游

　　以下集中論述王昶詞學思想背景，分別論述當代詞壇背景、詞學師承淵源及其與當代詞人交游三方面，茲詳述如下：

一、當代詞壇背景

　　乾隆一朝延續康熙、雍正之盛世，三朝以來，四海昇平達百年之久，文治武功皆臻於鼎盛。然而於文化政策上，卻以文字獄箝制文人意志，消弭異端思想，且以史館詞科之名目，極力懷柔籠絡文人。故儒生皓首窮經，鑽研金石文字、章句訓詁領域，遂開啟清代考據經學之風尚。而此一現象反映於文壇，則學者多兼文人雙重身分，且文學主張多有復古傾向。如散文方面，姚鼐祖述桐城方苞、劉大櫆講究義理、辭章、考據三者合一，重義法、倡雅潔。詩壇則有沈德潛之「格調」說，標舉「溫柔敦厚」詩教；翁方綱之「肌理」說，重經籍學問等。可見政治環境影響下，文學漸與經術史學合流。誠如饒宗頤所云：「清以前，能詞者為才人文人，清則多為學人、為經師，至是倚聲之道，與學術通而為一」，〔註32〕故考察乾隆一朝詞壇，詞家亦多身兼學者身分。此外，劉毓盤《詞史》云：

> 勾萌於隋，發育於唐，敷舒於五代，茂盛於北宋，煊燦於
> 南宋，翦伐於金，散漫於元，搖落於明，灌溉於清初，收
> 穫於乾嘉之際。〔註33〕

劉氏以花草植物之生長，比喻詞壇歷代流變，詞學至清代中興，起自清初詞人之辛勤灌溉，而終至乾嘉之際取得豐碩成果。清初以來，雲間、廣陵、浙西、陽羨等詞派蓬勃發展，至於乾隆一朝，各派漸趨凋零，可堪反映當朝輝煌盛世者，惟浙派「雅正」之說而已。至於鄭燮、黃景仁等詞家詞風雖豪放，究屬少數，非當時主流。其後，張惠言主

〔註32〕饒宗頤撰：〈論清詞在詞史上的地位〉，收於《第一屆詞學國際研討會論文集》（臺北：中國文哲研究所籌備處，1994 年 11 月），頁 315～333。

〔註33〕劉毓盤撰：《詞史》，（臺北：臺灣學生書局，1972 年 4 月），頁 169。

張「比興寄託」，常州詞派崛起於嘉慶後，而清代三大詞派至此確立。
然此時期浙西詞壇之盛況，如王昶〈姚范汀詞雅序〉云：

> 國初詞人輩出，其始由沿明之舊，及竹垞太史甄選《詞綜》，
> 斥淫哇，刪浮偽，取宋季姜夔、張炎諸詞，以爲規範。由
> 是江浙詞人繼之，扶輪承蓋，蔚然躋於南宋之盛。〔註34〕

自朱彝尊《詞綜》取姜張詞爲詞家典範以來，江浙詞人效法追隨者甚
眾。以《清詞史》一書所述及中期浙派而言，以杭嘉湖、揚州、吳中
三處詞人群體最盛。且以杭州厲鶚爲浙派領袖人物，正如清人吳錫麒
云：「杭言詞者，莫不以樊榭（厲鶚）爲大宗」，〔註35〕謝章鋌亦云：
「雍正、乾隆間，詞學奉樊榭爲赤幟，家白石而戶梅溪矣」，〔註36〕
然此期詞家創作雖豐，均僅貌似姜、史，未能突破前賢，故陳廷焯云：

> 雍乾以還，詞人林立。如南蘋（陸培）、橙里（江昉）輩，非
> 無磨琢之工，而卒不能超然獨絕者，皆苦不知本原所在，故
> 下不至如楊（蠁生）、郭（麐）之卑靡，上亦難窺姜、史之門
> 戶。後之爲詞者，不根柢於風騷，僅於詞中求生活。〔註37〕

陳氏以爲浙派詞家林立，然著力追求詞篇形式雕琢之工，卻不知根柢
詩騷，寄託胸懷，故未能達超然獨絕之風雅境界。此外，夏敬觀於《蕙
風詞話詮評》論乾嘉時期詞人曰：

> 絕少襟抱，非當高格，又自滿足，不善變，不知門徑之非。
> 乾嘉時，此類詞甚多。蓋乾嘉人學乾嘉詞者，不得謂之有
> 成就，尤不得謂之專家。〔註38〕

夏氏此語旨在評論乾嘉詞家之創作成果，針對「少襟抱高格」、「自足

〔註34〕〔清〕王昶撰：〈姚范汀詞雅序〉，見《春融堂集》，卷四十一，頁8。
〔註35〕〔清〕吳錫麒撰：〈詹石琴詞序〉，見《有正味齋駢體文》，《續修四
　　　庫全書》本，冊1468，卷八，頁4。
〔註36〕〔清〕謝章鋌撰：《賭棋山莊詞話》卷十一，收入唐圭璋編：《詞話
　　　叢編》（北京：中華書局，2005年10月），冊4，頁3458。以下所據
　　　《詞話叢編》均係此本，不另註明版本項。
〔註37〕〔清〕陳廷焯撰：《白雨齋詞話》卷六，《詞話叢編》本，冊4，頁3932。
〔註38〕夏敬觀撰：《蕙風詞話詮評》，收入〔清〕況周頤撰：《蕙風詞話・附
　　　錄》，《詞話叢編》本，冊5，頁4591。

不善變」、「不知門徑之非」等流弊而發,指出當代詞人往往受其流派侷限,成就反不如清初,針砭當時詞壇弊端,可謂一語中的。

二、詞學師承淵源

王昶自幼年便接觸詩詞作品,四、五歲時即能背誦周伯弼《三體詩》,演說楊慎《廿一史彈詞》。十八歲時,於蔡瓏館中得張炎《山中白雲詞》,早年學詞對象以玉田為主,撰有〈山中白雲詞跋〉、〈書張叔夏年譜後〉等文。而其詞學思想脈絡以朱彝尊、厲鶚、沈德潛三人之影響最深,以下略述其詞學師承。

(一)浙派詞壇前輩——朱彝尊、厲鶚

姚椿〈詞錄自序〉曾云:「昔述庵究心詞學,每以姜、張為極軌,本朝則推朱檢討錫鬯、厲徵君樊榭」,〔註39〕由姚氏所言,可知王昶詞學思想主要來自朱彝尊、厲鶚二人。

朱彝尊與王昶雖無直接來往,然如謝章鋌所云:「述庵一生專師竹垞,其所著之書,皆若曹參之於蕭何」,〔註40〕朱彝尊對王昶之影響,主要在於詞選編纂工作。其《明詞綜》、《國朝詞綜》等書均從朱彝尊、汪森《詞綜》體例編纂,且選詞悉以「南宋名家」為宗,可見兩人雖無直接師承關係,但王昶續補《詞綜》,完成歷代詞綜體系之舉,其目的在闡揚朱彝尊詞學理念,企圖延續清初浙派之詞學地位。

至於其與厲鶚之交游,詳見王昶於《湖海詩傳》自述:「予於戊辰在長洲趙君飲谷小吳船遇之,辱為忘年交。嗣後徵君(厲鶚)過吳,必訪余於蘋華水閣,凡三年,而徵君下世矣」,〔註41〕王昶於乾隆十三年(西元1748年)與厲鶚相識,一見如故,交情甚篤,而王昶詞

〔註39〕轉引自陳水雲撰:《清代前中期詞學思想研究》(武漢:武漢大學出版社,1999年10月),頁200。

〔註40〕〔清〕謝章鋌撰:《賭棋山莊詞話》卷一,《詞話叢編》本,冊4,頁3321。

〔註41〕〔清〕王昶輯:《湖海詩傳》,《續修四庫全書》本,冊1625,卷二,頁1。

集中所見〈天香‧煙草和厲太鴻作〉二闋，即為王、厲兩人彼此唱和之詞。厲鶚死後，王昶更有「自樊榭老仙逝後，武林詞學歇絕」〔註42〕之嘆。

（二）格調詩說宗師——沈德潛

王昶少年時曾於紫陽書院求學，與王鳴盛、錢大昕等人從院長沈德潛學詩。王氏嘗於〈沈歸愚先生八十壽序〉憶云：「歲在庚午，昶始得侍先生之几席」，〔註43〕乾隆十五年（西元1750年），王昶始拜於沈德潛門下，而其論詞內容頗見得自沈氏之詩學淵源。如《說詩晬語》云：「詩以聲為用者也，其微妙處在抑揚抗墜之間」，〔註44〕可見沈氏強調聲調格律之妙。此外，《清詩別裁‧凡例》云：「詩之為道，不外孔子教小子伯魚數言，而其立言，一歸於溫柔敦厚，古今一也」，〔註45〕重申儒家詩教傳統。又如《說詩晬語》云：「有第一等襟抱，第一等學識，斯有第一等真詩」，〔註46〕可見沈氏論詩重視人品襟抱與學識。故舉凡聲律格調、溫柔敦厚、重人品襟抱等詩學主張，均一一反映於王昶詞學理論之中。是以評論王昶詞學，自不當忽視其詩學背景。

三、詞壇交游與後學

王昶因其官職之便，得與朱筠、翁方綱、陸錫熊、戴震、畢沅、趙翼等名士學者交游。其〈旅夜懷南北舊游〉詩云：

廿年傾蓋盡名流，旅館寒燈數舊遊。嘯侶仍同燕市酒，攜家重上越人舟（心餘近主蕺山書院）。西湖春漲淹漁艇（曉

〔註42〕〔清〕王昶撰：〈沁園春〉小序，《琴畫樓詞》，《清名家詞》本，頁80。

〔註43〕〔清〕王昶撰：〈沈歸愚先生八十壽序〉，《春融堂集》，卷四十二，頁1。

〔註44〕〔清〕沈德潛撰：《說詩晬語》，《四部備要》（臺北：臺灣中華書局，1965年11月）本，卷上，頁1。以下所據《四部備要》均係此本，不另註明版本項。

〔註45〕〔清〕沈德潛選：《清詩別裁》（臺北：臺灣商務印書館，1956年4月），頁1。

〔註46〕〔清〕沈德潛撰：《說詩晬語》，《四部備要》本，卷上，頁2。

> 徵近游錢塘），北郭花深當酒籌（企晉）。我似西南秋月迥，
> 獨留孤影照蠻陬。〔註47〕

儘管詩中所懷對象爲蔣士銓、錢大昕、吳泰來三人，但從本詩首句「廿年傾蓋盡名流」即可知王昶廣交當代碩儒名流，實不勝枚舉。本文僅以王昶與當代詞壇交游爲範圍，舉王昶與江昱、趙文哲、吳泰來等詞家之交游概況，以及其於「蘋花水閣」、「三泖漁莊」等地之酬唱情形，略述如下：

（一）揚州詞人群體之江昱

據《述庵先生年譜》載：「丁丑（西元1757年），三十四歲，運使（盧見曾）使其子及孫受業，時程午橋編修夢星、馬秋玉同知曰琯、佩兮曰璐兩兄弟、江賓谷貢生昱、于九恂兩兄弟及其家橙里昉、聖言炎、汪對琴秀才棣、臨潼張榆山貢生四科爲地主，酒坐詩場，于斯爲盛」，〔註48〕王昶因赴揚州運使盧見曾邀請，與揚州地區馬曰琯與馬曰璐兄弟、江昱與江恂兄弟、江昉、江炎、汪棣、張四科等文人往來，詩酒酬贈。

此中，王昶與江昱、江恂兄弟來往最爲熱絡，結交情形如〈江賓谷梅鶴詞序〉云：

> 乾隆丁卯，余始識賓谷江君（江昱）於秦淮水榭，遂爲文字交。君博學能文，尤以工詞，擅名大江南北；其後或一二年、或三四年，每見必索所著新詞讀之，至窮日夜而不倦。今君沒八年，其弟蔗畦（江恂）自亳州寄示《梅鶴詞》四卷，則曩日所讀與倡和者皆在焉。又爲欷歔煩酲，不忍卒讀也。〔註49〕

從序文中，可見乾隆十二年（西元1747年）與江昱相識於秦淮水榭後，王昶即與江昱以塡詞相互交流，王昶《琴畫樓詞》有與江昱酬贈

〔註47〕〔清〕王昶撰：〈旅夜懷南北舊游〉，《春融堂集》，卷十，頁6。
〔註48〕〔清〕嚴榮撰：《述庵先生年譜》，卷上，頁6。
〔註49〕〔清〕王昶撰：〈江賓谷梅鶴詞序〉，《春融堂集》，卷四十一，頁4。

之詞，如〈邁陂塘〉（正春城、試鐙風裡）〔註50〕、〈鵲橋仙‧同江賓谷、于九訪馬湘蘭故宅〉（煙花小部）等。而江昱亦有〈鵲橋仙‧過馬湘蘭故宅，今爲孔雀庵，同王述庵賦〉（繚垣碧瓦）等詞酬贈，足見兩人結交之情形。而江昱《梅鶴詞》亦收錄於王昶所輯《琴畫樓詞鈔》之中。

（二）「吳中七子」之趙文哲、吳泰來

王昶與錢大昕、曹仁虎同時入學於紫陽書院，三人食則同炊，夜則聯床，相交尤篤。而與王鳴盛、吳泰來、趙文哲、黃文蓮等人爲同窗好友，時稱「吳中七子」或「江南七子」。〔註51〕七人以經術史學而兼文學聞名於世，然有詞專集者，僅王昶《琴畫樓詞》、王鳴盛《謝橋詞》、吳泰來《疊華閣琴趣》、趙文哲《媂雅堂詞》〔註52〕四家。至於嘉慶後，戈載等七人嚴守聲韻格律，有《吳中七家詞》傳世，亦稱「吳中七子」。故向來以王昶等人爲「前吳中七子」，而以戈載等人爲「後吳中七子」，〔註53〕以示區別。

王昶等七人於詩歌倡和較爲頻繁，於詞則一、二闋而已。寄贈曹仁虎者，有〈金縷曲‧寄曹來殷〉（午節匆匆過）、〈三姝媚〉（長安聞

〔註50〕此詞序云：「江于九來自邗溝，枉臨寓舍，話舊之餘，匆匆告別，賦此送之，兼柬賓谷。」

〔註51〕「吳中七子」別稱「江南七子」，詳見〔清〕吳修編：《昭代名人尺牘小傳》，《清代傳記叢刊》本，冊31，頁428。一作「江湖七子」，詳參〔清〕李玉棻撰：《甌鉢羅室書畫過目考》，版本同前，冊74，頁409。

〔註52〕按《清詞別集知見目錄彙編‧見存書目》所載王鳴盛《謝橋詞》有「乾隆刊西莊始存稿本」、「民國九年北京排印先澤殘存本」、「民國十五年排印先澤殘存本」、「先澤殘存本」、「活字本」等五種。趙文哲《媂雅堂詞》有「乾隆四十三年刻琴畫樓詞鈔本」一卷，二卷本則有「乾隆刻媂雅堂集本」、四卷本有「乾隆二十二年刊本」與「四川翻刻江蘇本」，見該書頁152。吳泰來《疊華閣琴趣》僅存「乾隆四十三年刻琴畫樓詞鈔本」。

〔註53〕「後吳中七子」爲戈載、王嘉祿、朱綬、沈傳桂、吳嘉洤、陳彬華、沈曾彥七人。

小住）〔註54〕二詞；〈長亭怨慢〉（正槐蔭、綠深渡口）一詞爲贈別錢大昕、王鳴盛二人而作；〔註55〕寄贈王鳴盛者，則爲〈臺城路·寄懷鳳喈〉（歸雲閣外梅風軟）一首；贈別黃文蓮者，唯〈南歌子·詠別爲黃芳亭作〉（碧蘚攤錢地）一闋。

而吳泰來、趙文哲二人與王昶酬贈最爲密切，其中贈吳泰來之詞有〈金縷曲·丹陽對雪同企晉作〉（急雪如鴉大）、〈秋霽〉（放艇秦淮）〔註56〕、〈暗香〉（清溪三度）〔註57〕、〈玉京秋〉（人乍別）〔註58〕等。酬贈趙文哲者則有〈法曲獻仙音〉（梅屋聯牀）〔註59〕、〈摸魚兒·酬升之即用來韻〉（聽瀟瀟、畫簾朝雨）、〈簇水·風雪過漳河同升之作〉（如墨層雲）、〈燕山亭·歲暮合兵美諾，與升之夜話〉（風掃危巢）等。

此外，王昶與趙文哲交往情形，見於〈趙升之曡華閣詞序〉所載：

> 余方羈貫，即好爲倚聲，常作曼詞十餘闋，上海趙子升之見而咨賞，因填詞以寄意，余之與升之定交自此始。〔註60〕

王、趙二人同時因兩淮鹽運使案遭貶謫，一同隨軍遠征緬甸，而趙文哲不幸卒於征途。自王昶《國朝詞綜》所收錄趙文哲詞達四十六闋觀之，數量居全書第三位，可見對亡友詞篇推崇備至。

（三）「蘋華水閣」詞人群

〔註54〕此詞序云：「杜曲桃花甚開，約東有往游，夜雨不果，因寄來殷京師。」按：東有即嚴長明字。

〔註55〕此詞序云：「別鳳喈、曉徵于宣武門外，遂至潞河客舫，時將往濟南，萍蹤靡定，回憶分襟，益深淒黯。」

〔註56〕此詞序云：「別吳企晉三年，復遇於秦淮水閣，風塵寥落，有歸隱吳山之志，時新雨初過，涼飆微扇，相對惘然，爲填此解，并索凌叔子、錢曉徵諸子和之。」按：凌叔子即凌應曾。

〔註57〕此詞序云：「壬申仲春月夜，與企晉同寓秦淮，俊流並集，文酒留連，數年來所未有也。且將約爲牛頭雙闕諸山之游。」

〔註58〕此詞序云：「七夕後一日，企晉南還，既別，賦此懷之。」

〔註59〕此詞序云：「秋日聞趙升之臥病，填此懷之，時讀曡華閣《樂府補題》，即書其後。」

〔註60〕〔清〕王昶撰：〈趙升之曡華閣詞序〉，《春融堂集》，卷四十一，頁 5。

　　除江昱、趙文哲、吳泰來等人外，王昶亦曾於「蘋華水閣」展開其詞學活動。據《述庵先生年譜》所載：「（乾隆）十八年（西元 1753年），先生館于朱適庭上舍昂疏雨樓，其弟肅徵荳恭、子孟容履長、仲霖用雨皆受業」，〔註 61〕當時王昶受邀於朱昂，宿於疏雨樓，而朱昂之弟朱荳恭，與其子朱履長、朱用雨均受業於王昶門下。據《國朝詞綜》所載：

> 紫岑（朱研）宅在閶門外桐溪浜，前疏雨樓，姪秋潭（朱昂）居之。後有「萍花水閣」，則爲其子桂泉（朱荳恭）、姪時霖（朱澤生）讀書地。紫岑長身玉立，工篆書。一家子姪，以倚聲唱和與吳竹嶼（泰來）、趙璞庵（文哲）及從弟朱吉人（方藹）等詩酒流傳，吳中以爲佳話。〔註62〕

可見朱研所居吳縣之宅邸，前有其姪朱昂所居「疏雨樓」，後則爲其子朱荳恭與姪朱澤生書房「萍花水閣」（即「蘋華水閣」），而此處酬唱詞人除朱研、朱昂、朱荳恭、朱澤生外，尚包括王昶、趙文哲、吳泰來、朱方藹等人。茲據《國朝詞綜》詞人小傳，將蘋華水閣詞人之介紹，臚列如下：

> 朱研，字子成，號紫岑，休寧人。寓居吳縣。貢生。
>
> 朱昂，字適庭，號秋潭，休寧人。寓居長洲，監生。有《綠陰槐夏詞》一卷
>
> 朱方藹，字吉人，號春橋，桐鄉人。監生。有《小長蘆漁唱》四卷
>
> 朱澤生，字時霖，號芝田，休寧人。寓居長洲。有《鷗邊漁唱》一卷。
>
> 朱荳恭，字叔曾，號桂泉，休寧人。寓居長洲。貢生。

〔註61〕〔清〕嚴榮撰：《述庵先生年譜》卷上，頁 4。
〔註62〕朱研，字子成（按《春融堂集》作子存），號紫岑，休寧人，寓居吳縣，貢生。〔清〕王昶輯：《國朝詞綜》，《續修四庫全書》本，冊 1731，卷二十八，頁 15。

張熙純，字策時，號少華，上海人，乾隆二十七年舉人，三十
年召試賜內閣中書，有《疊華閣詞》二卷

此外，自《國朝詞綜》中，可知「蘋花水閣」詞人與吳中七子之間互
動情形，茲表列如下：

評　者	品評詞家	內　　　　容	卷次
吳泰來	趙文哲	趙璞函詞，瓣香於碧山、蛻巖，故輕圓俊美，調協律諧。以近詞家論之，尤堪接武竹垞，分鑣樊榭。	卷39頁1
吳泰來	朱澤生	芝田天才幽雋，於詞不學而能，其西湖送春感舊，及梨花翦秋羅諸闋，品格在碧山、玉田間。	卷39頁15
曹仁虎	朱荏恭	桂泉風神韶令，杜宏治、劉真長之比，填詞幽倩，與兄時霖稱「二難」，合蔣升枚稱「三俊」。	卷39頁19
朱方藹	張熙純	張少華襟情爽颯，而填詞又極纏綿，故以韻勝也。外有香奩一卷，惜為人假手，不能傳播藝林。	卷41頁4

自品評內容，可證明「吳中七子」之趙文哲、吳泰來、曹仁虎等
人，與「蘋花水閣」之朱荏恭、朱澤生、張熙純等，以詞交流之情形。

至於彼此酬唱情形，可以〈南浦〉為例，王昶嘗填之，詞題曰：
「題沙斗初春江雨泛圖」（案沙斗初即沙維杓，字斗初，長洲人，有
《耕道堂集》），而查諸《國朝詞綜》所載，可見同時填製「題沙斗初
春江雨泛圖」者，猶有「吳中七子」之曹仁虎（卷38頁12），「蘋花
水閣」詞人朱研（卷28頁16）、朱方藹（卷34頁4）、朱荏恭（卷
39頁19）、張熙純（卷41頁4）等數家。

再以同時多人均填製〈祝英臺近〉一詞為例，王昶有〈祝英臺近〉
（小屏深）一首，序云：「策時（張熙純）自寒山來，同宿蘋花池館，
時簾外雨潺潺，竹梧蕭瑟，因填此解，兼示子存（朱研）、適庭（朱
昂）」，序中可見和作尚有朱昂〈祝英臺近〉（小亭南）〔註63〕（卷37

〔註63〕朱昂酬贈王昶之詞作，見於《國朝詞綜》者，尚有〈惜秋華‧山塘泛
　　　舟和述庵、習庵〉（卷37頁12）、〈長亭怨‧送述庵入都〉（卷37頁12）。

頁 8）、吳泰來〈祝英臺近〉（石玲瓏）（卷 38 頁 10）、張熙純〈祝英臺近〉（竹聲喧）（卷 41 頁 5）三首。

其中吳泰來詞序云：「和述庵、少華蘋花水閣聽雨憶山中舊游之作」，顯爲和王昶、張熙純而作；而張熙純詞序云：「同述庵蘋花水閣聽雨和竹嶼作」，朱昂詞序云：「少華（張熙純）來自寒山，留宿蘋花池館，同述庵、紫岑聽雨，和竹嶼作」，兩序與王序相核，分明同記一事。「蘋花水閣」詞人群彼此交叉唱和情形可見一斑。此時王昶居朱氏蘋花水閣，於詞學聲律更加嫻熟，且以詞投贈之友朋漸多，故〈琴畫樓詞鈔自序〉云：

> 余少好倚聲，壬申、癸酉間，寓朱氏蘋華水閣，益研練於四聲二十八調。海内知交以詞投贈者甚夥，歷今二十餘年，積置篋衍。新涼官事稍暇，汰其廳屬媟褻者，存二十五家，曰：《琴畫樓詞鈔》。〔註64〕

王氏將此期間累積之詞篇編纂成書，其〈江城子〉（一襟涼思入清宵）小序曾表示：「秋夜同適庭（朱昂）編次倡和詞卷，忽風雨蕭森，恍如身在舊時蘋花水閣中也」，〔註65〕此處所云之倡和詞卷，或即爲《琴畫樓詞鈔》：包括朱昂《綠陰槐夏閣詞》、朱澤生《鷗邊漁唱》、張熙純《曡華閣詞》、朱方藹《小長蘆漁唱》、趙文哲《婥雅堂詞》、吳泰來《曡香閣琴趣》。可見「蘋花水閣」酬唱風氣之盛，而《琴畫樓詞鈔》正爲記錄此地唱和之詞籍彙刻。

（四）提攜詞壇後學與「三泖漁莊」之酬贈概況

1. 提攜詞壇後學

王昶曾五度擔任科舉考試同考官，在京師與朱筠互主騷壇，時有「南王北朱」之稱，乾隆五十七年（西元 1792 年）更爲順天鄉試主考官；晚年又嘗主講婁東、敷文兩書院，故當代學子出門下及從游受

〔註64〕〔清〕王昶撰：〈琴畫樓詞鈔自序〉，《春融堂集》，卷四十一，頁 9。
〔註65〕〔清〕王昶撰：《琴畫樓詞》，陳乃乾輯：《清名家詞》本，冊 5，頁 61。

業者，凡二千餘人。故王豫云：「自文愨（沈德潛）後，以大臣在籍持海內文章之柄，爲群倫表率者，司寇一人而已」，〔註66〕張舜徽亦云：「蓋昶學博而老，主持風會，垂六十年。識議所及，沾溉無窮，非偶然也」，〔註67〕其文壇地位頗爲崇高。

至於提攜詞壇後學，如丁紹儀所云：

> 司寇通籍後，從軍西陲，洊擢至刑部侍郎，引年歸，復掌教江浙。生平愛才若渴，尤以風雅爲己任。自著詩文外，輯有《國朝詞綜》、《湖海詩傳》、《文傳》等書，閒作小詞，不廢綺語。……竊怪近人刊集，凡涉麗製，每多刪棄，以自託於立言之列，得弗爲司寇哂耶。〔註68〕

王昶以其地位之尊，喜於提攜後進，其門下以黃景仁詞名最著，〔註69〕《國朝詞綜》卷四十四收錄其《竹眠詞》達十四首之多，仲則死後，王昶曾撰〈哭黃仲則六十六韻〉、〈黃景仁墓誌銘〉，透露對黃仲則惜才之情。

此外，如張興鏞〔註70〕、沈星煒〔註71〕、陶樑〔註72〕、姚椿〔註73〕

〔註66〕轉引自嚴迪昌撰：《清詩史》（杭州：浙江古籍出版社，2002 年 12 月），頁 699。

〔註67〕張舜徽撰：《清人文集別錄》（臺北：明文書局，1982 年 2 月），頁 197～198。

〔註68〕〔清〕丁紹儀撰：《聽秋聲館詞話》卷十七，《詞話叢編》本，冊 3，頁 2789。

〔註69〕〔清〕謝章鋌云：「仲則詩名最盛，其竹眠詞爲王蘭泉司寇所刊定。仲則曾及司寇之門，以詞論，殊覺青勝於藍，冰寒於水。乃司寇序之，若有微詞，何也。」見《賭棋山莊詞話》，《詞話叢編》本，冊 4，頁 3484。此序不載《春融堂集》。

〔註70〕張興鏞，字金治，江南華亭人，嘉慶六年舉人，有《遠春詞》二卷。〔清〕謝章鋌：「金治（張興鏞）在王述庵門下，又及聞趙味辛（懷玉）、吳穀人（錫麒）諸老遺論，故其詞無猥瑣之病。」見《賭棋山莊詞話》續編三，《詞話叢編》本，冊 4，頁 3537。

〔註71〕沈星煒，字吉暉，仁和人，監生。有《夢綠庵詞》。〔清〕丁紹儀云：「沈君秋卿星煒，少從蘭泉司寇游，工詩詞，善隸書，兼擅繪事。……其詞錄入王氏詞綜二集。」見《聽秋聲館詞話》卷三，《詞話叢編》本，冊 3，頁 2624。

〔註72〕陶樑，字寧求，號鳧鄉，長洲人。諸生。有《紅豆數館詞》。

等，亦均爲詞壇一時名家。《國朝詞綜二集》於張、沈、陶三家均選入十二闋，此可知王昶對詞壇後生之提攜。此中，又以陶樑與王昶關係最爲密切，曾預訂王昶《金石萃編》、《湖海詩傳》、《詞綜》諸書，且輯《詞綜補遺》，〔註74〕共同商榷《明詞綜》、《國朝詞綜》。〔註75〕嘉慶六、七年復至青浦「三泖漁莊」從王昶游，故塡〈憶江南〉（珠街憶）組詞八闋憶之。〔註76〕

2. 「三泖漁莊」酬贈情形

王昶宅邸名爲「三泖漁莊」，〔註77〕內有「經訓堂」、「春融堂」、「鄭學齋」、「履二齋」、「蒲褐山房」等。此處乃聯繫海內文人雅士之地，投贈酬唱者眾。如以《國朝詞綜》及二集所錄檢之，僅《國朝詞綜》收錄題爲「題三泖漁莊」或「三泖漁莊圖」者，計有十九家二十闋，可謂一時盛況。茲將塡詞酬唱詞篇，省其詞題，列舉如下，包括趙文哲〈百字令〉（清門無恙）（卷39頁6）、王鳴盛〈轆轤金井〉（露簾煙檻）（卷35頁12）、江炳炎〈百字令〉（清門無恙）（卷29頁6）、江昱〈聲聲慢〉（魚波吹月）（卷29頁14）、王又曾〈望湘人〉（乍涼波動蘋）（卷36頁4）、朱昂〈清平樂〉（芙蓉九朵）（卷37頁7）及〈露華〉（擁書小閣）（卷37頁10）二闋、朱澤生〈水龍吟〉（晚蟬聲咽斜陽）（卷39頁16）、蔣士銓〈邁陂塘〉（放先生）（卷38頁6）等。

〔註73〕〔清〕丁紹儀云：「春木名椿，晚號櫹寮，居婁縣。未弱冠即游姚惜抱、王蘭泉二公門，才名籍甚，詩筆尤俊偉。」見《聽秋聲館詞話》卷六，《詞話叢編》本，冊3，頁2648。

〔註74〕〔清〕丁紹儀撰：《聽秋聲館詞話》卷十二：「宗伯少從王蘭泉司寇遊，曾預訂《金石萃編》、《湖海詩傳》、《詞綜》諸書。……宗伯詞，已錄入王氏《詞綜》二集，嗣合晚年所作，總爲八卷。」《詞話叢編》本，冊3，頁2723。

〔註75〕〔清〕孔昭虔撰：〈詞綜補遺序〉，見〔清〕陶樑輯：《詞綜補遺》，《續修四庫全書》本，冊1730，頁3。

〔註76〕楊伯嶺撰：《近代上海詞學繫年初編》（上海：上海教育出版社，2003年7月），頁1。此書指出陶樑、姚椿二人早年在「三泖漁莊」的詞學活動，可視爲近代上海詞學的源頭之一。

〔註77〕三泖爲「上泖、中泖、下泖」，一稱「長泖、圓泖、大泖」。

　　而卷四十以後，大多爲後輩詞人，以「三泖漁莊」爲題者，如韋謙恆〈邁陂塘〉（對茫茫）（卷 40 頁 11）、金兆燕〈八歸〉（孤楓變紫）（卷 41 頁 9）、曹自鋆〈邁陂塘〉（漾粼粼）（卷 41 頁 3）、吳蘭庭〈百字令〉（菰蘆滿眼）（卷 42 頁 12）、宋維藩〈邁陂塘〉（水雲重）（卷 43 頁 5）、熊鈺〈邁陂塘〉（訝生綃）（卷 43 頁 4）、黃景仁〈水調歌頭〉（一幅好東絹）（卷 44 頁 4）等七闋。

　　再者，見於《國朝詞綜二集》，且以「三泖漁莊」爲題者，尚有汪瑞光〈如此江山〉（畫中剪取吳淞水）（二集卷 1 頁 12）、吳錫麒〈石湖仙〉（綃痕秋翦）（二集卷 2 頁 11）、楊揆〈金縷曲〉（結屋臨三泖）（二集卷 3 頁 11）、徐雲路〈摸魚子〉（恨吳淞）（二集卷 5 頁 6）等三闋。

　　此外，自《國朝詞綜二集》所見，如凌廷堪〈瑞鶴仙・題琴德居〉（幽居消永晝）（二集卷 5 頁 11）、陶樑〈齊天樂・琴德居爲述庵賦〉（飛塵不到空山裏）（二集卷 8 頁 21）、趙懷玉〈南浦・王述庵先生來京預千叟宴畢即送南歸〉（風雪駐蒲輪）（二集卷 2 頁 14）、那彥成〈霓裳中序第一・秦鏡爲王述庵司寇作〉（菱花起寒色）（二集卷 3 頁 13）、楊承憲〈渡江雲・題述庵先生柳波雲舫圖〉（春江扶舵去）（二集卷 8 頁 15）等，均爲當代詞人與王昶酬贈之作。

　　王昶生於乾隆極盛時代，此時詞人林立，宗奉浙派詞風者眾；而自王昶以「蘋花水閣」及宅邸「三泖漁莊」二處爲酬唱中心，連繫海內詞家，浙派聲勢遂得以延續至嘉慶之後。

第三章　王昶詞論及其詞作探析

　　首先，探討王昶詞學思想，如詞體音樂性之闡釋，以及比附《詩經》之論詞方式，顯現其推尊詞體之企圖。其次，探討其重視詞家人品、取法南宋、追求清虛騷雅詞風等批評理念，呈現其論詞重點。此外，王昶填詞達三百餘闋，數量不遜於當代詞家，然至今未有專文予以探析，故特將其內容主題分為三類，逐項深究其內涵與特色。

第一節　推尊詞體之論詞宗旨

　　歷來論詞體起源者甚繁，其中上溯至《詩經》者，多半為推尊詞體申說。自宋代以來，已有詞體源於詩歌之說，如北宋蘇軾曾云「微詞婉轉，蓋詩之裔」，〔註1〕南宋王灼「詩與樂府同出，豈當分異」〔註2〕等論述。至於清代，因應詞學中興之勢，「詩詞同源」〔註3〕概念漸為各家論詞共識之一。如丁煒〈詞苑叢談序〉云：「詩與詞，均《三百》

〔註1〕〔宋〕蘇軾撰、孔凡禮點校：《蘇軾文集》（北京：中華書局，1986
　　　　年3月），卷36，頁1943。
〔註2〕〔宋〕王灼撰：《碧雞漫志》卷二，《詞話叢編》本，冊1，頁83。
〔註3〕陳水雲撰：〈清代詞學的詩學化〉，《武漢水利電力大學學報（社會科
　　　　學版）》第20卷第4期，2000年7月，頁57～60。

之遺也」；丁澎《藥園閒話》云：「凡此煩促相宣，短長互用，以啓後人協律之原，豈非《三百篇》實祖禰哉」；〔註4〕田同之《西圃詞說》云：「蓋詩餘之作，其變風之遺乎」；〔註5〕甚至〈四庫全書‧詞曲類提要〉亦云：「究厥淵源，實亦樂府之餘音，風人之末派」，〔註6〕諸如此類之說不乏其人，可見在王昶之前，藉由溯源以推尊詞體之方式，由來已久。

　　「詞為詩裔」、「詞為三百篇之遺」等命題雖非王昶獨創，然其論述內容則較前人更為深入。王昶基於對詞體音樂特性之認識，首先藉溯源詞體以爭取「詩之正」地位。其次，藉比附《詩經》之方式，以詩教傳統論詞。茲分述如下：

一、詞體為「樂之條理」、「詩之苗裔」

　　歷來探討詞體起源，各家說法不一；以浙派為例，朱彝尊嘗云：「〈南風〉之詩、〈五子〉之歌，此長短句之所由昉也」，〔註7〕意在將詞體溯自上古詩歌。而汪森繼承朱氏說法，指出上古詩歌、《詩經》、漢樂府等詩體，句式長短不一，此即詞體源頭。汪氏認為長短句式為詞體與上古詩歌之共同特性，於〈詞綜序〉云：

> 自有詩而長短句即寓焉，〈南風〉之操、〈五子〉之歌是已。
> 周之〈頌〉三十一篇，長短句居十八；漢〈郊祀歌〉十九
> 篇，長短句居其五；至〈短簫鐃歌〉十八篇，篇皆長短句。
> 謂非詞之源乎？〔註8〕

〔註4〕〔清〕徐釚編著、王百里校箋：《詞苑叢談校箋》（北京：人民文學出版社，1998年2月），頁15。

〔註5〕〔清〕田同之撰：《西圃詞說》卷一，《詞話叢編》本，冊2，頁1449。按：此則出自徐喈鳳《詞徵》，見李康化撰：《明清之際江南詞學思想研究》（成都：巴蜀書社，2001年11月），頁357。

〔註6〕〔清〕永瑢等撰：《四庫全書總目‧集部》（北京：中華書局，1995年4月），卷198，頁1807。

〔註7〕〔清〕朱彝尊撰：〈水村琴趣序〉，見〔清〕朱彝尊撰：《曝書亭全集》，《四部備要》本，頁5。

〔註8〕〔清〕汪森撰：〈詞綜序〉，見〔清〕朱彝尊輯：《詞綜》，《四部備要》本，頁1。

此外，李調元於〈雨村詞話序〉亦表示：「詞非詩之餘，乃詩之源也，周之〈頌〉三十一篇，長短句居十八；漢〈郊祀歌〉十九篇，長短句居其五；至〈短簫鐃歌〉十八篇，篇皆長短句」，〔註9〕似前承汪森之說而論。至於王昶〈國朝詞綜自序〉則以音樂角度進行闡述：

> 汪氏晉賢續竹垞太史《詞綜》，謂詞長短句本於《三百篇》，並漢之樂府，其見卓矣，而猶未盡也。蓋詞實繼古詩而作，而詩本於樂，樂本乎音，音有清濁高下，輕重抑揚之別，乃爲五音十二律以著之，非句有長短，無以宣其氣而達其音。故孔穎達詩《正義》謂風、雅、頌有一、二字爲句，乃至八、九字爲句者，所以和以人聲而無不協也。《三百篇》後，《楚辭》亦以長短爲聲；至漢郊祀歌、鐃吹曲、房中歌，莫不皆然。〔註10〕

王昶以爲朱彝尊、汪森溯源詞體之論，並未掌握詞體本身音樂特質。故稱詞體實爲繼承《詩經》、漢樂府等詩歌而來。而上古詩歌之特點，在於詩體與音樂合一，故能表現聲調產生之清濁高低與抑揚頓挫等變化，故凡楚辭、漢樂府等詩體，由於音樂性尚存，故句式均長短不一，詞體亦然。類似說法又見其〈姚莒汀詞雅序〉：

> 唐宋間乃取詩句之長短者，強別爲詞，而皆昧其所自，夫詞之所以貴，蓋《三百篇》之遺也。……蓋詞本於詩，詩合於樂，《三百篇》皆可披之弦歌，騷辨而降，漢之郊祀、鐃歌，無不然者。齊梁拘以四聲，漸啓五七言律體，不能協於管弦，故終唐之世，自絕句外，其餘各體皆非伶人所習，是離詩與樂而二矣。盛唐後，詞調興焉，北宋遂隸於大晟樂府，由是詞復合於樂，故曰「詞，《三百篇》之遺」也。〔註11〕

此即詞體承繼《詩經》傳統，音樂與詩體緊密結合之例證。然自齊梁以來，五七言律體漸興，詩體遂與音樂漸行漸遠，故王昶以爲詞體所以彌足珍貴，在於其形式不似詩體整齊劃一，且尚存古代詩歌所具備之音樂

〔註9〕　〔清〕李調元撰：《雨村詞話》，《詞話叢編》本，冊2，頁1377。
〔註10〕　〔清〕王昶撰：〈國朝詞綜自序〉，《春融堂集》，卷四十一，頁11。
〔註11〕　〔清〕王昶撰：〈姚莒汀詞雅序〉，《春融堂集》，卷四十一，頁8～9。

性。故進而將詞體視爲「《三百篇》之遺」，如〈姚茝汀詞雅序〉云：

> 蘇李詩出，盡以五言，而唐時優伶所歌，惟用七言絕句，
> 其餘皆不入樂，李太白、張志和始爲詞，以續樂府之後，
> 不知者謂詩之變，而實詩之正也。由唐而宋，多取詞入於
> 樂府，不知者謂樂之變，而其實詞正所以合樂也。……詞
> 可入樂，即與詩之入樂，無異也。是詞乃詩之苗裔，且以
> 補詩之窮，余故表而出之，以爲今之詞，即古之詩。即孔
> 氏穎達之謂長短句，而自明以來，專以詞爲詩之餘，或以
> 小技目之，其不知詩樂之源流，亦已傎矣。〔註12〕

此段文章旨在辨別詩體之正變，蓋世人以爲詞體不似詩體整齊劃一，
故稱爲「詩之變」，殊不知自古以來，詩與樂本爲一體，後世詩體發
展爲五、七言，音樂隨之而消亡，僅存七言絕句尚可入樂歌唱。詞體
因其音樂特質，正能繼承古代詩樂合一傳統，故稱詞體爲「詩之正」，
並得出「詩之苗裔」、「今之詞即古之詩」等結論。又藉此駁斥明代以
來「詩餘」、「小技」觀念，使詞體推尊至與詩體地位一致，以達成尊
體目標。其〈吳竹橋小湖田樂府序〉云：

> 蓋以詞者，樂之條理，詩之苗裔。舉一端而六藝居其二焉，
> 故論次之不遺餘力也。淺夫俗士輒以小道薄技目之，何足
> 以仰窺聖言之大哉。〔註13〕

王昶表示詞體「樂之條理」、「詩之苗裔」特質，不惜將詞體推至儒家
經典神聖崇高地位，與六經之《詩經》與《樂經》無別，自此詞體地
位大爲提升。

二、詞體與風騷精神契合

詩教觀念爲重要古代文學價值標準，故以比附《詩經》篇章之批
評方式，亦爲詞評家所運用。如銅陽居士評蘇軾〈卜算子〉云：「此

〔註12〕〔清〕王昶撰：〈國朝詞綜自序〉，《春融堂集》，卷四十一，頁 11。
〔註13〕〔清〕王昶撰：〈吳竹橋小湖田樂府序〉，《春融堂集》，卷四十一，
頁 10。

詞與〈考槃〉詩極相似也」，〔註14〕又如清初劉體仁《七頌堂詞繹》
云：「詞有與古詩同義者，『瀟瀟雨歇』，易水之歌也。『同是天涯』，
麥齔之詩也。『又是羊車過』，團扇之辭也。『夜夜岳陽樓中』，日出當
心之志也。『已失了春風一半』，鯢居之諷也。『瓊樓玉宇』，天問之遺
也」〔註15〕常州詞派，如張德瀛《詞徵》云：「詞有與風詩意義相近
者，自唐迄宋，前人鉅制，多寓微旨。如李太白漢家陵闕，〈兔爰〉
傷時也。張子同西塞山前，〈考槃〉樂志也」，〔註16〕可見比附《詩經》
之評詞方式，在於凸顯詞篇可寄託身世家國之思，繼承風騷精神。

　　自王昶詩學背景而言，其師沈德潛〈清綺軒詞選序〉曾云：「論
詞之工，仍以風雅騷人之旨求之」，〔註17〕以詩論角度評詞，主張詞
體與傳統風騷詩旨相合。又王昶〈西湖柳枝詞序〉云：「故作此詞者，
往往發乎情，止乎禮義，有好色而不淫，好樂而無荒之思，不以靡曼
藝媟爲長」，〔註18〕〈柳枝詞〉亦屬可歌作品，故所云「發乎情，止
乎禮義」即強調創作合乎傳統詩教中含蓄蘊藉、溫柔敦厚之思。可見
王昶論詞與其詩學淵源關係密切。故〈國朝詞綜自序〉云：

　　　且夫太白之「西風殘照，漢家陵闕」，〈黍離〉行邁之意也；
　　　志和之「桃花流水」，〈考槃〉、〈衡門〉之旨也。嗣是溫岐、
　　　韓偓諸人，稍及閨襜，然樂而不淫，怨而不怒，亦猶是摽
　　　梅、蔓草之意，至柳耆卿、黃山谷輩，然後多出於褻狎，
　　　是豈長短句之正哉！〔註19〕

王昶認爲李白〈憶秦娥〉主旨符合〈黍離〉〔註20〕精神，即因其詞寄

〔註14〕〔宋〕鮦陽居士撰：《復雅歌詞》，《詞話叢編》本，冊1，頁60。

〔註15〕〔清〕劉體仁撰：《七頌堂詞繹》，《詞話叢編》本，冊1頁617。

〔註16〕〔清〕張德瀛撰：《詞徵》卷一，《詞話叢編》本，冊5，頁4078～
　　　　4079。

〔註17〕〔清〕沈德潛撰：〈清綺軒詞選序〉，參見金啓華等編：《唐宋詞集序
　　　　跋匯編》（臺北：臺灣商務印書館，1993年2月），頁426～427。

〔註18〕〔清〕王昶撰：〈西湖柳枝詞序〉，《春融堂集》，卷四十，頁17。

〔註19〕〔清〕王昶撰：〈國朝詞綜自序〉，《春融堂集》，卷四十一，頁10。

〔註20〕〈黍離〉出自《詩經・國風・王風》，〈毛詩序〉云：「閔宗周也。周
　　　　大夫行役，至于宗周，過故宗廟宮室，盡爲禾黍。閔周室之顛覆，

寓哀傷故國之思；而張志和〈漁歌子〉主旨則類似〈考槃〉、〈衡門〉，〔註21〕乃藉歸隱山林以諷刺君王失德之意，而二詞均具備「溫柔敦厚」詩教精神；甚至晚唐溫庭筠、韓偓之豔情詞，王昶亦理解爲〈摽梅〉、〈蔓草〉〔註22〕等《詩經》篇章，合乎「樂而不淫」、「怨而不怒」等特質。王氏更進而抨擊北宋柳永、黃庭堅等詞家率多側豔俚俗之詞，有違詩教之旨。

此外，比附《詩經》之評詞方式，最終目的仍在於推尊詞體，〈示長沙弟子唐業敬〉云：

> 填詞世稱小道，此捫籥扣槃之見，非深知詞者。詞至碧山、玉田傷時感世，微婉頓挫，上與《風》《騷》同指，可斥爲小道乎？故竹垞翁於此深致意焉。〔註23〕

此文駁斥世俗以詞爲小道謬論，王昶有鑑於王沂孫、張炎等詞家生於宋元易代之際，填詞多寄託身世，感傷時局，一如朱彝尊所云：「善言詞者，假閨房兒女之言，通於《離騷》變《雅》之義，此尤不得志於時者所宜寄情焉耳」。〔註24〕吳衡照《蓮子居詞話》亦引述：

> 王少司寇昶云：「世以填詞爲小道，此捫籥扣槃之見，非眞知詞者。詞至碧山、玉田，傷時感事，上與風騷合旨，小

彷徨不忍去而作是詩也。」（臺北縣：藝文印書館，1997年8月初版13刷，《十三經注疏》本），頁147。以下所引《十三經注疏》均據此本，不另註明版本項。

〔註21〕〈考槃〉出自《詩經·國風·衛風》，〈毛詩序〉云：「刺莊公也。不能繼先公之業，使賢者退而窮處。」《十三經注疏》本，頁129。〈衡門〉出自《詩經·國風·陳風》，〈毛詩序〉云：「誘僖公也。愿而無立志，故作是詩以誘掖其君也。」《十三經注疏》本，頁252。

〔註22〕〈摽梅〉出自《詩經·國風·召南》，〈毛詩序〉云：「男女及時也。召南之國，被文王之化，男女得以及時也。」《十三經注疏》本，頁62。〈野有蔓草〉出自《詩經·國風·鄭風》，〈毛詩序〉云：「思遇時也。君之澤不下流，民窮於兵革，男女失時，思不期而會焉。」《十三經注疏》本，頁182。

〔註23〕〔清〕王昶撰：〈示長沙弟子唐業敬〉，《春融堂集》，卷六十八，頁18。

〔註24〕〔清〕朱彝尊撰：〈陳緯雲紅鹽詞序〉，見〔清〕朱彝尊撰：《曝書亭全集》，《四部備要》本，卷四十，頁2。

道云乎哉。」通人之言，識解自卓。徵歌度曲，蓋猶近風
雅。腰鼓三百副，終勝於牧豬奴戲耳。〔註25〕

吳氏認為王昶所言乃真知灼見，肯定詞體猶近風雅之旨，駁斥小道之
說。其後，沈祥龍《論詞隨筆》亦有類似記載：

以詞為小技，此非深知詞者，詞至南宋，如稼軒、同甫之
慷慨悲涼，碧山、玉田之微婉頓挫，皆傷時感事，上與風
騷同旨，可薄為小技乎。若徒作側豔之體，淫哇之音，則
謂之小也亦宜。〔註26〕

自沈氏所述觀之，除「如稼軒、同甫之慷慨悲涼」一段與末段外，其
餘均化自王昶之語，可見王昶所言詞體寄託之論，亦為常州詞派所採
納。所不同者，在於沈祥龍兼採豪放、婉約，將辛棄疾、陳亮等豪放
詞家列入，取徑較寬，不似王昶僅以王沂孫、張炎等人為限。

　　因此，王昶倡言詞體「寄託」之意，頗受常派詞論家肯定，如謝
章鋌云：「王述庵昶云『南宋多〈黍離〉麥秀之悲，北宋多〈北風〉
雨雪之感。世以填詞為小道，此扣槃捫籥之說』。誠哉是言也，詞雖
與詩異體，其源則一。漫無寄託，誇多鬬麋，無當也」，〔註27〕則接
受王昶詞論內容，包括推尊詞體、詩詞同源等說法。甚至許宗彥於〈蓮
子居詞話序〉中更指出王昶與張惠言論詞相通之處：

王少寇述庵先生嘗言：北宋多〈北風〉雨雪之感，南宋多
〈黍離〉麥秀之悲，所以為高。亡友陽湖張編修皋文為《詞
選》，亦深明此意。〔註28〕

許宗彥以為王昶所言北宋詞多反映時局背景，南宋詞多透露亡國之
音。以張氏〈詞選序〉所云：「低徊要眇以喻其致。蓋詩之比興，變
風之義，騷人之歌，則近之矣」，〔註29〕故許氏以為王昶寄託理念與
張惠言《詞選》編纂宗旨一致。可見王昶論詞重寄託之主張與常派頗

〔註25〕〔清〕吳衡照撰：《蓮子居詞話》卷四，《詞話叢編》本，冊3，頁2467。
〔註26〕〔清〕沈祥龍撰：《論詞隨筆》，《詞話叢編》本，冊5，頁4059。
〔註27〕〔清〕謝章鋌撰：《賭棋山莊詞話》卷一，《詞話叢編》本，冊4，頁3321。
〔註28〕〔清〕吳衡照撰：《蓮子居詞話》，《詞話叢編》本，冊3，頁2388。
〔註29〕〔清〕張惠言撰：《張惠言論詞》，《詞話叢編》本，冊2，頁1617。

有相通之處。

　　雖然張惠言《詞選》成書於嘉慶二年（西元 1797 年），與王昶所輯《明詞綜》、《國朝詞綜》成書於嘉慶七年（西元 1802 年），不僅時代極為相近，兩人亦兼有學者身分，故能從傳統經學與詩教精神立論。實則王昶繼承朱彝尊之說，推崇姜、張；而張惠言則別立宗派，遠紹溫庭筠，可見兩人雖論述相近，然宗法有別。

三、推尊詞體論述之檢討

（一）罔顧詞樂亡佚事實

　　王昶藉闡明詞體音樂特性以推尊詞體，後世詞論家亦有所批評，江順詒《詞學集成》即云：

> 謂長短句發源於詩可也，謂今之長短句即古之詩不可也。今之詩尚非古之詩，何況於詞。引孔氏《正義》謂詩有一二字及八九字，即詞所本。就詩之中之一二字八九字甚少，而一代有一代之樂，正後人之善變，非墨守磨驢陳跡也。……《三百篇》入樂，乃以音就字，以上四工尺之音，就平上去入之字，……。今人之詞，皆可入樂，似非通論。〔註30〕

江順詒以為王昶所謂「今之詞即古之詩」論述失當，強調古今音樂不同，而詞體入樂，乃後人配合歌詞平仄句式而譜曲所致，應更正為「發源於詩」，方合乎詞樂亡佚事實。然而若就王昶推尊詞體之動機而言，正欲扭轉世人輕忽詞體之概念，方有武斷偏頗之言，實不宜苛責太過。

（二）以詩尊詞之侷限

　　王昶補充朱彝尊、汪森於〈詞綜序〉之論述，藉由掌握詞體音樂性，與古代詩樂合一，提出「詞為三百篇之遺」、「詩之苗裔」、「今之詞即古之詩」等理念，闡述詩詞同源，使詞體地位得以提升。此外，

〔註30〕〔清〕江順詒輯：《詞學集成》卷一，《詞話叢編》本，冊 4，頁 3217～3218。

又藉由比附《詩經》篇章，強調詞體亦具有傳統詩教精神。然觀其推尊詞體方式，無非出自以詩論詞，企圖呈現詩詞共同特性，卻無法彰顯詞體本身特質，卻終究淪爲詩之附庸。〔註31〕

　　要之，王昶論詞雖存可議與偏頗之處，但推究其動機，不外乎深受格調詩學背景之影響，故以詩學角度論詞，未能凸顯詞體獨特性，但其尊體論述，實則已使詞體脫離豔科小道之列，故於詞學批評上仍應有其價值。

第二節　王昶詞學之實際批評

　　王昶以推尊詞體爲論詞主旨，實際反映於詞學批評與創作上，約有三端，包括論詞必論人、取法南宋詞家、標舉「清虛騷雅」等審美主張。

一、論詞必論人，重視詞家人品

　　自孟子提出「知人論世」觀點，〔註32〕歷來論詩文者大多恪守其說。而清代詩論家如沈德潛所云「人品如此，詩安得佳？」，〔註33〕朱彝尊「誦詩者，必先論其人」，〔註34〕乃至於王昶〈湖海詩傳自序〉亦云：「以詩證史，有裨於知人論世」，〔註35〕均可見重視人品之詩學傾向。而王昶《蒲褐山房詩話》即自《湖海詩傳》、《青浦詩傳》等詩選中，輯錄「詩人小傳」而成，此外，另有考訂張炎生平事蹟，撰成

〔註31〕方智範等著：《中國詞學批評史》（北京：中國社會科學出版社，1994年7月），頁244。

〔註32〕《孟子·萬章下》：「頌其詩，讀其書，不知其人可乎？是以論其世也。」參見〔漢〕趙歧注、〔宋〕孫奭疏：《孟子》，《十三經注疏》本，頁186。

〔註33〕〔清〕沈德潛編：《古詩源》（臺北：臺灣商務印書館，1970年7月，臺三版），頁97。

〔註34〕〔清〕朱彝尊撰：〈高舍人詩序〉，見〔清〕朱彝尊撰：《曝書亭全集》，《四部備要》本，卷三十八，頁5。

〔註35〕〔清〕王昶撰：〈湖海詩傳自序〉，《春融堂集》，卷四十一，頁3。

〈山中白雲詞跋〉、〈書張叔夏年譜後〉二文，〔註36〕可見其極重視作家身世與人品。

而其重視人品之理念，實與詞體寄託比興關係密切，其〈姚莒汀詞雅序〉云：

> 然風雅正變，王者之跡，作者多名卿大夫，莊人正士。而柳永、周邦彥輩不免雜於俳優，後惟姜、張諸人以高賢志士放跡江湖，其旨遠，其詞文，託物比興，因時傷事，即酒食遊戲，無不有黍離周道之感。〔註37〕

論詞必論人之依據，與其論詞重「比興寄託」遙相呼應，而南宋姜夔、張炎等詞家以其高潔品格與落拓身世，於詞篇中寄託關懷家國之意，故能繼承《詩經》風雅精神。至於柳永、周邦彥等人則與俳優無異。又如〈江賓谷梅鶴詞序〉云：

> 余常謂論詞必論其人，與詩同。如晁端禮、万俟雅言、康順之（按：當為康與之，字順庵）。其人在俳優戲弄之間，詞亦庸俗不可耐。周邦彥亦未免於此。〔註38〕

王昶沿用以人品論詩之概念，重視詞家身世背景與品格高下，如晁端禮、万俟雅言、周邦彥等人在大晟府供職，所作多應制詞；康與之則曾上高宗〈中興十策〉，後依附秦檜。故此類人品有疵之詞家，則其詞勢必平庸淺俗，了無足觀。

準此主張，王昶打破以往姜史並稱之概念。其云：

> 至姜氏夔、周氏密諸人，始以博雅擅名，往來江湖，不為富貴所熏灼，是以其詞冠於南宋，非北宋所能及。暨於張氏炎、王氏沂孫，故國遺民，哀時感事，緣情賦物，以寫閔周〈哀郢〉之思。而詞之能事畢矣。世人不察，猥以為姜、史同日而語，且舉以律君。夫梅溪乃平原省吏，平原之敗，梅溪因以受黜。是豈可與白石比量工拙哉！譬猶名

〔註36〕〔清〕王昶撰：《春融堂集》，卷四十三，頁9。
〔註37〕〔清〕王昶撰：〈姚莒汀詞雅序〉，《春融堂集》，卷四十一，頁8。
〔註38〕〔清〕王昶撰：〈江賓谷梅鶴詞序〉，《春融堂集》，卷四十一，頁4。

　　　倡妙伎，姿首或有可觀，以視瑤臺之仙、姑射之處子，臭
　　　味區別，不可倍蓰算矣！〔註39〕

在王昶之前，王士禎〈跋史邦卿詞〉云：「史達祖邦卿，南渡後詞
家冠冕，然考其人，乃韓侂冑堂吏耳」〔註40〕之說，已對史達祖人
品頗有微詞。王昶則將史達祖與其他南宋詞家比較，認為姜夔、周
密流落江湖，不受名利所誘，而張炎、王沂孫二人，則因經歷國亡
家破，所作多能合乎詩教傳統。進而批評史達祖委身韓侂冑省吏，
趨炎附勢，人品甚為卑劣。甚至以「瑤臺之仙」與「名倡妙伎」比
喻姜史區別，大大貶低史達祖地位。於是後世漸改以「姜、張」並
稱，如郭麐曾云：

　　　宋之詞人向子諲、史邦卿皆成家者。然史以附韓侂冑為士
　　　論所賤。向以貴臣戚里，卓然方格，迕檜而歸，其人品相
　　　去遠矣！〔註41〕

郭麐以為向子諲、史達祖二人面對權臣態度之差異，說明史達祖人品
低下，郭氏又云：「倚聲家以姜、張為宗，是矣」，〔註42〕可見其以人
品論詞篇水準高下，以及「姜張」並稱之說法，均來於王昶。故陳
水雲表示：

　　　王昶的意義不僅將此理論首次應用於詞學批評，更在其對
　　　傳統詞學將詞品與人品截然分開觀念的突破，……這種將
　　　詞品與人品分開的觀念在康熙乾隆時期仍然流行，但王昶
　　　強調兩者不可分離，實際上是要求作者提升自己的人格修
　　　養，因而改變了浙派詞人重詞品輕人品的現象。〔註43〕

浙西詞派自朱、汪等人多稱南宋詞「始極其工」、「始極其變」等，然

〔註39〕〔清〕王昶撰：〈江賓谷梅鶴詞序〉，《春融堂集》，卷四十一，頁4。
〔註40〕〔清〕王士禎撰：〈跋史邦卿詞〉，《帶經堂集・蠶尾文集》，《續修四
　　　庫全書》本，卷八，頁9。
〔註41〕〔清〕郭麐撰：《靈芬館詞話》卷二，《詞話叢編》本，冊2，頁1531。
〔註42〕〔清〕郭麐撰：《靈芬館詞話》卷二，《詞話叢編》本，冊2，頁1524。
〔註43〕陳水雲撰：〈嘉慶年間詞學思想的新變〉，《武漢大學學報（哲學社會
　　　科學版）》，1999年第2期，頁106～107。

而僅著眼於既定風貌，尚屬模糊概念。至於王昶始強調「論詞必論人」，結合詞篇與詞家人品，不僅重視南宋詞篇本身之藝術形式，亦關注詞家品格與胸襟。

二、取法南宋詞家

於王昶所撰詞學序跋所見，以品評當代詞人爲主，且服膺浙派朱彝尊推舉南宋之理念，故評詞多舉南宋詞家爲典範，曾讚譽趙虹詞「似石帚、梅溪、蘋洲、玉笥」，〔註44〕將姜夔、史達祖、周密、王沂孫四家並舉。又評陶樑、李福、張詡三家詞云：「詩皆出入蕭、楊、范、陸，而詞亦姜、史、張、王之繼別」。〔註45〕此二則雖提及史達祖，然自王昶論詞文獻中觀察，亦可發現王昶已漸擺脫史達祖，標舉詞家以姜夔、周密、張炎、王沂孫四家爲典範，如評朱昂詞云：「宗法在白石、碧山、玉田、草窗諸家」；〔註46〕評汪棣詞云：「詞以王碧山、張玉田爲法」；〔註47〕甚至品評孫雲鳳及妹雲鶴等閨秀詞人，亦讚其「取法南宋，風韻蕭然，而所適皆不偶，故多幽怨語」。〔註48〕足見王昶繼承浙派，取法南宋之途徑。

王昶曾云：「行有餘力，間閱南宋詞及本朝浙西六家，能於此拔幟其間，亦不朽盛事也」，〔註49〕可見推崇南宋詞之外，於近世詞家中，多以能追隨浙派之詞家爲佳，如題吳企晉〈淨名軒遺集序〉云：「詞法竹垞，上得北宋人妙意」；〔註50〕又評陶梁詞云：「所作以石帚、

〔註44〕〔清〕王昶撰：〈摸魚兒・贈趙飲谷即送其之揚州〉，《琴畫樓詞》，《清名家詞》本，冊5，頁28。

〔註45〕〔清〕王昶撰：〈孫鑑之海月詞序〉，《春融堂集》，卷四十一，頁9。

〔註46〕〔清〕王昶撰：〈朱適庭綠陰槐夏閣詞序〉，《春融堂集》，卷四十一，頁5。

〔註47〕〔清〕王昶撰：〈刑部員外郎汪君墓志銘〉，《春融堂集》，卷五十六，頁10。

〔註48〕〔清〕王昶撰：〈三姝媚〉詞序，《琴畫樓詞》，《清名家詞》本，頁105。

〔註49〕〔清〕王昶撰：〈示長沙弟子唐業敬〉，《春融堂集》，卷六十八，頁18。

〔註50〕〔清〕王昶撰：〈淨名軒遺集序〉，《春融堂集》，卷三十九，頁12。

玉田、碧山、蛻巖諸公爲師，近則以竹垞、樊榭爲規範」，〔註51〕均反映王昶主張師法南宋典雅詞派之傾向。

三、品評詞篇標舉清虛騷雅與聲律格調

（一）崇尚「清虛騷雅」與「微婉頓挫」詞風

王昶品評詞篇之角度，多類屬鶚，重視淡雅清遠詞風，如評汪棣詞云：「清虛淡雅見重於詞家」；〔註52〕評陶梁詞云：「其幽潔妍靚，如昔人所云『水仙數萼，冰梅半樹』，可想其娟妙」；評孫鑑之詞云：「所著清新婉麗中，風格皎然，頗有東夫（蕭德藻）具體而上，規白石尤如驂之靳也」〔註53〕等。可見「淡雅」、「幽潔妍靚」、「清新婉麗」等詞風均爲王昶所讚賞。

此外，又往往以「微婉頓挫」與「清虛騷雅」並舉。如〈青浦詩傳自序〉云：「附以詞二卷，亦皆清虛騷雅，微婉頓挫，足爲倚聲者法，可謂盛矣」，〔註54〕而評吳蔚光詞亦云：

> 情深文明，微婉頓挫，於四朝詞之精粹，無不擷其芳葷；
> 比其格律，縱橫變化，一以清虛騷雅爲歸，卓然爲當代名
> 家無疑也。〔註55〕

「情深文明」一詞出自《禮記》，〔註56〕指情感深摯且文理清晰，文質兼顧之意；而「微婉頓挫」則出自杜甫〈同元使君春陵行〉詩序：「不意復見比興體制，微婉頓挫之詞」。〔註57〕寄託身世之感，必須

〔註51〕〔清〕王昶撰：〈陶㪍鄉紅豆樹館詞序〉，《春融堂集》，卷四十一，頁7。

〔註52〕〔清〕王昶撰：〈刑部員外郎汪君墓志銘〉，《春融堂集》，卷五十六，頁10。

〔註53〕〔清〕王昶撰：〈孫鑑之海月詞序〉，《春融堂集》，卷四十一，頁7。

〔註54〕〔清〕王昶撰：〈青浦詩傳自序〉，《春融堂集》，卷四十一，頁2。

〔註55〕〔清〕王昶撰：〈吳竹橋小湖田樂府序〉，《春融堂集》，卷四十一，頁6。

〔註56〕《禮記·樂記》卷十九：「德者情之端也。樂者德之華也。金石絲竹，樂之器也。詩言其志也。歌詠其聲也。舞動其容也。三者本於心，然後樂器從之。是故情深而文明，氣盛而化神。和順積中而英華發外，唯樂不可以爲僞。」《十三經注疏》本，頁68。

〔註57〕〔清〕康熙敕撰《全唐詩》（北京：中華書局，1996年1月6刷），

透過「微婉頓挫」含蓄委婉，曲折迂迴之表達情感方式。此即王昶所云「詞至碧山、玉田傷時感世，微婉頓挫，上與風騷同指」〔註58〕之意。

王昶所云「清虛騷雅」，出自張炎《詞源》評姜夔詞：「不惟清空，且又騷雅，讀之使人神觀飛越」，〔註59〕可見其標舉「清虛騷雅」係崇尚姜夔、張炎清空一派，故評趙文哲詞云：「清虛騷雅，皆足與南宋人相上下」。〔註60〕至於「騷雅」一詞，即是詞家值身世飄零、家國動盪之際，藉作品傷時感世，意在言外，上溯詩騷傳統之意。如〈琴畫樓詞鈔自序〉云：「宋末詩人於社稷滄桑之故，江湖萍梗之意，隱然見於言外。豈非變而復於正，與騷雅無殊者歟？」〔註61〕可見王昶所云「清虛騷雅」、「微婉頓挫」等評語，均主張詞家填詞以寄託情志，並呈現清新淡遠、含蓄委婉之美感。

（二）重視聲律格調之諧婉

王昶學詞初以聲律入手，嘗云：「余少好倚聲，壬申、癸酉間，寓朱氏蘋華水閣，益研練於四聲二十八調」，〔註62〕其〈琴畫樓詞鈔自序〉亦云「其守律也嚴，選材也雅。蓋白石、玉田、碧山之繼別」，可見其重視聲律嚴謹與主題之雅正，嘗評陸培詞云：「聲情妍婉，當與張蛻巖相上下」，〔註63〕強調以聲調與情感相互配合，以達詞篇之妍秀清雅。又評朱昂詞云：「瀏然以清，孑然以峭，宗法在白石、碧山、玉田、草窗諸家，而於律尤細」，〔註64〕不僅追求清新流暢、孤

冊7，頁2360。下文引《全唐詩》均據此本，逕標冊次頁碼於後，不另出注。

〔註58〕〔清〕王昶撰：〈江賓谷梅鶴詞序〉，《春融堂集》，卷四十一，頁4。

〔註59〕〔宋〕張炎撰：《詞源》卷下，《詞話叢編》本，冊1，頁259。

〔註60〕〔清〕王昶撰：〈趙升之曇華閣詞序〉，《春融堂集》，卷四十一，頁5。

〔註61〕〔清〕王昶撰：〈琴畫樓詞鈔自序〉，《春融堂集》，卷四十一，頁9。

〔註62〕〔清〕王昶撰：《春融堂集》，卷四十一，頁9。

〔註63〕見王昶〈解連環〉（平湖渺矣）詞序，見《琴畫樓詞》，《清名家詞》本，冊5，頁50。

〔註64〕〔清〕王昶撰：〈朱適庭綠陰槐夏閣詞序〉，《春融堂集》，卷四十一，

寂冷峭詞風，並須以聲律為基礎，一如前述「比其格律縱橫變化，一以清虛騷雅為歸」。故對清空騷雅以及聲律格調之追求，乃為王昶品評詞家之重要主張。

第三節　王昶《琴畫樓詞》探析

　　清代浙西詞派中期詞人中，王昶為重要詞家之一，其所著《琴畫樓詞》四卷，〔註65〕收錄於《春融堂集》卷二十五至二十八，〔註66〕而馮震祥錄《國朝六家詞鈔》〔註67〕題為《春融堂詞》，陳乃乾輯《清名家詞》〔註68〕則題為《琴畫樓詞》。此三種版本，《國朝六家詞鈔》藏於上海圖書館，取得不易，《春融堂集》所收《琴畫樓詞》為最早刻本，而陳乃乾《清名家詞》據原刻本標點，便於檢閱，故本文所引王昶《琴畫樓詞》均據此本，逕附頁碼於後，不另出注。

　　王昶詞集可於詞序中顯示創作時間者，最早為二十四歲〈摸魚兒·丁卯春仲送廖覲揚入都〉而晚至七十七歲〈玉京秋·庚申八月二十日敷文書院講德齋〉；而終其一生，從不放棄填詞。相較同時經學家兼填詞者，如王鳴盛《謝橋詞》二卷，僅四十一首；姚鼐《惜抱軒集》錄詞僅八首，且自稱乾隆三十二年後絕不作詞。可見乾隆後期，碩學鴻儒多視詞為雕蟲小技，〔註69〕王昶《琴畫樓詞》數量達三百零六首，可見填詞十分積極，絲毫不遜於同時詞家。錢大昕〈春融堂集

頁 5。

〔註65〕據賀光中《論清詞》著錄，於《琴畫樓詞》四卷外，另有《紅葉江村詞》一卷，嚴迪昌《清詞史》等書均沿其說。經查不見此本。

〔註66〕據《清詞別集知見目錄彙編》，王昶《琴畫樓詞》版本有嘉慶四年刻、嘉慶十二年塾南書舍刊、光緒十八年刻等三種。

〔註67〕〔清〕馮震祥《國朝六家詞鈔》十六卷，其中收錄王昶《春融堂詞》二卷、蔣士銓《忠雅堂詞》二卷、吳錫麒《有正味齋詞》四卷、屠倬《是程堂詞》二卷、孫原湘《天真閣詞集》四卷、郭麐《靈芬館詞》二卷。

〔註68〕陳乃乾輯：《清名家詞》（上海：上海書店，1982 年 12 月），冊 5。

〔註69〕嚴迪昌撰：《清詞史》（南京：江蘇古籍出版社，1999 年 8 月 2 版 2 刷），頁 402。

詞序〉：

> 倚聲樂府，偷聲減字，慢詞促拍，一一葉於律呂。其選言
> 也新，其立意也醇，緣情體物之作，清新婉約，出入風雅，
> 有一唱三歎之音。〔註70〕

王昶其人不僅詩聞名吳會，而填詞講究聲律，立意醇雅；詞風清新婉
約，出入風雅。然歷來論及王昶詞篇，稍有提及者，多半未窺詞集全
貌，如張少眞《清代浙江詞派研究》率錄二闋，並云「多紀游之作，
其詞以輕蒨爲宗」。〔註71〕審視王昶《琴畫樓詞》，以「應酬贈答」、「山
水田園」、「羈旅抒情」、「詠物題畫」四類主題居多。其中，「應酬贈
答」主要反映其人際互動，不似「山水田園」、「羈旅抒情」、「詠物題
畫」等主題較具特色，故僅以三類爲例，各舉若干詞篇進行探析，以
呈現王昶創作整體風貌。

一、山水田園之詞

（一）登臨山水之詞

王昶生長於江蘇青浦，鄰近山水名勝頗多。其〈青浦詩傳自序〉
云：「蓋吾鄉溪山清遠，與三吳競勝，而地偏境寂，無芬華綺麗之引，
士大夫家雲煙水竹間，起居飲食，日餐湖光而吸山淥，襟懷幽曠，皆
乾坤清氣所結」，〔註72〕故早年登臨山水之詞頗多。觀其〈琵琶仙・
秋日過薛澱湖〉云：

> 黃篾衝波，漸迎面、策策寒飆淒凜。紅蓼開滿煙洲，沙鷗正
> 涼寢。遙望裏、冰奩一片，映依約、翠峰同浸。水國樓臺，
> 山家門巷，溪樹交蔭。　　又多少、釣叟漁童，向菱浪蓮泥
> 下柴罧。最好故鄉秋老，有蓴鱸幽品。須縛个，苔磯草屋，
> 倚枯藤、看遍楓錦。底事湖海飄蓬，鬢華霜沁。(頁1)

〔註70〕〔清〕錢大昕撰：〈春融堂集詞序〉，《春融堂集》，頁6～7。
〔註71〕張少眞撰：《清代浙江詞派研究》，東吳大學中國文學研究所碩士論
　　　　文，1978年5月，頁122。
〔註72〕〔清〕王昶撰：〈青浦詩傳自序〉，《春融堂集》，卷四十一，頁2。

此調宋詞僅見姜夔〈琵琶仙〉（雙槳來時）一闋。薛澱湖，一名「澱山湖」，位於青浦城西十五公里，爲當地著名大湖。上片述泛舟游湖，以「黃篾」代船，開啓以下遊湖經歷，湖面澄靜無波，所見山巒彷彿沉浸於湖中，山村景致，一一映照於湖面，呈現秋日湖上寥廓蕭瑟之境。下片興起懷鄉歸里之思，期許未來辭官後，將可歸隱山林，返鄉終老。又如〈南浦〉：

> 雲色半晴陰，望疏疏，凍雪猶棲亭堠。浦漵正蒼茫，冰澌響、風定湘紋微皺。香林莫認，但聽煙外鐘吼。十里江鄉無限景，遙露幾稜寒岫。　　回思鐵笛吟仙，泛瓜皮、每共詩朋石友。菅帽倚篷窗，清游好、獨坐試香溫酒。何時小隱，漁莊閒試垂竿手。更倣松溪勻粉墨，寫出短蘆衰柳。
>
> （燕文貴有松溪殘雪圖）（頁3）

序云：「渡柳微雪，山村汀樹，進入玉壺世界中，風景蒼寒，扣舷歌此，幾令凍鷗拍拍驚起也」。上片寫大雪初晴天候，此時冰雪未消，故所見雪棲亭堠、浦漵蒼茫之景，甚至難辨山林蹤跡；且以「冰澌響」、「煙外鐘吼」聲音反襯出特殊靜謐氣氛。下片指寫泛舟清游之樂，造語清空，一派閒雅。此外，如〈瑤華‧巖東霽雪〉：

> 試燈風軟，挑菜冰銷，聽簷聲乍滴。玲瓏石角，漸露卻、點點苔紋草色。幽蹤莫認，問誰訪、空山岑寂。但凍鴉飛過松梢，林外一痕瑤碧。　　嚴寒初減衣棱，剩簾底清陰，猶照窗格。緗梅瘦也，想冷蕊、開遍花坪南北。鄉園春好，只愁損、玉塵無蹟。趁新晴流到吳淞，添了尊波幾尺。（頁32）

其序云「木瀆遂初園在靈巖山下，蓋企晉祖所構也。分爲十景，各系以詞」。「巖東霽雪」爲吳泰來先祖所築「木瀆遂初園」所作十景之一。此詞上片寫冰雪初融之景，運用「冰銷」、「凍鴉」、「嚴寒」、「冷蕊」等冰冷觸覺詞語，刻意營造深幽冷寂之韻致。然後以「但凍鴉飛過松梢，林外一痕瑤碧」一句，劃破原有空靈靜謐之境。下片以憑窗賞梅，引起鄉愁，並以歸隱思鄉之情作結。此篇字詞研練，頗見清婉深秀之姿。又如〈金縷曲‧登蒜山〉：

波浪兼天湧。倚晴空、雲根一片，水邊龍嵸。磴滑苔花無
路到，誰縛茅亭孤聳。喜草屬、笻枝堪用。吳楚青蒼分極
浦，望大江、萬里長風送。海門闊，水煙重。　　金焦幾
疊銀盤捧。最蒼茫、雲陽杜野，遙連鐵甕。蘆荻蕭蕭沉戰
壘，憑弔六朝如夢。但估客、帆檣橫縱。北府冰廚無限好，
倩谷兒、夜市偏提控。判醉待，月流汞。（頁14）

此闋爲登臨懷古之詞，蒜山位於鎮江南郊，自古爲軍事要地。上片寫
登蒜山經過與所見之景。首句「波浪兼天湧」截自杜甫〈秋興〉八首
之一：「江間波浪兼天湧」（冊7，頁2510）句，「吳楚青蒼分極浦」則
襲自王士禛〈曉雨復登燕子磯絕頂〉：「吳楚青蒼分極浦」句。〔註73〕
「金焦」指金山、焦山，二山屹立於大江之上，西東相對。雲陽、杜
野均爲地名。「鐵甕」指鎮江古城，三國孫權所建。如吳潛〈水調歌頭‧
焦山〉首句：「鐵甕古形勢，相對立金焦」，可見其戰略形勢重要。「蘆
荻蕭蕭沉戰壘」化自劉禹錫〈金陵懷古〉末句「故壘蕭蕭蘆荻秋」（冊
11，頁4058），寫今昔之感，當年六朝與如今商旅客船往來繁華景象，
形成強烈對比。「冰廚」疑爲「兵廚」之誤，〔註74〕宋人多以「兵廚」
稱公庫酒，據周密《武林舊事》卷六載「北府兵廚」爲鎮江名酒。故
下以醉作結，「月流汞」似出自蘇軾〈送陳睦知潭州〉：「白鹿泉頭山月
出，寒光潑眼如流汞」。〔註75〕整闋借鑒用典處頗多，不嫌生硬，詞風
清曠超遠，爲王昶詞集中罕見之作。

（二）田園農村之詞

除以詞篇描繪壯麗之山水外，又有田園農村風光之詞，如〈竹香

〔註73〕 原詩：「岷濤萬里望中秋，振策危磯最上頭。吳楚青蒼分極浦，江山
平遠入新秋。永嘉南渡人皆盡，建業西風水自流。灑酒重悲天塹險，
浴鳧飛鷺滿汀洲。」〔清〕王士禛撰：《漁洋精華錄》（臺北：世界書
局，1960年11月），卷五，頁8。

〔註74〕 「冰廚」原指冰窖，《吳越春秋》：「勾踐之出遊也，休息食宿於冰廚。」
然與此處詞意不通。

〔註75〕 〔宋〕蘇軾撰、〔清〕馮應榴輯註、孔凡禮點校：《蘇軾詩集》（北京：
中華書局，1999年10月），卷27，頁1427。

子‧西陵道中〉：

> 過盡桑堤柳陌。野店初停銀勒。幾番微雨濕征衣，喜見青
> 青麥。　　東風猶自側側。遠山重被春雲隔。棠梨花外共
> 提壺，知是明朝寒食。（頁67）

此調宋詞僅見劉過〈竹香子〉一體，此闋詞風一派悠閒清遠。嚴迪昌曾云：「王昶詞援入詩壇格調派傾向，變『浙派』通常表現的幽淡爲雍容爾雅，鼓吹盛世元音。次如〈竹香子‧西陵道中〉、〈漁家傲‧莎村觀刈〉等描述農家生涯，也是『江村處處垂香稻』、『山農笑，紅蓮今歲收成早』或『幾番微雨濕征衣，喜見青青麥』之類，一派昇平豐產景象」，〔註76〕可見王昶田園詞多以淡雅之筆敘太平氣象。次如〈壺中天〉〔註77〕云：

> 峯迴路轉，向商於東下、雨餘浮翠。洗得千重眉黛影，烏
> 柏青楓分綴。笭箵橫舟，桔橰傍屋。欲畫知難擬。碧雲未
> 散，和煙漸作新霽。　　正好候館蕭閒，竹軒梅磴，香信
> 來仙桂。應是畸人留剝啄，聊與風塵小憩。晚稻登盤，秋
> 菘薦酒，不盡漁樵意。殘霞纏捲，半蟾已掛天際。（頁95）

此爲農郊記遊之作，僅讚賞農家幽寂閒遠之景。將雨後呈現淡綠山色，比作千重眉黛影，雲煙迷濛之間新霽，以豐富色彩勾勒出山光水色，使農村呈現清新雅逸風貌。

二、羈旅抒懷之詞

（一）宦遊羈旅之詞

王昶生平遊歷遍及各地，遠征川緬，離鄉出任官職，故詞篇多以紀遊、羈旅爲主要基調。早年填詞，多抒發貧士落拓之懷，如〈月華

〔註76〕嚴迪昌撰：《清詞史》（南京：江蘇古籍出版社，1999年8月2版2刷），頁363。

〔註77〕其序云：「洵陽路曲折數十里，至山陽，葱蒨深峭，雨後巒翠尤濃，善畫者莫能寫，而農村漁步，上下幽寂，宜古之高隱，多出於商雒間也。」

清〉詞：

> 雪颭蘆花，霜酣楓葉，枯楊搖曳殘縷。一片西風，長伴愁
> 人羈旅。宿江程、單枕燈寒，過水驛、橫橋月苦。聽取。
> 又幾番哀雁，幾聲柔櫓。　　篋裡征衫如許，望翠黛彎環，
> 故鄉何處。矮屋香茅，忍負泖湖煙雨。須收拾、蔗稜瓜塍，
> 重料理、竹溪梅塢。歸去。把苔箋吟寫，小園詞賦。（頁 16）

其序云：「長至後舟過溧陽，天寒歲晚，猶泊江湖，回首故山，悽然
欲絕也」，可知所抒為落拓江湖之感，離開故鄉青浦，冬至之際途經
江蘇溧陽所作。上片起句以蘆花、楓葉、枯楊渲染蕭瑟之景，並敘羈
旅愁苦。「泖湖」即青浦境內三泖湖，「竹溪梅塢」一詞擷自元好問〈續
小娘歌〉十首之七：「竹溪梅塢靜無塵」。〔註78〕「翠黛」原喻指女性
雙眉，借代山色；「彎環」則借指流水曲折貌，末結以吟嘯山水、遨
遊江湖為志。又〈剔銀燈〉之一云：

> 嫋嫋兼葭波起。旅客孤舟斜艤。隔竹茶檣，橫橋酒店，幾
> 點微明小市。篷窗雨細。伴山鬼、縱橫清淚。　　回首江
> 鄉天際。綠樹東村迢遞。水驛殘更，河梁遠夢，誰信此時
> 憔悴。長瓶難醉。只獨宿、夜涼相對。（頁 45）

其序云：「予在真州旅舍，曾譜燈詞四闋，祕置篋衍久矣。青光舟次，
燈窗夜坐，忽檢及之，悲感橫生，再為摹寫，匪徒體物，亦以志身世
蒼涼，更甚於昔也」。真州在今江蘇儀徵縣，為北上京師所經之地。
首句以「嫋嫋兼葭」起興，寫旅途客居紀實，茶館酒店，一派空寂蕭
條之景，獨有窗外細雨，彷彿山鬼泣淚，悽涼情思，溢於言表；下片
則抒漂泊之感，在此迢遞荒村，復值夜深人靜，獨宿難眠，憔悴落寞。

王昶晚年亦有傾吐旅懷況味之作，如〈催雪·長沙小除夜有寄〉
云：

> 石炭凝紅，銀尊湛綠，又是小除時節。看屐齒春泥，牆腰

〔註78〕原詩：「竹溪梅塢靜無塵，二月江南煙雨春。傷心此日河平路，千里
荊榛不見人」〔金〕元好問撰、姚奠中主編、李正民增訂：《元好問
全集》（太原：山西古籍出版社，2004 年 1 月），頁 136。

霽雪。不似燕山風景，誰伴取、寒窗還此別。匆匆燈火，
淒淒弦管，旅懷難說。　　愁絕。最蕭屑，記詠絮傳柑，
博山同爇。任蕉萃天涯，丁香空結。雁過瀟湘斷也。更難
望京華雲千疊。須盼到、堤柳微黃，小巷纔停征轍。（頁 100）

嚴迪昌曾評此詞「寫於革職從軍途中，也只是『恁憔悴天涯，丁香空
結。雁過瀟湘斷也，更難望、京華雲千疊。』這樣溫柔敦厚的旅情抒
述而已」，〔註79〕然據《述庵先生年譜》載，此詞實為乾隆五十五年，
以刑部右侍郎身分前往審訊長沙知縣一案，〔註80〕寫於六十八歲時，
應非寫於從軍途。上片寫雪霽時飲酒景況，「牆腰霽雪」一詞化自姜
夔〈一萼紅〉（古城陰）「牆腰雪老」（冊 3，頁 2802）句，「詠絮」即
詠雪，為晉才女謝道韞典，「傳柑」指係上元夜宮中以黃柑相贈習俗，
「博山」係焚香所用熏爐，藉此二者以緬懷當年朝中飲宴之樂。又「丁
香空結」截自李璟〈山花子〉：「丁香空結雨中愁」句，而「雁過瀟湘
斷也」亦截自趙長卿〈南歌子‧道中值重九〉（此日知何日）：「扁舟
隨雁過瀟湘」句（冊 3，頁 2324），以丁香、雁等意象抒發宦遊旅愁。

（二）思親懷妻之詞

　　王昶於羈旅途中，除感懷身世之外，亦抒發思念老母之感，如〈臨
江仙〉：「昨夜鯉魚風起，輕寒初到衣棱。十年身世感飄蘦。高堂霜鬢
白，客舍一燈青」（頁 47）；〈金縷曲‧宜興道中〉云：「白髮青燈思客
子，添得高堂憔悴。忍重話、薄遊情味」（頁 16）；〈南柯子〉云：「白
髮高堂淚，青衫客子愁。蛛絲應是挂羅襦。早晚片帆歸去、泖西頭」（頁
16），均為宦遊鄉愁之中，自然流露思念母親之情，深切真摯。

　　至於懷妻之作，如〈剔銀燈〉之三云：
十載吟詩看劍。依舊天涯壏坎。破驛長亭，荒祠故國。長
見一枝冷燄。西窗雨暗。想只有、山妻長占。　　客裏寒

〔註79〕嚴迪昌撰：《清詞史》（南京：江蘇古籍出版社，1999 年 8 月 2 版 2
　　　　刷），頁 363。
〔註80〕〔清〕嚴榮撰：《述庵先生年譜》，卷上，《春融堂集》附錄，頁 12。

衣誰念。鄉信從今難驗。翦韭莎畦，擣茶茅屋，荒逕蓬蒿
自掩。淚痕淒黯。更絡緯、清吟小檻。（頁45）

此詞抒天涯羈旅懷思，兼敘遙念妻子之情。上片寫旅途觸目均爲荒涼
之景，而「西窗雨暗」句化自李商隱〈夜雨寄北〉詩：「何當共剪西
窗燭，卻話巴山夜雨時」（冊16，頁6151），遙想故鄉妻子形象，勤
儉自持以待夫君歸來，不禁淚眼潸然，以蟲鳴作結，情韻悽然。

　　王昶結髮妻子，大多紅顏薄命，故亦填詞悼念，如〈淒涼犯〉（中
秋感悼，蓋自得雲清亡信，已周年矣。）：

冰輪如濯。乘秋望、素鷺何處棲泊。相思路斷，返生香爐，
經年蕭索，紅絲緣薄。又雪壘、風煙常作。祇宵來、如珠
秋露，苦伴淚痕落。　　　萬里京華遠，況是吳淞，海天綿
邈。玉屏蘭筍，應還似、脩眉隱約。水暗雲荒，更難認、
當時妝閣。便夢欲去。難度警鈴柝。（頁81）

此詞爲其妾許玉晨（字雲清）去世後一年所作，面對中秋皓月，深感
其妾身亡已久，卻因身在千里之外，未能返鄉探望，恐不易夢中相見，
關山重隔，更添險阻。

　　此外，早年亦有寫兒女情詞，如〈邁陂塘・憶別〉：

記春城、鬧蛾撲蝶，傳柑初近元夜。旗亭暮雨催輕別。攜
手蝦鬚簾下。鉛淚瀉。認幾許、連珠染遍羅帕。寒更初打。
任蕙葉香消，梨花酒冷，未許片帆挂。　　　淞南水，穩送
離人去也。蓬窗誰共清暇。吳雲楚樹都經過，又向亂山荒
舍。閒駐馬。對衰柳寒沙、淡月鋪簷瓦。硏箋難寫。把殘
驛小新愁，小橋舊事，夢裏翦燈話。（頁41）

此詞作於元宵燈節，與情人離別之作。上片寫女子淚流縱橫，句句纏
綿深情，如「蕙葉香消，梨花酒冷，未許片帆挂」一語道盡女子不願
離別心境，含蓄委婉。下片寫男子離去後心情，空虛愁苦，舉目所見
俱是「亂山荒舍」、「衰柳寒沙」，惟有將相思之情，寄盼於夢中對話，
字裡行間透露離別思念之情。

（三）從軍邊塞之詞

　　乾隆三十三年（西元 1768 年），王昶因兩淮鹽運提引案牽連而免
職，其間多以詞體抒發覊旅遠征之感。如〈思遠人・戊子冬日叢臺驛
作時往雲南〉、〈簇水・風雪過漳河同升之作〉、〈瑤花慢・出雞足山還
至賓川官廨〉等，均屬往赴戰事旅途之作。又如〈望江南〉十二闋作
於雲南，均以「中秋憶」起句，其序云：「中秋追憶舊事，倣樂天體
十二首」，茲錄末二闋爲例：

> 中秋憶，壁壘大江涯。兩岸蠻煙昏似墨，千重鬼燐撒如沙。
> 何處望京華。　　中秋憶，人尚客荒陬。鼓角軍聲仍北府，
> 琴樽詩興侍南樓。家遠碧雲愁。（頁 78）

中秋節爲人間團圓之日，然此刻王昶僅能借追懷往事以自我寬慰；然
末兩首筆調一轉，寫如今客居異地，去國懷鄉之思。此詞李慈銘曾評
云：「偶檢王蘭泉滇南中秋，追憶舊事所作〈望江南〉詞十二首寫之。
蘭泉詞雖未超妙，然音節諧婉，自是南宋當家。此數首尤清豔可思」，
〔註81〕以聲調諧婉爲優，此詞則充分體現作者軍旅悲況情味。他如〈渡
江雲〉（辛卯九月，將赴成都，渡江門驛，風水甚厲，噴薄中至瀘州
小憩，飯罷宿。）：

> 路盤金筑盡，惡溪一綫，磨石漸飛濤。斜陽山外隱，三老相
> 呼，待渡已魂銷。輕篙縈舉，便橫穿、雪浪千條。暫夾岸、
> 停舟相慶，頃刻度嶕嶢。　　浮橋。鳴笳伐鼓，擊柝懸燈，
> 更驛樓窈窱。胡牀上、清樽並設，足慰蓬飄。醉來猶覺身如
> 葉，眩空花、銀海光搖。喜明日，驏綱又聽征鑣。（頁 79）

乾隆三十六年（西元 1771 年），王昶四十八歲，自雲南移師四川，途
經瀘州（今四川瀘州市），此處山勢險峭，急湍惡水，不利交通。古
時川峽一帶對舵手、篙師敬稱「三老」。「千條雪浪」一詞化自李商隱
〈送崔珏往西川〉：「一條雪浪吼巫峽」句（冊 16 頁 6151），乘於輕
篙之上，穿渡雪浪千條，驚濤駭浪之勢，足以令人魂消。下片則述驛
樓夜宿，正可藉飲宴抒發飄泊之苦悶。「眩空花、銀海光搖」句，化

〔註81〕〔清〕李慈銘撰：《越縵堂詩話》卷上，頁 1。收錄於杜松柏編：《清
　　　詩話訪佚初編》，（臺北：新文豐出版公司，1987 年 6 月）。

自蘇軾〈雪後書北臺壁〉詩二首其二「光搖銀海眩生花」，〔註82〕此則轉狀爛醉情貌。征緬金川之詞，以詞體紀錄軍旅征途經過，頗有可觀。

三、詠物題畫之詞

（一）詠物詞

浙西詞人受《樂府補題》影響，詞篇多詠物之作，故以龍涎香、白蓮、蟬、蟹等舊題塡詞者爲多。王昶曾有〈天香‧煙草和厲太鴻作〉二闋，又有〈臺城路‧蟬〉詞：

> 千秋未了齊宮怨，年年斷魂誰訴。槐陰當檐，柳絲拂井，又聽琴絃如許，故園殘暑，想一樹無情、三更還舉。我亦能清，蕭條同飲夜深露。　　西風又送冷雨。柴門倚仗處，葉落滿戶。野渡秋殘，滄洲人遠，多少別離情緒。瑣窗獨苦，向帕子紅羅，一雙描取。剩有吟蛩，砌苔寒共語。(頁18)

〈臺城路〉即是〈齊天樂〉，此闋爲王昶早年所作，其中「想一樹無情、三更還舉。我亦能清」三句，化自李商隱〈蟬〉：「本以高難飽，徒勞恨費聲。五更疏欲斷，一樹碧無情。薄宦梗猶汎，故園蕪已平。煩君最相警，我亦舉家清。」（冊16，頁6147）；「柴門倚仗」句，出自王維〈輞川閒居贈裴秀才迪〉頷聯：「倚杖柴門外，臨風聽暮蟬」（冊4，頁1266），故此闋非寄寓家國之痛，而係懷鄉思妻之詞。下片「帕子紅羅」指其妻，末句以吟蛩作結，呈現孤寂心境。

此外，在征緬川之際，因塞外風物與中原殊異，故所詠亦多珍卉奇芳，並寄託個人身世之感，如〈天香〉詠香楠〔註83〕云：

〔註82〕〔宋〕蘇軾撰、〔清〕馮應榴輯註、孔凡禮點校：《蘇軾詩集》（北京：中華書局，1999年10月），卷12，頁602。

〔註83〕其序云：「香楠，一名畫楠，日久中有紋理，劈之如水墨畫然，出虎踞關外六七百哩，濃陰直幹，四五月間，日色臨之，香氣鬱勃，聞者易以致病。番人云『此即香瘴也』其地距中華既遠，而金沙江又由景邁而東出南海，舟楫不能通，故行軍時詢之。番人云『此楠蕃

蠻砦蒸雲，怒江絡石，南荒久餘珍幹。輪扁誰知，工師未採，一任異香零亂。陰陰翠蓋，但綠盡、八關東畔。說是驕陽凍雨，濃芬總盈鼻觀。　依稀瘴雲頻見。染征衣、病情難浣。聞道浮來瓊海，雕陳几案。驃骨於今萬里，縱欲遡、金沙路何辨，祇供兵廚，晚來炊爨。（頁74）

上片「輪扁誰知，工師未採，一任異香零亂」一句，慨歎因香楠身在異域，無輪扁一類名匠賞識；此或藉此暗寓自己淪落天涯，不顯於世之意。而如此美材終究「祇供兵廚，晚來炊爨」而已。又如〈瀟瀟雨〉詠芭蕉：

群峰凝曉翠，更層崖、清陰散遙汀。又長藤夭矯，高榕晻曘，苦竹崢嶸。猶是芳心半捲，難寫此時情。掩映征途外，紫旆紅旌。　聞說仙莖初長，有銀花欲展，玉液先盈。又何人愛客，相餉漆盤擎。看戍房、三重茅屋，但蓊薈、微壓護簷楹。應小坐，話巴山雨，聽到深更。（頁75）〔註84〕

此詞作於雲南中緬邊境銅壁關，上片寫征途情狀，藤蔓屈曲盤繞、榕樹濃蔭蔽日、苦竹高聳突出，均各具姿態。下片寫軍中飲芭蕉花液，與蕉葉壓簷等，述此物與軍旅生活密切，亦藉以傾吐行役歲月之苦悶。

（二）題畫詞

由於畫作本身多半取材自山色園景，故詞篇多半以描摹細緻，彷彿親臨山水所作。僅以〈南浦・題沙斗初春江雨泛圖〉為例：

新漲滿銀塘，映青蕪、一路芹芽初展。江店綠陰濃，橫橋外、多少細桃凌亂。雲昏水暗，柳絲斜度紅襟燕。愁絕尋芳人去盡。寂寞綠蘋溪岸。　憑誰為棹春船，趁東風半捲，煙檣雨幔。萍梗寄江湖，清遊處、依約元真重見。魚

茂南北四五百里，東西未能測其所止』地不愛寶如此。營卒樵採以歸，爨飯時香氣盎然，肉桂亦雜其中，蓋中華楠木皆來于越海外洋，而此則總限於異域耳。」

〔註84〕序云：「銅壁關芭蕉，顆蕉，高至三四丈，生谷中，上出層崖，葉長丈許，戍房漏者則取而蓋之，壓石片可以禦雨。花未開時，顆色微紅，大如鉋瓜，蠻官觴客，盛以漆盤，用銀鍼飲之漿，升如許，其甘如蜜。」

嘗蟹斷，舊盟思結閒鷗伴。相約吳淞楓落後，來共尊絲蓴飯。（頁30）

上片以「銀塘」、「青蕪」、「綠陰」、「紅襟燕」、「綠蘋」等，色彩豐富，栩栩如生，描繪初春雨後景色，與圖畫中景致結合。下片則敘飄零江湖之感，宛如浮萍殘梗一般，如金・張中孚有〈驀山溪〉（山河百二）「萍梗落江湖」〔註85〕句亦同此境。「元真」即「玄真子」，為張志和自號，此詞以返鄉歸隱為志作結。

然則其題畫詞，亦多抒發個人生平感懷。如〈踏莎行・題廖觀揚西風鞍馬圖〉云：「身世飄零，功名遲暮，重來錄別添愁緒」，寫羈旅愁緒；〈風入松・題陳仲醇江墅晚歸橫幅〉云：「白石清泉身世，青苔碧草生涯」，則賦予隱世情懷。又如〈雲仙引〉題仇十洲畫西園雅集：

窗紫邀花，池青映竹，依稀禁臠名家。倚短杖，駐輕車。
多是朝中俊侶，小集西園一徑斜。樂事賞心，談詩試墨，
鬪酒分茶。　　誰教畫入蟬紗。又翠鬢、雲鬟欲墮鴉。瓊
海將行，玉堂難久，轉眼雲沙。一幅丹青，數成八八，付
與高禪說夢華。內有圓通大師說無生法。蠅頭細字，想停
雲叟，搦管咨嗟。前有文衡山題字（頁72）

「西園雅集」為宋代王詵於西園宴請蘇軾等十六位文人雅士，最早為李公麟所繪，此詞所題畫為仇英所摹畫。〔註86〕此詞作於王昶左遷雲南以前，圖中所描繪飲酒賦詩景況，或即為個人年少仕途順遂之寫照。而下片感嘆西園盛事不再之餘，亦以「瓊海將行，玉堂難久，轉眼雲沙」一句，暗示將因兩淮鹽運提引案而罷職，將隨軍遠赴緬甸。

以上就王昶《琴畫樓詞》中所見「羈旅抒懷」、「山水田園」、「詠物題畫」三類題材為範圍，冀能呈現王昶詞篇整體風貌。前人多稱其

〔註85〕唐圭璋編：《全金元詞》（北京：中華書局，1979年10月），頁57。
〔註86〕序云：「題仇十洲畫西園雅集，蓋摹李龍眠舊本也。西園為王晉卿居，
　　　故其家姬侍焉，此雅集必在元祐初，文忠、文定兄弟及山谷、少游
　　　輩皆在，其後諸公散去，且不久即被遣矣，圖向無年月，略考正之。」
　　　按仇英，字十洲，明蘇州人，為明吳門派畫家之一。

詞雍容爾雅、盛世元音，然而此類評語，多半因王昶官居刑部，且所
作多歌頌太平之語。然綜觀其詞篇數量雖不如詩集豐富，但詞序載紀
錄創作時間與背景，以記錄個人行實，且絕少吟風弄月之作，自山水
田園、詠物題畫之中，或寄託辭官隱退之思，或隱含個人際遇之感，
均以詞體爲紀錄一己情志之載體，與詩無異，此即其推尊詞體之實
踐。至於《琴畫樓詞》之用典使事、遣詞設色，從上舉諸詞分析，亦
明顯屬浙派之流。

第四章　王昶「詞綜」系列詞選研究

　　王昶主要之詞學貢獻在於詞選編纂，其《明詞綜》、《國朝詞綜》、《國朝詞綜二集》等詞選，看似各自獨立之斷代詞選，然均係繼承朱彝尊《詞綜》體例，選錄明清二代之詞，故應視為「詞綜」系列詞選，進行整合研究。至於《國朝詞綜二集》係補《國朝詞綜》之不足，故本文亦逕稱為《國朝詞綜》，將二書視為一體，三書並視為「詞綜」系列詞選。

　　至於《琴畫樓詞鈔》、《練川五家詞》等清詞彙刻，實為《國朝詞綜》編纂之前身，為王昶對清代詞集之初步整理蒐集成果，故亦附於《國朝詞綜》刊刻背景討論之。

第一節　編纂動機與刊刻背景

一、編纂動機

（一）保存明、清二代詞篇

　　朱彝尊《詞綜》所收詞篇僅以元代為限，王昶頗以為憾，故於〈明詞綜自序〉云：

> 國初朱竹垞太史集三唐五代宋金元之詞，汰其蕪雜，簡其精粹，成《詞綜》三十六卷，汪氏晉賢刻之，為後世言詞

者之準則，予尚以其不及明詞爲憾。蓋明初詞人，猶沿虞
伯生、張仲舉之舊，不乖於風雅，及永樂以後，南宋諸名
家詞，皆不顯於世，惟《花間》、《草堂》諸集盛行，至楊
用修、王元美諸公，小令、中調頗有可取，而長調則均雜
於俚俗矣，然一代之詞，亦有不可盡廢者。〔註1〕

王昶認爲明初之詞尚存金元醇雅遺風，且明代中期楊慎、王世貞等詞
家之小令、中調頗有可觀，故提出「一代之詞不可盡廢」理念，乃萌
生編選明詞動機。

　　自保存清詞之文獻而言，王昶自年少入仕以來，與海內文士結交，
至晚年累積生平交游所贈詩文作品，故有《湖海詩傳》、《湖海文傳》
等選集之編纂；於詞篇則有《琴畫樓詞鈔》、《練川五家詞》等彙刻，
然而尚未能將所有優秀詞篇付梓，頗以爲憾。其〈國朝詞綜自序〉云：

余弱冠後與海內詞人遊，始爲倚聲之學，以南宋爲宗，相
與上下其議論。因各出所著，並有以國初以來詞集見示者，
計四五十年來，所積既多。歸田後，恐其散佚湮沒，遂取
已逝者擇而抄之，爲《國朝詞綜》四十八卷。〔註2〕

王昶表示生平蒐集清代詞篇文獻已達四五十年之久，若不及早刊刻，
恐有散佚湮沒之虞，於是先整理已故詞家，輯成《國朝詞綜》四十八
卷，至於目前在世詞家，則另編二集。其〈國朝詞綜二集跋〉云：

是書既成，摩挲再四，覺尚多缺略。如國初詞人見於名人
文集者，尤西堂則有許漱石《粘影詞》、丁歐冶《問鸝詞》、
王德咸《璧月詞》，朱竹垞則有柯寓匏《振雅堂詞》、《孟彥
林詞》，陳其年則有吳初明《雪篷詞》、《觀槿堂詞》之類皆
未經寓目。而《欽定四庫全書》見於詩類中，又有呂陽、
陳軾、梁清遠等十有餘人。列諸存目，其詞亦無從採輯。
蓋江湖憔悴之士，爲之而未成卷，成而未能傳世，其詞在
若存若滅者，又何可勝數，而予目昏亦已三年矣！搜採抉

〔註1〕〔清〕王昶撰：〈明詞綜自序〉，《春融堂集》，卷四十一，頁10。
〔註2〕〔清〕王昶撰：〈國朝詞綜自序〉，《春融堂集》，卷四十一，頁10～
　　　11。

摘，尚有待乎後之君子焉。嘉慶癸亥臘月，八十老人王昶
又書。〔註3〕

王昶於閱讀尤侗、朱彝尊、陳維崧三人文集中，發現詞家僅存序跋，
其詞集卻未能寓目，深以爲憾；又《四庫全書》詞作往往附於詩類，
無從採輯；又深感詞人或因作品稀少而未能成卷，或已成卷帙而未能
刊行於世，詞集散佚情況十分嚴重。於是晚年致力於編纂《國朝詞
綜》，以保存當代詞壇名家詞篇。

（二）繼承《詞綜》體例，推闡浙派詞學

《詞綜》自朱彝尊輯二十六卷之後，另由汪森補人補詞。至王昶
又增補三十七、三十八卷，均係「補人」之詞，卷三十七計錄六十三
闋，以韓淲十四闋、楊冠卿十闋爲最多；卷三十八錄五十六闋，以袁
去華十八闋、黎廷瑞十闋最多，二卷計錄109闋。故今日所見《詞綜》
三十八卷，乃經朱彝尊、汪森、王昶等人輯成。

然王昶不僅續補宋詞而已，爲使浙派《詞綜》源遠流長，更將《詞
綜》體例延伸至明、清二代，其〈明詞綜自序〉云：「選擇大旨，亦
悉以南宋名家爲宗，庶成太史之志云爾」，〔註4〕又〈國朝詞綜自序〉
云：「至選詞大旨，一如竹垞太史所云，故續刊《詞綜》之後，而推
廣汪氏之說，以告世之工於詞者」，〔註5〕可見王昶宗奉南宋、推闡浙
派之用心。

二、《明詞綜》成書之基礎——汪森《明詞綜》稿本

朱彝尊曾云：「詞自宋元以後，明三百年無擅場者，排之以硬語，
每與調乖，難與譜合。至崇禎之末，始具此體」，〔註6〕是知明詞佳篇

〔註3〕〔清〕王昶撰：〈國朝詞綜跋〉，見《國朝詞綜二集》，《續修四庫全
　　　書》本，冊1731，頁1。
〔註4〕〔清〕王昶撰：〈明詞綜自序〉，《春融堂集》，卷四十一，頁10。
〔註5〕〔清〕王昶撰：〈國朝詞綜自序〉，《春融堂集》，卷四十一，頁11。
〔註6〕〔清〕朱彝尊撰：〈水樹琴趣序〉，見〔清〕朱彝尊撰：《曝書亭全集》，
　　　《四部備要》本，卷四十，頁5。

甚少，然所輯《詞綜》雖僅止於元代，並未盡棄明詞，所謂：「然三
百年中，豈無合作？當遍搜文集，發其幽光，編爲二集，繼是編之後」，
〔註7〕可見朱彝尊已萌生收集明詞之念，欲編爲二集，使《詞綜》成
爲一部收錄自唐至明之歷朝詞選。

此一心願初步完成於汪森之手，汪森不僅補輯《詞綜》，且在朱
彝尊埋首學術，以及浙西詞家相繼去世之際，開始收集明詞。其〈選
明詞序〉云：

> 由洪、永以迄啓、禎，閱集千餘，旁探選本，並題畫書冊、
> 刻石鑱壁，不可屈指，僅得詞若干卷。〔註8〕

可見當時收集明詞文獻工作艱難，除詞家別集、選集，甚至畫冊石刻，
均廣爲收羅。汪森〈選明詞序〉云：「不灼乎源而身蹈其流，與任其
流而不復浚其源，其弊正相等」，即表明其選詞標準，不僅重探源，
亦重辨流，期能完整反映自晚唐至明代之詞學流變。〔註9〕然其初纂
之稿本未能刊行，遂流傳至其後代子孫之手，汪筠〔註10〕得祖父《明
詞綜》稿本，並於〈校《明詞綜》三首有序〉云：

> 先大父碧巢先生既偕竹垞有《詞綜》之刻，後數年復偕藍
> 村沈先生（沈進）取有明一代之詞，蒐逸訂僞，仍質諸竹
> 垞，以續前輯，猶慮甄綜未備，遲之晚年，竟怱剞劂。暇
> 日出手鈔本重校之，願有以成先志也，因書其後。〔註11〕

此序說明汪森與沈進二人對明詞進行初步選輯工作，且業經朱彝尊審

〔註7〕 〔清〕朱彝尊：〈詞綜發凡〉，見〔清〕朱彝尊輯：《詞綜》，《四部備
要》本，頁8～9。

〔註8〕 鄔國平、王鎭遠撰：《清代文學批評史》（上海：上海古籍出版社，
1995年11月），頁695。

〔註9〕 鄔國平、王鎭遠撰：《清代文學批評史》（上海：上海古籍出版社，
1995年11月），頁695。

〔註10〕 汪筠（1715～？），字珊立，號謙谷，秀水人。諸生，乾隆元年舉鴻
博不遇，官至長沙知府，卒於任。見李靈年、楊忠主編：《清人別集
總目》（合肥：安徽教育出版社，2000年7月），頁987。

〔註11〕 〔清〕汪筠撰：〈校明詞綜三首有序〉，《謙谷集》，卷三，頁8。《四
庫未收書輯刊·拾輯》（北京：北京出版社，2000年1月），冊21。

閱。汪筠重新校對，期待能成先人之志，刊行《明詞綜》，然終究未能如願。自王昶從汪淮手中取得汪森舊稿，始完成《明詞綜》之刊刻，王昶〈明詞綜自序〉云：

> 予友桐鄉汪康古（汪孟鋗）又謂竹垞太史於明詞曾選有數卷，未及刊行，今其本尚存，汪氏頻訪之而不得。嘉慶庚申，遇汪小海（汪淮）於武林，則太史未刻之本在焉。於是即其所有，合以生平所搜，得三百八十家，共成十二卷。彙而鐫之，以附《詞綜》之後。〔註12〕

王昶自汪孟鋗處得知朱彝尊於《詞綜》明詞選數卷稿本尚存，但未知下落。至嘉慶五年（西元 1800 年），始自汪淮手中取得汪森稿本，並結合個人生平採錄，終於在嘉慶七年刊成《明詞綜》一書。

自朱彝尊首度提出編纂明詞之後，刊刻過程一波三折，至汪森、沈進初度收集，輯爲稿本；復經汪氏後人汪筠、汪淮等人保存，終在王昶手中完成刊刻。不僅完成朱彝尊生前志願，亦將汪森選輯明詞之心血付諸實現。

三、《國朝詞綜》刊刻之前身——《琴畫樓詞鈔》、《練川五家詞》

在《國朝詞綜》與《國朝詞綜二集》成書之前，王昶曾彙刻《琴畫樓詞鈔》二十五家，其性質雖爲總集，然所收悉以當代詞人爲主，故可視爲《國朝詞綜》之前身；《練川五家詞》亦屬清詞匯刻，故一併討論，以察《國朝詞綜》之前，王昶對於清代詞集文獻之整理情形。

（一）浙派詞集匯刻——《琴畫樓詞鈔》

王昶自乾隆十七、十八年間，曾與朱昂於蘋花水閣研練詞學聲律，並收集當代詞人之作，至征緬與金川戰事結束後，始著手整理二十餘年來所蒐集之詞集，遂於乾隆四十三年（西元 1778 年）刊

〔註12〕〔清〕王昶撰：〈明詞綜自序〉，《春融堂集》，卷四十一，頁 10。

成《琴畫樓詞鈔》二十五卷。〔註13〕〈琴畫樓詞鈔序〉中曾道出刊刻背景與動機：

> 余少好倚聲，壬申、癸酉間，寓朱氏（朱昴）蘋華水閣，
> 益研練於四聲二十八調。海內知交以詞投贈者甚夥，歷今
> 二十餘年，積置簏衍。新涼官事稍暇，汰其麤厲媟褻者，
> 存二十五家，曰：《琴畫樓詞鈔》。……國初，竹垞秋錦諸
> 公出刊浙西六家，世稱雅正，而如錢葆馚（錢芳標）、魏
> 禹平（魏坤）諸家散佚頗眾，識者猶以為恨焉。……由是
> 可以考文章之變，而五十年間詞家略備於此，後之論者，
> 藉以見詞學之盛，而不復散佚為恨也，豈不善哉！〔註14〕

王昶有鑑於浙派詞集彙刻，僅見《浙西六家詞》，然同派詞家錢芳標、魏坤等人詞集散佚頗多。若能彙刻當代詞壇名家詞集，不致有詞集散佚之憾。

以下僅據《清詞別集知見書目彙編‧見存書目》所載，就《琴畫樓詞鈔》詞人詞集目錄與《國朝詞綜》之小傳、卷次、數量，表列如下：

詞　　人	琴畫樓詞鈔	《國朝詞綜》		
		小　　　傳	卷次	數量
張梁	澹吟樓詞	張梁，字奕山，婁縣人，康熙五十二年進士，官行人司行人，有《幻花庵詞》二卷	卷20	15闋
厲鶚	樊榭山房詞	厲鶚，字太鴻，錢唐人，康熙五十九年舉人，乾隆元年薦舉博學鴻詞，有《樊榭山房詞》二卷，又續集二卷	卷21	54闋
陸培	白蕉詞	陸培，字翼風，號南薌，平湖人。雍正二年進士，官東流縣知縣，有《白蕉詞》四卷	卷23	16闋

〔註13〕三泖漁莊刻本，藏於北京清華大學圖書館、上海師範大學圖書館。
〔註14〕〔清〕王昶撰：〈琴畫樓詞鈔自序〉，《春融堂集》，卷四十一，頁9。

張四科	響山詞	張四科，字喆士，號漁川，臨潼人。監生。寓居江都，有《響山詞》	卷30	37闋
陳章	竹香詞	陳章，字授衣，錢唐人。監生。乾隆元年薦舉博學鴻詞，有《竹香詞》	卷28	17闋
朱方藹	小長蘆漁唱	朱方藹，字吉人，號春橋，桐鄉人。監生。有《小長蘆漁唱》四卷	卷34	22闋
王又曾	丁辛老屋詞	王又曾，字受銘，號穀原，秀水人。乾隆十六年召試，賜內閣中書。十九年進士官刑部主事，有《丁辛老屋詞》一卷	卷36	18闋
吳烺	杉亭詞	吳烺，字荀叔，全椒人。乾隆十六年召試，賜內閣中書，官至寧武府同知，有《杉亭詞》四卷	卷35	23闋
汪士通	延青閣詞	汪士通，字于亨，黟縣人，乾隆十八年舉人，官蕭山縣知縣，有《延青閣詞》	卷35	5闋
吳泰來	曇香閣琴趣	吳泰來，字企晉，號竹嶼，長洲人，乾隆二十五年召試，賜內閣中書，有《曇香閣琴趣》二卷	卷38	16闋
江昱	梅鶴詞	江昱，字賓谷，號松泉，儀徵人。諸生。有《梅鶴詞》四卷	卷29	28闋
儲秘書	花嶼詞	儲秘書，字玉函，宜興人，乾隆二十六年進士，官郿陽線府知府，有《花嶼詞》一卷	卷38	10闋
趙文哲	媕雅堂詞	趙文哲，字損之，號璞函，上海人，乾隆二十七年召試賜內閣中書，官戶部主事，卹贈光祿寺少卿，有《媕雅堂詞》四卷	卷39	46闋
張熙純	曇華閣詞	張熙純，字策時，號少華，上海人，乾隆二十七年舉人，三十年召試賜內閣中書，有《曇華閣詞》二卷	卷41	15闋
陸文蔚	采蓴詞	陸文蔚，字藹卿，青浦人。諸生。有《采蓴詞》一卷	卷28	7闋
過春山	湘雲遺稿	過春山，字葆中，吳縣人。諸生。有《湘雲遺稿》二卷	卷37	20闋

朱昂	綠陰槐夏閣詞	朱昂,字適庭,號秋潭,休寧人。寓居長洲,監生。有《綠陰槐夏詞》一卷	卷37	24闋
江立	夜船吹篷詞	江立,初名炎,字聖言,歙縣人。寓居江都。監生。有《夜船吹篷詞》二卷	卷37	17闋
朱澤生	鷗邊漁唱	朱澤生,字時霖,號芝田,休寧人。寓居長洲。有《鷗邊漁唱》一卷	卷39	12闋
吳元潤	香溪瑤翠詞	未收		
王初桐	杯湖欸乃	王初桐,初名丕烈,字耿仲,嘉定人,監生,官齊河縣縣丞,有《杯湖欸乃》	二集卷1	8闋
宋維藩	滇遊詞	字瑞屏,歸安人。貢生。有《滇遊詞》一卷	卷43	9闋
吳錫麒	有正味齋詞	字聖徵,號穀人,錢唐人。乾隆四十年進士,今官國子監祭酒,有《有正味齋詞》	二集卷3	36闋
吳蔚光	小湖田樂府	字悊甫,號竹橋,昭文人。乾隆四十五年進士。觀禮部主事。有《小湖田樂府》十卷	卷44	18闋
楊芳燦	吟翠軒初稿	字蓉裳,金匱人。貢生。今官戶部郎中,有《吟翠軒初稿》	二集卷4	19闋

《琴畫樓詞鈔》按時代先後排列,除張梁、厲鶚等人為前輩詞家外,依前章所述,如江昱、張四科等人為早年在揚州結交之詞家,趙文哲、吳泰來、朱方靄、朱昂、朱澤生、張熙純等均曾在「蘋花水閣」唱和,可見所錄係以浙派詞人為主,故其序云:

> 此其人皆嗜古好奇,性情蕭曠,與余稱江湖舊侶者,其守律也嚴,選材也雅。蓋白石、玉田、碧山之繼別。〔註15〕

王昶所收詞集除嚴守聲律外,且題材必須雅正,並取法姜夔、張炎、王沂孫等南宋詞家。若參照《國朝詞綜》入選數量而言,如厲鶚、張梁、吳錫麒、趙文哲等人入選三十闋以上,其餘詞家亦大多在十五闋

〔註15〕〔清〕王昶撰:〈琴畫樓詞鈔自序〉,《春融堂集》,卷四十一,頁9。

以上。可見此書爲《國朝詞綜》選錄基礎。丁紹儀曾云：

> 王蘭泉司寇初集同時師友詞爲《琴畫樓詞鈔》，後輯《國朝
> 詞綜》，無不錄入，獨遺吳蘭汀大令元潤《香溪瑤翠詞》，
> 豈因其中歲鬩牆，薄而屏之耶？大令長洲人，爲竹嶼中瀚
> 弟，詞體柔媚，頗似秦柳。〔註16〕

《琴畫樓詞鈔》與《國朝詞綜》所錄詞家大致重疊，僅吳元潤一人未
名列《國朝詞綜》；而吳元潤爲王昶好友吳泰來之弟，或因中歲鬩牆，
且詞風柔媚，似秦觀、柳永，故不受王昶青睞。

　　除廣納浙派詞家外，亦對詞壇後進表示讚賞肯定，如〈吳蔚光小
湖田樂府序〉云：

> 吾友吳君竹橋素工詩，已而專精詞學。少登進士，入詞館，
> 轉儀曹，年甫及壯，解組而歸，流連山水，賓朋酬答，一
> 於詞發之。余曩在西安，已錄其《執虛詞》入《琴畫樓詞
> 鈔》矣。〔註17〕

王昶認爲吳蔚光詩詞兼擅，且詞篇多山水、酬贈之作，故選入《琴畫
樓詞鈔》。然而吳蔚光本人卻頗有微詞，自以爲詞篇風格並不符王昶
標準，曾云：「琴畫樓鈔廿五家，金針繡線論無加，湖田欸乃都闌入，
恐是先生老眼花」，〔註18〕可見《琴畫樓詞鈔》帶有強烈「浙派」傾
向，而吳蔚光不願受浙派侷限，於是有「先生老眼花」之語。嚴迪昌
先生亦云：

> 王昶選輯的標準是帶有強烈「浙派」傾向的，所以這實際
> 上又只能說是中期「浙派」的名家詞鈔。除了如儲秘書等
> 個別詞人不能限稱爲「浙派」外，基本上包羅該派中期的
> 代表人物。至於吳錫麒其時僅三十三歲，《詞鈔》選輯的是

〔註16〕〔清〕丁紹儀撰：《聽秋聲館詞話》卷十八，《詞話叢編》本，冊3，
　　　　頁2805。
〔註17〕〔清〕王昶撰：〈吳蔚光小湖田樂府序〉，《春融堂集》，卷四十一，
　　　　頁6。
〔註18〕轉引自陶然、劉琦撰：〈清人七家論詞絕句述評〉，《廈門教育學院學
　　　　報》，第7卷第1期，2005年3月，頁16~17。

這位「浙派」中期向後期轉折的名詞人的早年作品。吳蔚
光、楊芳燦也尚年輕，他們後來詞創作的實踐已漸脫出「浙
派」的路數。〔註19〕

可見《琴畫樓詞鈔》所收錄吳錫麒、吳蔚光、楊芳燦等人初期詞風雖
近浙派，但後期卻與浙派漸行漸遠。此外，嘉慶以後，顧千里於〈吳
中七家詞序〉云：

逮我朝乃有起而振之者，前若《浙西》，後則《琴話》，卓
舉諸君，駸駸乎步武玉田、草窗之後，以繼其薪火。〔註20〕

自浙派詞學傳承而言，詞集彙刻亦十分重要，故顧千里以爲浙派前期
有龔翔麟輯《浙西六家詞》、中期有王昶輯《琴畫樓詞鈔》，之後又有
王嘉祿刊刻《吳中七家詞》，此三部總集，一脈相承，浙派薪火遂得
以延續。

自保存詞集文獻而言，嚴迪昌曾云：「這是一部類似清初聶先、
曾王孫彙編的《百名家詞鈔》的總集。所輯錄的均是自雍正以來的當
代人詞作，可以上接《百名家詞鈔》」，〔註21〕除上承《百家名詞鈔》
外，其《琴畫樓詞鈔》中所收錄乾隆詞家如汪士通《延青閣詞》、吳
泰來《疊香閣琴趣》、江昱《梅鶴詞》、張熙純《疊華閣詞》、江立《夜
船吹篴詞》、朱澤生《鷗邊漁唱》、宋維藩《滇遊詞》、吳元潤《香溪
瑤翠詞》等八家詞集均無單行本，僅賴《琴畫樓詞鈔》行世，顯見此
書保存詞集之貢獻。

（二）地域詞籍彙刻──《練川五家詞》

「練川」爲嘉定別名，此書屬地方詞籍彙刻，收錄王丕烈、諸廷
槐、王元勳、汪景龍、錢塘等五家作品。按江藩《漢學師承記》所載

〔註19〕嚴迪昌：《清詞史》，（南京：江蘇古籍出版社，1999年8月第2版第
2刷），頁363。

〔註20〕〔清〕顧千里撰：〈吳中七家詞序〉，見施蟄存主編：《詞集序跋萃編》
（北京：中國社會科學出版社，1994年12月），頁737。

〔註21〕嚴迪昌：《清詞史》，（南京：江蘇古籍出版社，1999年8月第2版第
2刷），頁363。

練川五家云：

> 塘（錢塘）字學淵，一字禹美，爲諸生時，與諸殿淪（諸
> 廷槐）、汪緗青（汪景龍）、王鶴谿（王鳴韶）、王耿仲（王
> 初桐，初名「丕烈」）相唱和，爲古今體詩，爲王光祿西莊、
> 王侍郎蘭泉先生所激賞。〔註22〕

江藩所云嘉定地區五位詩人，頗得王鳴盛、王昶二人激賞。然王昶《練
川五家詞》獨不見「王鳴韶」，或因王鳴韶無詞集傳世，故以詞集著作
豐富之王元勳取代。〔註23〕今據《清詞別集知見書目彙編・見存書目》
所錄嘉慶刻本《練川五家詞》所載與《國朝詞綜》收錄情形整理如下：

詞 人	詞 集 名	《國朝詞綜》		
		小 傳	數量	卷次
王丕烈	《杯湖欸乃》、《夔天閣琴趣》、《雲藍詞》	王初桐，初名丕烈，字耿仲，嘉定人，監生，官齊河縣縣丞，有《杯湖欸乃》	8闋	二集卷1
諸廷槐	《蝶庵詞》、《吹蘭卮語》	諸廷槐，字殿掄，嘉定人，貢生，有《蝶庵詞》一卷。	2闋	卷41
王元勳〔註24〕	《樵玉山房詞》、《涉江詞》、《幻花別集》	未收		
汪景龍	《月香綺業》、《美人香艸詞》、《碧雲詞》	汪照，原名景龍，字緗青，嘉定人，貢生，有《碧雲詞》一卷。	2闋	卷43
錢塘	《響山閣詞》、《玉葉詞》	錢塘，字禹美，嘉定人，乾隆四十五年進士，官江寧府教授，有《玉葉詞》一卷。	2闋	卷44

　　《練川五家詞》所收詞家於《國朝詞綜》最多僅選八闋，其中王

〔註22〕〔清〕江藩撰：《漢學師承記》卷三，《清代傳記叢刊》本，冊1，頁85。

〔註23〕按王元勳有《樵玉山房詞稿》四卷、《秀華山人詞稿》二卷等藏於家中。見〔清〕李桓輯：《國朝耆獻類徵初編》，《清代傳記叢刊》本，冊164，頁490。

〔註24〕按王昶《湖海詩傳》載：「王元勳，字叔華，嘉定人，乾隆四十三年進士，官徐州教授。」

元勳詞並未收錄於《國朝詞綜》，不知何故。此外，除王丕烈有乾隆五十八年刊《古香堂叢書嶰坌山人詞集》外，其餘諸廷槐、王元勳、汪景龍、錢塘四家，詞集均賴《練川五家詞》以傳世，可見此書保存詞集文獻之功。

總之，王昶於乾隆四十三年所編《琴畫樓詞鈔》與《國朝詞綜》淵源最深，且浙派色彩最為鮮明，具浙派傳承之意義；《練川五家詞》則僅為獎掖後進而編，此二書具有保存清詞文獻之價值。

第二節　版本體例與刊刻闕誤

本節綜合王昶《明詞綜》、《國朝詞綜》、《國朝詞綜二集》三部詞選，就其版本、體例等文本外圍問題進行探究，並對《明詞綜》於目錄、生平等謬誤處予以辨正。

一、版本概況

王昶所輯《詞綜》系列詞選，包括《明詞綜》凡十二卷、《國朝詞綜》四十八卷，《國朝詞綜・二集》八卷，三書共同流傳版本主要有三種。茲分述如下：

（一）嘉慶八年（西元 1803 年）青浦王氏三泖漁莊刊本

右題「王述庵少司寇續選」、左題「三泖漁莊藏板」。今有《續修四庫全書》影印原刻本。〔註25〕

（二）光緒壬寅（西元 1902 年）蘇州綠蔭堂刊本

書名為《歷朝詞綜》，此本係合刻《詞綜》三十八卷、《明詞綜》十二卷、《國朝詞綜》四十八卷，計二十四冊。書前首頁題「一般芳草盦藏」，內頁有「金匱浦氏重修」字樣及「蘇州綠蔭堂鑑記精造書籍章」印記，藏於臺灣師範大學圖書館。

（三）民國二十五年上海中華書局排印本

〔註25〕《續修四庫全書》本，冊 1730～1731。

　　此即《四部備要》本，據原刻本校刊，聚珍倣宋版影印，有「桐鄉陸費逵總勘」、「杭縣高時顯　吳汝霖輯校」、「杭縣丁輔之監造」等字樣。各版本之中以此本最爲通行。

　　除上述共同版本外，就《明詞綜》而言，其版本尚有《國學基本叢書》本〔註26〕、《明詞彙刊》本〔註27〕、莫伯驥《五十萬卷樓》舊藏本〔註28〕等，今校點本以王兆鵬校點《明詞綜》〔註29〕最爲詳備。而《國朝詞綜》則有戈載爲《國朝詞綜》批選本，收藏於北京圖書館。今有《清詞綜》，係與黃燮清《國朝詞綜續編》、丁紹儀《國朝詞綜補》等書合刊出版。〔註30〕

二、編纂體例

（一）編排方式悉依《詞綜》體例

　　按朱彝尊《詞綜》體例，先錄帝王諸侯，次按時代先後錄一般詞人，再次爲選自詞選或方外之詞人，末殿以女詞人。《明詞綜》計十二卷，各卷前有目錄，編排體例悉依《詞綜》，卷一至卷九所錄詞家，除「建文皇帝」、「仁宗皇帝」、「周憲王」三人爲帝王諸侯身分置於首卷外，其餘均依詞人時代先後排列。詞家姓氏之下爲小傳，詞前附詞人小傳，簡述其籍貫、官爵、生平、著述等；小傳下偶附詞話資料。卷十則錄自其他詞選及方外詞家，末二卷爲明代女性詞人。林葆恒〈詞綜補遺・例言〉云：「凡三百九十三人，詞六百零三首」，〔註31〕王兆

〔註26〕王雲五主編：《國學基本叢書》（臺北：臺灣商務印書館，1968 年 6 月）。
〔註27〕趙尊嶽輯：《明詞彙刊》（上海：上海古籍出版社，1992 年 7 月）。
〔註28〕鄭福田等主編：《名家藏書・第十四卷》（呼和浩特：遠方出版社，2000 年 10 月）。
〔註29〕〔清〕王昶輯、王兆鵬校點：《明詞綜》（瀋陽：遼寧教育出版社，1997 年 3 月）。
〔註30〕〔清〕王昶等輯：《清詞綜（全八冊）》（北京：北京圖書館出版社，2006 年 10 月）。
〔註31〕林葆恒撰：〈詞綜補遺例言〉，《詞綜補遺》（北京：書目文獻出版社，

鵬〈明詞綜‧出版說明〉：「凡收三百八十七家，詞作六百零四首」，此數據是否來自於目錄之誤，不得而知。而本文釐清作者與目錄謬誤部分之後，計得詞家 387 人，詞篇 598 闋。〔註32〕

《國朝詞綜》計四十八卷，卷一至卷四十五所收爲清初以來詞壇名家。惟《國朝詞綜》未錄清初帝王詞。編排體例一如《明詞綜》，小傳下偶有詞話資料。卷四十六收錄生平不詳或方外詞人，卷四十七、四十八爲女性詞人。全書共收錄詞人 724 家，詞 2413 闋。以入選比例而言，入選一首者凡 465 家、入選二首者凡八十九家、入選三首者凡三十九家。〔註33〕

《國朝詞綜二集》計八卷，《國朝詞綜‧二集》所收大多爲王昶後輩或仍在世之詞家，託言其從孫王紹成所請，將「猶有現存朋遊二三十作家並有零章小集」別爲卷帙，編爲八卷。僅有小傳，不附詞話資料。收錄詞人六十二家，詞 433 闋，無女性詞人。

（二）詞人時代斷限以仕履爲依據

詞選編纂之時代斷限，往往於朝代交替之際產生爭議，如丁紹儀曾評云：「中如梁寅、張肯，乃故元遺老，而列入明初。陸冰修、周青士諸君，康熙中尚在，身歷本朝以三數十年，而列之明末，似有未協」，〔註34〕然考察詞家仕履紀錄，則梁寅曾於洪武初徵修禮書；張肯爲宋濂弟子，元明二朝均無仕履記載，但入明後與當政者往來，故不得以元代遺老視之。〔註35〕至於陸嘉淑、周篔雖身歷清朝數十年，然二人自入清後均隱居不仕。如謝章鋌所云：「若周篔、賀裳、張綱孫、錢光

1992 年 9 月），頁 9。

〔註32〕詞人含乩仙、女鬼等身份者六名，無名氏一名。詞篇含李珣〈浣溪沙〉、蘇軾〈一叢花〉。

〔註33〕《國朝詞綜》與《國朝詞綜二集》詞家詞人數量據符櫻撰：《清詞綜系列研究》，武漢大學碩士學位論文，2004 年 5 月。

〔註34〕〔清〕丁紹儀撰：《聽秋聲館詞話》卷八，《詞話叢編》本，冊3，頁2672。

〔註35〕張仲謀撰：《明詞史》（北京：人民文學出版社，2002 年 2 月），頁 52。

繡之徒，述庵廁之明末，蓋本於竹垞，以《明詩綜》證之，可見皆遺老也」，〔註 36〕故王昶編排以仕宦履歷爲時代判準，且凡明代遺民入清，均列入明朝，此一體例恰與朱彝尊《明詩綜》體例相符。至於《國朝詞綜》所收明清易代詞家，以清任官爲準，卷一如李元鼎先爲天啓進士，入清後任兵部侍郎一職，吳偉業先爲崇禎進士，入清後官國子監祭酒。此兩人雖在爲明代進士，然於清代擔任官職，故仍列入清代。

三、謬誤缺失

自刊刻謬誤疏漏而言，《國朝詞綜》雖有納蘭性德「正黃旗」旗籍誤作「正白旗」〔註 37〕及詞人未誌里居與字之疏失，〔註 38〕然舛誤尚不及《明詞綜》之多。以下就《明詞綜》所見謬誤處，自「目錄著錄」與「詞家生平」二項予以說明。

（一）目錄著錄部分

自詞選各卷目錄內容，可使讀者得知此書收錄情況，然《明詞綜》目錄頗多謬誤，如卷二目錄載詞家章懋一首而實則未收，卷十引《東白堂詞選》錄方文席一首，〔註 39〕卻未見載於目錄。可見其目錄與實際情況頗有差距。

〔註 36〕〔清〕謝章鋌撰：《賭棋山莊詞話》卷八，《詞話叢編》本，冊 4，頁 3428。

〔註 37〕趙秀亭〈納蘭叢話〉云：「容若之旗籍，諸史均作正黃旗，當無誤。嘉慶初王昶編《國朝詞綜》，始記作正白旗。近出天風閣本《飲水詞》之《校讀記》，雖疑王氏疏忽，又疑史事別有曲折，持論甚慎。……震鈞《清朝書人輯略》、梁令嫻《藝蘅館詞選》依《國朝詞綜》之說，並承王氏之誤。」見〈承德民族師專學報〉，1998 年第 4 期。

〔註 38〕〔清〕丁紹儀撰：《聽秋聲館詞話》卷十二：「蘭泉司寇輯《國朝詞綜》，凡未詳里居時代者，均彙列四十六卷。中錄冒襃〈浣溪沙〉……不知襃係如皋人，爲冒辟疆弟。」，冊 3，頁 2722。同書卷十八：「茂才（劉霖恒）此詞，王氏錄入《詞綜》而未誌里居與字，蓋采自《倚聲集》，未知何處人也。」《詞話叢編》本，冊 3，頁 2810。

〔註 39〕查《東白堂詞選》未收方文席詞，應爲王昶之誤。

　　此外，《明詞綜》因據舊稿而刊，故可見目錄與實際數量不合，自其目錄顯示詞數量觀之，實際數量少於目錄者，如卷一目錄劉基題九首；實則僅選八首；高啓題四首，實則僅選二首；楊基題七首，實則僅選五首；謝應芳題三首，實則僅選二首；張肯題六首，實則僅選五首；卷二顧潛題四首，實則僅選三首；卷三目錄陳鐸題二首，實則僅選一首；卷五目錄汪膺題三首，實則僅選一首；卷十目錄一靈題八首，實則僅選七首；卷十二目錄題楊宛三首，實則僅選二首；王微題四首，實則僅選三首。

　　至於實際數量多於目錄者，如卷二目錄題史鑑一首，實則達五首之多；卷十一目錄題葉小鸞七首，實則為八首。其中以卷一目錄失載頻率最高，所以有此現象，或與王昶取朱汪舊稿進行增刪有關。

（二）詞家生平部分

　　《明詞綜》多沿前代詞選以致誤植，如卷二商輅〈一叢花〉（今年春淺臘侵年）係蘇軾所作，實沿自《草堂詩餘新集》、《蘭皋明詞彙選》之誤。吳寬〈采桑子〉（纖雲捲盡天如水）係吳子孝所作，實沿自《類編箋釋草堂詩餘》之誤。又如卷二鐵鉉〈浣溪沙〉（晚出閑庭看海棠）一闋，作者誤作「鐵鉉」，實為五代李珣所作，丁紹儀以為或因鐵鉉賞其詞，鈔入詞集中以致誤。〔註40〕兩家作一家者，如卷七錄蔣平階〈浣溪沙〉（柳外高樓一帶遮），卷十又收杜陵生〈南歌子〉（草暖鴛鴦泊），殊不知「杜陵生」即蔣平階，誤將一人別作兩人。

　　詞家小傳誤載者，如姓名字號誤刻者，卷一劉炳誤作「劉昺」。〔註41〕卷九錢澄之字「飲光」，誤作「斂光」。此外，卷八邵梅芬誤作

〔註40〕〔清〕丁紹儀撰：《聽秋聲館詞話》卷九：「按是詞見《花庵詞選》，為五代李珣作，或者公喜其詞，曾手書之，後人不知，誤為公作。」《詞話叢編》本，冊3，頁2690。

〔註41〕張仲謀於《明詞史》曾有考證：「劉炳，字彥昺。以字行，鄱陽人。……又《明詞綜》小傳作劉昺，字彥章，昺與炳意同，名從主人，不當擅改。其弟名煜，皆從火，故當作炳。其字作彥章亦誤。晚近選本多從《明詞綜》，故相沿亦誤。」（北京：人民文學出版社，2002年2月），頁75。

「邵梅芳」〔註42〕、卷五汪膺誤作「江膺」。詞家生平籍貫之誤者，如卷十二顧若璞所載「字知和，錢塘人。王某室」，而吳衡照云：「『王』當作『黃』，顧乃黃少參汝亨子文學茂梧婦也」，〔註43〕指出顧若璞爲黃茂梧之婦，王昶誤作「王某室」。又如費元祿「鉛山」誤作「錫山」，並徐渭「山陰」誤作「江陰」，詞人籍貫訛誤，未曾校正。〔註44〕

第三節　王昶「詞綜」系列選詞標準與特色

　　王昶前承朱彝尊《詞綜》編纂體例，故按時代次序編排，以詞人存詞史，反映一代詞學流變。其次，以「宗南宋」爲選詞標準，且浙派色彩濃厚，故《明詞綜》選錄詞家重晚明，《國朝詞綜》選錄詞家重浙派。自入選詞家而言，頗見保存青浦地域與女性詞人詞篇之貢獻。

一、以人存詞，反映一代詞壇流變

　　前人選明詞，如《草堂詩餘新集》、《蘭皋明詞彙選》、《御選歷代詩餘》等不論通代斷代與否，均以詞調編排，受限於小令、中調、長調次序排列，而不以年代爲序，故難窺知詞壇流變，僅能作爲按譜倚聲之資。

　　王昶據朱彝尊《詞綜》，按時代編排，較能反映一代詞壇流變，且考量以人存詞。《明詞綜》選入詞家達三百餘闋，若以張仲謀《明詞史》對明詞分期分析：明初時期以劉基選八首、張肯與楊基選五首

〔註42〕〔清〕陳其元等修、熊其英等纂：《青浦縣志》卷二十一：「邵梅芬，字景悅，金山衛學貢生，居金家橋，少受知於方岳貢，繼與徐桓鑒、張宮、王澐同受業於陳子龍」，光緒五年刊本影印本（臺北：成文出版社，1970年5月）

〔註43〕〔清〕吳衡照撰：《蓮子居詞話》卷四，《詞話叢編》本，冊3，頁2488。

〔註44〕〔清〕丁紹儀撰：《聽秋聲館詞話》卷八，《詞話叢編》，冊3，頁2676～2677。

最多；永樂至成化時期，卷二史鑒五首最多；弘治至嘉靖時期，則以卷三楊慎十一首最多、文徵明六首次之；隆慶至萬曆時期，則以卷四王世貞、卷五施紹莘入選八首爲最。是知所選雖偏重晚明，然相較於過去詞選，已能兼顧有明一代詞壇流變。再者，以選錄詞調而言，明詞以小令擅長，故〈明詞綜序〉云：

> 至楊用修、王元美諸公，小令、中調頗有可取，而長調則均雜於俚俗矣。〔註45〕

自《明詞綜》統計〈浣溪沙〉達六十八闋居冠。〔註46〕其餘如〈蝶戀花〉二十六闋、〈如夢令〉二十二闋、〈臨江仙〉二十闋、〈浪淘沙〉十九闋、〈點絳脣〉十八闋、〈菩薩蠻〉十六闋等。王昶兼顧明詞創作特色，故選詞仍以小令爲主，絕不因「宗南宋」而捨棄小令。

至於王昶《國朝詞綜》所收錄，宗派色彩較《明詞綜》明顯，所選錄詞家偏重浙派。且依「詞綜」體例，按時代先後排列，全書所錄詞人凡 724 家，選詞數量超過二十闋者，僅二十六家。陳廷焯曾云：「《國朝詞綜》之選，王昶編，去取雖未能滿人意，大段尚屬平正，余亦未敢過非」，〔註47〕可見王昶選詞雖不盡理想，但大致公允得當。而丁紹儀亦云：

> 余所見裒輯本朝人詞者，前有宜興蔣京少《瑤華集》，後有華亭姚荳汀《詞雅》。吳江沈時棟、吳門蔣重光二家詞選，均不免糅雜，惟青浦王蘭泉司寇《國朝詞綜》，選擇最爲美備。〔註48〕

丁氏認爲王昶《國朝詞綜》較《瑤華集》與《詞雅》美備，讚譽有加。若就選錄數量而言，其中詞人選錄一闋者凡 465 家、選二闋者凡八十

〔註45〕〔清〕王昶撰：〈明詞綜自序〉，《春融堂集》，卷四十一，頁 10。
〔註46〕含〈山花子〉四闋及〈攤破浣溪沙〉五闋。
〔註47〕〔清〕陳廷焯撰：《白雨齋詞話》卷五，《詞話叢編》本，冊 4，頁 3888。
〔註48〕〔清〕丁紹儀撰：《聽秋聲館詞話》卷六，《詞話叢編》本，冊 3，頁 2650。

九家、入選三闋者凡三十九家。〔註49〕選錄三闋以下者，佔全書大半以上，正足以反映「以人存詞」之態度。

　　是知《明詞綜》與《國朝詞綜》、《國朝詞綜二集》三書收錄詞家頗豐，凡得詞人一千餘家，詞篇三千餘闋。且大量入選一闋之詞家，故王昶選錄詞家往往「以人存詞」，保留罕見詞家作品。又因按時代編排，可藉此觀察一代詞壇流變。

二、選詞以「宗南宋」為標準

　　王昶雖能「以人存詞」，客觀反映詞壇流變，然選詞實則悉以浙派為準，如其〈明詞綜自序〉云：「選擇大旨，亦悉以南宋名家為宗，庶成太史之志云爾」，〔註50〕〈國朝詞綜自序〉又云：「至選詞大旨，一如竹垞太史所云，故續刊《詞綜》之後，而推廣汪氏之說，以告世之工於詞者」，〔註51〕從孫王紹成亦於〈國朝詞綜二集序〉云：「其取舍大旨仍以太史為宗」，〔註52〕由諸序觀之，王氏一再強調以朱彝尊為宗。朱氏曾云「世人言詞，必稱北宋，然詞至南宋始極其工。宋季始極其變」，〔註53〕是知王昶以「宗南宋」為選錄標準。

　　以下就《明詞綜》、《國朝詞綜》所收為例，說明其選錄詞家比重與其標準，而《國朝詞綜二集》因係以嘉慶時在世詞家，故亦附於《國朝詞綜》一併討論。

（一）《明詞綜》崇雅黜俗，選錄詞家偏重晚明

　　以選錄明詞題材而言，明代永樂至成化間詞壇臺閣體、打油體、

〔註49〕《國朝詞綜》與《國朝詞綜二集》統計數量據符櫻撰：《清詞綜系列研究》，武漢大學碩士學位論文，2004 年 5 月。
〔註50〕〔清〕王昶撰：〈明詞綜自序〉，《春融堂集》卷四十一，頁 10。
〔註51〕〔清〕王昶撰：〈國朝詞綜自序〉，《春融堂集》卷四十一，頁 11。
〔註52〕〔清〕王紹成撰：〈國朝詞綜二集序〉，〔清〕王昶輯：《國朝詞綜》，《續修四庫全書》本，冊 1731，頁 1。
〔註53〕〔清〕朱彝尊撰：〈詞綜發凡〉，見〔清〕朱彝尊輯：《詞綜》，《四部備要》本，頁 1。

理學體三類幾乎不見於《明詞綜》。再者，明人壽詞數量極多，書中卻僅錄謝應芳〈點絳脣〉（老眼猶明）、王鏊〈阮郎歸〉（行年六十鬢斕斒）、顧潛〈洞仙歌‧自壽〉（婁江一碧）三闋而已。可見此書選錄風格以雅正為主，且罕見俚俗之詞。〔註54〕

以選詞數量分析，茲將所錄明人詞篇數量超過五首者，按其入選數量多寡，表列如下：

選詞數量	詞　　　　家	卷　　　次
17	陳子龍	卷 6
12	邵梅芬	卷 8
11	沈謙	卷 7
	楊慎	卷 3
8	劉基	卷 1
	王世貞	卷 4
	施紹莘	卷 5
	葉小鸞	卷 11
7	一靈（屈大均）	卷 10
6	文徵明	卷 3
	韓純玉	卷 9
	周篔	卷 9
5	楊基	卷 1
	張肯	卷 1
	史鑒	卷 2
	馮鼎位	卷 6
	夏完淳	卷 7
	沈宜修	卷 11

以選錄詞人詞篇而言，入選五闋以上之詞人凡十八家，晚明詞入

〔註54〕〔清〕丁紹儀撰：《聽秋聲館詞話》卷八曾評沈宣〈蝶戀花〉云：「《明詞綜》未收，想因詞俚故」，《詞話叢編》本，冊3，頁2678。

選五闋以上者達七家；選錄作品最多者爲陳子龍，凡十七首；其次邵梅芬，凡十二首；又次爲沈謙十一首、楊愼十一首。此中，除楊愼外，陳子龍、邵梅芬、沈謙三家均爲明清之際詞家；而其他如屈大均、韓純玉、周篔、馮鼎位、夏完淳等詞家，亦均屬明朝遺民。

張仲謀以爲《明詞綜》呈現此「輕前重後」現象，頗與「尊南宋」之理念相違。自詞篇風格而言，明初劉基、楊基等人猶沿元人之舊，尚存南宋遺風，但《明詞綜》選八闋以下，而取法南唐北宋之晚明詞家如陳子龍、沈謙等，均超過十闋，故以爲王昶「悉以南宋名家爲宗」是虛，而崇雅黜俗是實。若就詞家所處背景而言，陳子龍等人詞風雖與南宋大異其趣，然具遺民身分，入清後均不出仕，品格高潔，寄託家國之思，其精神內涵正與張炎、王沂孫等宋代遺民一致，且合乎「重詞家人品」之觀點。故選明詞偏重晚明，不僅合乎明詞創作成就之事實，亦實踐其「宗南宋」之選錄標準。

（二）《國朝詞綜》推尊朱、厲，選錄詞家側重浙派

1. 自各卷編排而言

首先，以《國朝詞綜》編排體例而言，王昶藉由卷次編排，凸顯詞家地位之重要性。此中以單家成卷者，有卷八朱彝尊六十五闋、卷二十一厲鶚五十四闋，此正足以反映王昶推尊浙派朱、厲之用心。浙西六子如其餘名家沈暤日、沈岸登、龔翔麟等，均列爲各卷之首。

其次，以雙家成卷者，有卷十李良年、李符，分別選入三十一闋、三十三闋；卷二十九選江炳炎、江昱，分別選入二十七闋、二十八闋。又有雙家成卷而凸顯其中一家者，如卷三十一江昉、沈大成，分別選入三十七闋、三闋；卷二十四王時翔、王愫，分別選入四十五闋、十三闋；卷二十六王策、徐庾，分別選入三十五闋、十四闋等。故自其編纂方式，亦可展現詞家地位之高下優劣。

2. 自地域流派而言

王昶對於雍正、乾隆以來，各地區詞家流派有所觀察；而塡詞之

盛，正可視爲南宋詞風之重現。其〈大聖樂〉（水榭吟鷗）小序云：

> 家存素（王愫）留寓楓橋已經匝歲，翰墨之餘，與其子蓼
> 菴兼修梵行，日來小住青瑤池館，因言妻水百餘年，詞學
> 鹿樵生（吳偉業）體綜北宋，未極幽妍。至小山（王時翔）、
> 漢舒（王策）、今培（毛建）、同懷（徐庾）、素威（王輅）、
> 穎山（王嵩）出，乃能上繼浙西六子。同時作者，武林則
> 樊榭（厲鶚）、授衣（陳章），廣林（按：疑似誤刻，以下
> 逕改作廣陵）則漁川（張四科）、橙里（江昉）。陽羨則淡
> 存（任曾貽）及位存兄弟（史承謙、史承豫）。橋李則南蕪
> （陸培）、春橋（朱方靄）、穀原（王又曾），吳中則企晉（吳
> 泰來）、湘雲（過春山）、策時（張熙純）、升之（趙文哲）
> 共二十餘家，各擅其工，即南宋未有其盛也。〔註55〕

此中王昶引述太倉詞人王愫所言，分析當代詞壇概況，並以地域觀
念，大致區分爲婁水、武林、廣陵、陽羨、橋李、吳中等六處詞人群。
而準此觀察《國朝詞綜》收錄數量，似乎亦可涵蓋各地域詞人。以下
僅按所劃分六處詞人群及「浙西六子」，表列收錄二十闋以上之詞家
如下，詞序所見詞人則以粗體表示：

數　量	詞　　家	地域／流派	卷　次
65	朱彝尊	浙西六子	卷八
54	厲鶚	武林	卷二十一
46	趙文哲	吳中	卷三十九
45	王時翔	太倉	卷二十四
37	張四科	廣陵	卷三十
37	江昉	廣陵	卷三十一
36	吳錫麒		二集卷三
35	王策	太倉	卷二十六
33	李符	浙西六子	卷十
31	李良年	浙西六子	卷十

〔註55〕〔清〕王昶撰：《琴畫樓詞》，陳乃乾輯：《清名家詞》本，冊5，頁26。

31	納蘭性德		卷六
30	陳維崧	陽羨	卷九
28	江昱	廣陵	卷二十九
28	**史承謙**	**陽羨**	**卷三十二**
27	江炳炎	廣陵	卷二十九
26	**毛健**	**太倉**	**卷二十五**
26	鄭澐	廣陵	卷四十
24	沈岸登	浙西六子	卷十四
24	朱昂	吳中	卷三十七
24	楊揆		二集卷三
23	**任增貽**	**陽羨**	**卷三十二**
23	吳烺	廣陵	卷三十五
22	沈暭日	浙西六子	卷十三
22	**朱方靄**	**檇李**	**卷三十四**
21	林蕃鍾		卷四十二
20	**過春山**	**吳中**	**卷三十七**

自上表之數量分析，可知《國朝詞綜》係以地域作爲分派依據。
雖選錄自清初以來至嘉慶詞壇之名家，然自選詞比重可知，此中惟納
蘭性德三十一闋、陳維崧三十闋，可謂名家。至於王士禛十六闋、顧
貞觀十五闋、彭孫遹十四闋等，僅屬聊備一格而已。以下更就選詞比
重分述之：

1. 浙西六子

朱彝尊、李符、李良年、沈岸登、沈暭日、龔翔麟等六家，因龔
翔麟輯《浙西六家詞》而得名。其中朱彝尊六十五闋，數量居全書之
冠。其次爲李符三十三闋、李良年三十一闋、沈岸登二十四闋、沈暭
日二十二闋、龔翔麟十二闋。

2. 武林詞人群

武林即今浙江杭州，以厲鶚五十四闋爲代表，數量僅次於朱彝
尊。同地域詞人陳章，則選入十七闋。

3. 吳中詞人群

吳中爲蘇州舊稱，自古以吳中涵蓋青浦、吳縣等地。以趙文哲四十六闋爲代表，數量居全書第三。其次爲過春山二十闋、吳泰來十六闋、張熙純十五闋。此外，朱昂入選二十四闋，亦可視爲吳中詞人。〔註56〕

4. 太倉詞人群

太倉即今江蘇太倉，以王時翔四十五闋爲代表，數量居全書第四。其餘太倉諸詞人入選者，有王策三十五闋、毛健二十六闋、王輅十七闋、徐庾十四闋、王嵩十一闋。

5. 廣陵詞人群

廣陵即今江蘇揚州，以張四科、江昉爲代表，兩人俱選三十七闋，數量並列全書第五。如江昱選二十八闋、江炳炎選二十七闋、江立選十七闋。餘如吳烺二十三闋、鄭澐二十六闋等，嚴迪昌《清詞史》以爲亦屬揚州地區詞人。

6. 陽羨詞人群

陽羨即今江蘇宜興，除陳維崧選三十闋最高外，餘如史承謙選入二十八闋、任增貽二十三闋等，數量顯遜於浙派詞人。

7. 檇李詞人群

檇李即今浙江嘉興，《國朝詞綜》引厲鶚評張奕樞言云：「檇李爲詞人之藪，自竹垞導其源，而沈李諸家一時稱盛」。包括朱方靄二十二闋、王又曾十八闋、陸培十六闋，此三家則數量均不超過三十闋。

就各地域詞家而言，除陽羨、太倉外，其餘武林、廣陵、吳中、檇李四處均屬清代中期浙西詞派之分支。而就選詞數量觀察，超過三十闋者，依序爲朱彝尊六十五闋、厲鶚五十四闋、趙文哲四十六闋、

〔註56〕〔清〕吳衡照撰：《蓮子居詞話》卷四：「江左七子，吳舍人泰來、趙農部文哲尤工詞。而王司寇昶，晚續竹垞《詞綜》之刻，俾枯槁憔悴之士，垂聲藝苑，洵不朽盛事也。吳中擅詞學者，如朱上舍昂、施明府源、沈進士清瑞、吳茂才翌鳳，各自名家，辦香南渡，俱卓然可傳也。」，《詞話叢編》本，冊3，頁2474。

王時翔四十五闋、張四科與江昉俱三十七闋、吳錫麒三十六闋、王策三十五闋、李符三十三闋、李良年與納蘭性德俱三十一闋、陳維崧三十闋，合計十二家。此中除王時翔、王策、陳維崧、納蘭性德四家外，其餘均屬浙派。

《國朝詞綜二集》八卷，收錄嘉慶時在世詞家，以吳錫麒三十六闋爲代表，入選數量居全書第六。其次爲楊揆二十四闋、楊芳燦與凌廷堪各錄十九闋、倪稻孫十八闋、吳翌鳳十六闋、郭麐十六闋。可見吳錫麒、郭麐、吳翌鳳等浙派「後勁」，在「二集」中亦佔據重要位置。

三、關注青浦詞家與女詞人

清代詞選多以發揚詞派爲主，然重視地域性或氏族之詞選亦復不少，如《梅里詞輯》、《柳洲詞選》、《西陵詞選》、《笠澤詞徵》、《國朝常州詞鈔》等，皆是其例。此外，前承晚明女性詞人創作成績，故清初以來專選女性作品之詞選亦十分可觀，如《眾香詞》、《林下詞選》，即是其例。是知王昶《明詞綜》、《國朝詞綜》二書，雖以推崇浙派爲主，然自其選詞亦可見對青浦與女性詞家之重視。茲分述如次：

（一）保存青浦地區詞人文獻

自明末以來，青浦地區與華亭、上海三縣均隸屬於松江府，故可視爲同一地域。王昶家居青浦，因地緣之便，乃於嘉慶八年輯錄陳子龍《陳忠裕公全集》、夏完淳《夏節愍全集》等明末忠義文士之別集。而其《青浦詩傳》卷三十二至三十四收錄歷代詞作；其《明詞綜》亦收錄頗多青浦前輩詞家，除陳子龍外，邵梅芬〔註57〕選詞十二首，僅次於陳子龍，卻遠超越其他詞家。其生平事蹟載於《青浦縣志》：

> 邵梅芬，字景悅，金山衛學貢生，居金家橋，少受知於方岳貢，繼與徐桓鑒、張宮、王澐同受業於陳子龍，能詩文，益有聲，從游者甚眾，弟子同時入學，嘗至十七人，王日藻、張安茂俱出其門，雲間幾社共七十二人，王光承爲首，

〔註57〕《明詞綜》誤作「邵梅芳」，據《青浦縣志》改。

梅芬繼之，甲申後，與光承堅臥不出，順治八年卒。〔註58〕

邵梅芬受業於陳子龍，亦為雲間幾社重要成員，《全明詞》所錄邵梅芬之詞均出自《明詞綜》，若非經王昶選輯，世人恐難知其人其詞。而《明詞綜》所錄青浦地區詞人，尚有卷五莫是龍、施紹莘；卷六馮鼎位、徐石麒（青浦籍嘉善人）、夏允彝、宋存標；卷七沈龍、夏完淳、沈罋、蔣平階、周積賢、吳騏、計南陽、張天湜、金是瀛等諸位詞家，亦均係江南華亭人。

至於《國朝詞綜》詞家小傳所見，錄青浦、華亭、松江等地詞人亦復不少，僅引載詞集傳世者，按卷次臚列如下：

陸文蔚，字藹卿，青浦人，諸生，有《采蓴詞》一卷（卷28）

繆謨，字虞皋，江南華亭人，貢生，有《雪莊詞》二卷（卷33）

趙文哲，字損之，號璞函，上海人，乾隆二十七年召試賜內閣中書，官戶部主事，卹贈光祿寺少卿，有《媕雅堂詞》四卷（卷39）

張熙純，字策時，號少華，上海人，乾隆二十七年舉人，三十年召試賜內閣中書，有《曇華閣詞》二卷（卷41）

邵玘，字珏廷，青浦人，貢生，有《花韻館詞》七卷（卷41）

楊源，字雲耕，江南華亭人，有《曼圃詩餘》一卷（卷43）

吳志遠，字毅哉，江南華亭人，有《粵游詞草》一卷。（卷45）

金式珪，字夔齋，青浦人，諸生，有《鳳棲山房集》詞附。（卷45）

陳澤泰，字茹生，上海人，諸生，有《春柳草堂詞》一卷。（卷45）

吳均，字陶宰，江南華亭人，布衣，有《鼠璞詞》一卷。（卷45）

〔註58〕〔清〕陳其元等修、熊其英等纂：《青浦縣志》卷二十一，光緒五年刊本影印本（臺北：成文出版社，1970年臺一版）。

　　王紹舒，字作明，青浦人，諸生，有《澹園詞鈔》。（2 集卷 4）
　　張興鏞，字金治，江南華亭人，嘉慶六年舉人，有《遠春詞》
二卷。（2 集卷 6）
是知《明詞綜》所選青浦地域詞家，如邵梅芬詞達十一闋，僅次於陳
子龍；而《國朝詞綜》所選趙文哲四十六闋，僅次於朱彝尊、厲鶚二
人；且自《國朝詞綜》保存青浦地區詞人數量觀之，亦顯示王昶對於
同邑詞人之重視。

（二）女性詞家之收錄概況

　　清初詞選已有《眾香詞》、《名媛詩緯》等女性詞選，而自王昶《明
詞綜》、《國朝詞綜》等書觀察，亦可見女性詞家之創作，於詞史仍佔
一席之地。此中，尤以《明詞綜》為最，其書凡十二卷，末二卷輯錄
女性詞家；卷十一計錄四十家五十七闋，卷十二計錄四十四家（含乩
仙、女鬼詞六家）四十八闋，合計所錄凡八十家 105 闋，詞篇數量約
佔全書五分之一。其中葉小鸞選詞七闋、沈宜修五闋最多，亦足以反
映明代女詞人活躍晚明之盛況。

　　《國朝詞綜》凡四十八卷，末二卷僅收女性詞人五十五家，〔註 59〕
丁紹儀曾云：「吳越女子多讀書識字，女工餘暇，不乏篇章。近則到處
皆然，故閨秀之盛，度越千古。即以詞論，王氏《詞綜》所采五十餘
家，已倍宋元二代」，〔註 60〕此中以徐燦十四首居冠，葉宏緗六首次之。
足以見清初至嘉慶以前之女性詞人概況。

　　此外，王昶妾許玉晨亦為閨秀詞人，有〈好事近〉、〈金縷曲〉、〈浣
溪沙〉、〈菩薩蠻〉等四闋收錄於《國朝詞綜》。且自王昶《琴畫樓詞》
亦可見與當代女性詞人酬唱作品。有為當代閨秀才女題序者，如題徐
映玉之詞，有〈夏初臨〉（燕子初飛）、〈瀟瀟雨〉（南樓霜月冷）。餘

〔註 59〕統計數量據符櫻撰：《清詞綜系列研究》，武漢大學碩士論文，2004
　　　　年 5 月。
〔註 60〕〔清〕丁紹儀撰：《聽秋聲館詞話》卷十九，《詞話叢編》本，冊 3，
　　　　頁 2820。

如題方芷齋《在樸堂吟稿》之〈惜紅衣〉(繡結衣船)、題廖織雲「墨蘭」之〈醉花陰〉(檀心碧葉香風遠)、題陸琳「牡丹」之〈露華〉(調脂殺粉)、題汪畹玉「畫扇」之〈青衫濕〉(秋蘭零落芳魂杳)、題孫雲鳳、孫雲鶴、孫令宜三姐妹《春草閒房》、《侶松軒》兩詞集之〈三姝媚〉(三姝誰得似)。可知王昶詞集中,實不乏女性詞家之身影,故王氏詞選多收女性詞篇佳構。

雖然女性詞僅入選兩卷,然以王昶本身與女性作家之交游情形,亦可知王氏對女性詞人創作成績之關注。

第四節　王昶「詞綜」系列詞選之評價與影響

王昶編選《明詞綜》與《國朝詞綜》,實具有強烈之宗派意識,且所選不免有疏失處。然在明清詞研究尚未被重視之前,欲知明清二代詞壇發展流變者,莫不以此二書為基礎。茲將後世之評價、輯補,以及其文獻整理與影響,略述於後:

一、後世之輯補與批評

(一)《明詞綜》頗多遺珠

自王昶《明詞綜》問世以後,已成為後世閱覽明詞必備之書。而對此書之評價,又因人而異。陳廷焯曾全盤否定明詞價值云:

> 惟《明詞綜》之選,實屬無謂。然有明一代,可選者寥寥無幾,高者難獲一篇,略可寓目者大約不過數十篇耳。亦不能病其所選之平庸也。〔註61〕

陳氏批評《明詞綜》「無謂」、「平庸」,乃出自於個人鄙薄明詞之態度,而詞壇一般多以為《明詞綜》遺漏佳篇甚多。蓋自嘉慶以降,詞論家所見明詞文獻漸增,故紛紛對此書展開輯補與批評。如張德瀛《詞徵》引李介立《天香閣隨筆》所見谿堂和尚詞即云:「王蘭泉編《明詞綜》,

---

〔註61〕〔清〕陳廷焯撰:《白雨齋詞話》卷五,《詞話叢編》本,冊 4,頁3888。

惜未收入」。〔註62〕此中以吳衡照、丁紹儀、謝章鋌三人補輯最多。
吳、丁二家所補，已見於王兆鵬校點《明詞綜》篇末附錄。茲將此三
人所補，略述如下：

1. 吳衡照之輯補

　　吳衡照輯補《明詞綜》，乃以王昶體例爲輯補標準，曾云：

　　　今蘭泉先生輯《明詞綜》，余亦疑其尚有滲漏。因仿碧巢之
　　　例，擬作補人一卷，補詞一卷。選擇大概仍取與蘭泉先生
　　　相比附。他日見聞所及，當足而成之，隨筆於此。〔註63〕

吳衡照仿效汪森補朱彝尊《詞綜》之例，補入詞人十家十八闋。〔註64〕
以下就王兆鵬校點《明詞綜‧附錄》所未收者，列舉如次：劉基〈水龍
吟‧感懷，和東坡韻〉（雞鳴風雨蕭蕭）及〈摸魚兒‧金陵秋夜〉（正淒
涼月明孤館）、林章〈長相思〉（江南頭）、陳繼儒〈昭君怨〉（記得去年
穀雨）、卓人月〈洞仙歌‧孟蜀宮詞，次東坡韻〉（開元遺事）、〈水龍吟‧
楊花〉（天孫慵繡銖衣）、錢繼章〈蝶戀花〉（淡月熹微天耿耿）、呂福生
〈摘得新〉（夜合花）。又引《詞苑叢談》載明妓李貞儷詞。〔註65〕

2. 丁紹儀之輯補

　　丁紹儀以爲《明詞綜》遺珠不少，故補錄明代詞人四十九家五十
三闋。〔註66〕其中補自嘉慶年間袁均所輯《四明近體樂府》，計二十

〔註62〕〔清〕張德瀛撰：《詞徵》卷六，《詞話叢編》本，冊5，頁4175。
〔註63〕〔清〕吳衡照撰：《蓮子居詞話》卷三，《詞話叢編》本，冊3，頁
　　　　2461～2462。
〔註64〕〔清〕吳衡照撰：《蓮子居詞話》卷三，《詞話叢編》本，冊3，頁
　　　　2462～2463。又見於王兆鵬校點：《明詞綜》（瀋陽：遼寧教育出版
　　　　社，1997年3月），頁197～203。
〔註65〕〔清〕吳衡照撰：《蓮子居詞話》卷三：「《詞苑叢談》載明妓李貞儷
　　　　句：『相思莫寫上陽花，恐被風吹愁起滿天涯。』用唐雍陶詩意，不
　　　　減草衣道人〈憶秦娥〉也。貞儷，《明詞綜》不錄。」《詞話叢編》
　　　　本，冊3，頁2466。
〔註66〕詞見丁紹儀：《聽秋聲館詞話》，《詞話叢編》本，冊3，頁2672～2685。
　　　　另見王兆鵬校點：《明詞綜》（瀋陽：遼寧教育出版社，1997年3月），
　　　　頁203～221。刪去與《蓮子居詞話》重複收錄，又其中張琨，《明詞

四家二十六闋。〔註67〕此外，兼亦說明詞篇入選原因，如評黃正色之作品：「詞雖平淺，然風節凜然，語無怨懟，似當在以人存詞之列」，〔註68〕評黃道周所作云：「《明詞綜》漏未采入，轉收阮大鋮平仄不協之〈減字木蘭花〉，未免去取失當」，〔註69〕評馬晉〈滿庭芳〉（雪漬疏髯）詞云：「《明詞綜》遺之。視所采王文恪鏊〈阮郎歸〉、吳文端宗達〈滿庭芳〉，似過之無不及也」〔註70〕

3. 謝章鋌之輯補

謝氏引楊慎《詞品》補錄方俊（字彥卿）〈鵲橋仙‧正月六日於俞君玉席上擘糟蟹壽其友人黃瑜〉（草頭八足）一闋、引郎瑛《七修類稿》補余淑柔〈浪淘沙‧豐城道中〉（苦雨溜風鈴）二闋，〔註71〕又補謝肇淛〈憶秦娥〉、〈謁金門〉、〈蘇幕遮〉、〈御街行〉、〈臨江仙〉等五闋，〔註72〕補沈恆吉〈鵲橋仙‧題畫〉（一竿風月）、沈貞吉〈一翦梅‧自題小照〉（此老粗疏一釣徒）各一闋。〔註73〕

補輯之餘，尚批評王昶失收佳詞。如以《四明近體樂府》批評王

綜》作「張瑋」應爲刊刻之誤，宜視爲同一人。

〔註67〕〔清〕丁紹儀撰：《聽秋聲館詞話》卷八：「寧波袁陶軒明經，手輯《四明近體樂府》，所采明人詞，多王氏《詞綜》所未錄。」《詞話叢編》本，冊3，頁2680。

〔註68〕〔清〕丁紹儀撰：《聽秋聲館詞話》卷八，《詞話叢編》本，冊3，頁2676～2677。

〔註69〕〔清〕丁紹儀撰：《聽秋聲館詞話》卷八，《詞話叢編》本，冊3，頁2676。

〔註70〕〔清〕丁紹儀撰：《聽秋聲館詞話》卷八，《詞話叢編》本，冊3，頁2677。

〔註71〕〔清〕謝章鋌撰：《賭棋山莊詞話》卷四：「并爲述庵《明詞綜》所未入，錄之以遺讀明詞者」，《詞話叢編》本，冊4，頁3372～3373。

〔註72〕〔清〕謝章鋌撰：《賭棋山莊詞話》續編五：「其小草齋集詩後，附錄填詞四十餘闋，王述庵《明詞綜》不錄，殆未見公集耳。」，《詞話叢編》本，頁3570。

〔註73〕〔清〕謝章鋌撰：《賭棋山莊詞話》卷五，《詞話叢編》本，冊4，頁3382。

昶《明詞綜》失載四明一地詞家。〔註74〕又認爲明初林鴻「不失南宋清疏之氣，在明初即置之劉誠意、高青邱間，亦復何慚作者」，故而批評「王述庵竟一字不登，其疏甚矣」，〔註75〕張仲謀則謂「非爲聞見之疏，乃持擇之嚴故也」。〔註76〕

自吳衡照、丁紹儀、謝章鋌對《明詞綜》之補輯情形，可知此書因成書較早，疏漏遺珠之詞，自屬難免。各家積極輯補明詞，反映此書爲清中葉以後，讀者瀏覽明詞重要入門之書。

（二）《國朝詞綜》之選評與遺珠

1. 戈載之選評

嘉慶七年（西元 1802 年），王昶輯成《國朝詞綜》後，嘉慶十八年（西元 1813 年）戈載就《國朝詞綜》進行選評，由於王昶編選時在韻律上疏於嚴謹，故重加抉擇，並糾正其中詞作失韻處若干條，如評丁澎詞云：「〈瑣窗寒〉一首律誤，〈柳初彩〉一首韻誤，皆不能入選。而當時譽之若此，可見國初人之填詞者、論詞者，皆外行也，可笑可嘆」，〔註77〕故知戈載藉品評《國朝詞綜》所錄詞篇，反映其重視聲律之詞學觀點。

2. 吳衡照之輯補

吳衡照於《蓮子居詞話》補錄《國朝詞綜》失收詞家，如王一元、吳檠二家詞。計錄王一元〈卜算子〉（無計遣春愁）、〈河傳〉（恨伊無賴）、〈醉春風〉（記得送郎時）、〈綺羅香·將別西湖用梅溪詞韻〉（對

〔註74〕〔清〕謝章鋌撰：《賭棋山莊詞話》卷七：「《詞綜》祇登屠隆、錢光繡一、二人，其餘皆佚。」，《詞話叢編》本，冊 4，頁 3411～3412。
〔註75〕〔清〕謝章鋌撰：《賭棋山莊詞話》卷六，《詞話叢編》本，冊 4，頁 3403。又云：「今檢《明詞綜》，只載紅橋，而子羽不載。子羽《鳴盛集》，尚有詞十數闋，《明詞綜》俱不入選。」，頁 3384。
〔註76〕張仲謀撰：《明詞史》（北京：人民文學出版社，2002 年 2 月），頁 77。
〔註77〕沙先一撰：《清代吳中詞派研究》（北京：人民文學出版社，2004 年 10 月），頁 22。

月魂銷)、〈倦尋芳・相思鳥〉(修眉似畫)五闋;〔註78〕吳綮〈點絳唇〉(簫局煙寒)、〈鳳銜盃〉(花落空廊湘簾覆)、〈霓裳中序第一〉(青楓冷露泫)三闋。〔註79〕

3. 丁紹儀之輯補

丁紹儀亦於《聽秋聲館詞話》補錄《國朝詞綜》失收詞家,如沈永啓〈虞美人・蓮涇阻雨〉〔註80〕、林企俊〈南歌子〉(晝靜花迎檻)、林企忠〈南鄉子〉(細雨近紗窗)。〔註81〕又補錄詞篇,計有萬樹〈好事近〉(忍淚送君行)、〈踏莎行〉(葉打星窗)二闋〔註82〕、葉映榴〈青玉案・詠枕〉(游仙舊夢荒唐了)〔註83〕等。

4. 謝章鋌之批評

謝章鋌曾批評《國朝詞綜》不選納蘭性德之妻沈宛,〔註84〕又指責王昶未收吳偉業〈賀新郎・病中有感〉〔註85〕云:

〔註78〕〔清〕吳衡照撰:《蓮子居詞話》卷四:「無錫王宛先一元占籍鐵嶺中,康熙癸未進士。生平有詞癖,顧大半散失,晚年自訂所存一千六百餘首,釐為二十卷,名為《芙蓉舫集》。蘭泉先生《詞綜》未及採錄。」《詞話叢編》本,冊3,頁2470。

〔註79〕〔清〕吳衡照撰:《蓮子居詞話》卷四:「吳綮,字青然,全椒人。應乾隆朝博學鴻詞,乙丑成進士,官刑部主事,有《陽局詞抄》,蘭泉先生《詞綜》遺之。」《詞話叢編》本,冊3,頁2471。

〔註80〕〔清〕丁紹儀撰:《聽秋聲館詞話》卷五:「方思名永啓,……子時棟,二女友琴、御月,俱工詞,王氏《詞綜》已采入,獨遺方思詞未錄。」《詞話叢編》本,冊3,頁2627。

〔註81〕〔清〕丁紹儀撰:《聽秋聲館詞話》卷十六:「華亭諸生林宮升企俊、鶴招企佩、寓園企忠,亦俱工詞,王氏《詞綜》僅錄鶴招〈夢橫塘〉一闋,中又訛脫數字」,《詞話叢編》本,頁2776。

〔註82〕〔清〕丁紹儀撰:《聽秋聲館詞話》卷十五:「蘭泉司寇《詞綜》,僅錄其〈浣溪沙〉一闋。」《詞話叢編》本,冊3,頁2575~2576。

〔註83〕〔清〕丁紹儀撰:《聽秋聲館詞話》卷五:「王氏《詞綜》祇錄〈金菊對芙蓉〉一闋。」《詞話叢編》本,冊3,頁2761。

〔註84〕〔清〕謝章鋌撰:《賭棋山莊詞話》卷七:「容若婦沈宛,字御蟬,浙江烏程人,著有《選夢詞》。述庵《詞綜》不及選。」《詞話叢編》本,冊4,頁3418。

〔註85〕吳偉業〈賀新郎〉詞云:「萬事催華髮。論龔生、天年竟夭,高名難沒。吾病難將醫藥治,耿耿胸中熱血。待灑向、西風殘月。剖卻心

至梅村淮南雞犬，眷戀故君，其〈賀新涼・病中有感〉……，
述庵奈何竟置此詞於不選乎。此詞關係於梅村大矣，述庵
其未講知人論世之學哉。〔註86〕

謝章鋌以爲吳偉業雖然在明亡後入仕於清，但其〈賀新涼〉詞則反映
悔恨降清之意，感人至深，《國朝詞綜》不收此詞，則無以「知人論
世」，難窺詞家之心境轉變。

（三）《國朝詞綜》選詞之侷限

1. 選詞受浙派影響，捨豪放而重婉約

王昶選詞宗派色彩濃厚，故謝章鋌評王初桐乃云：「述庵雖選入
《詞綜》二集，要非浙西宗派所能牢籠也」，〔註87〕又評史承謙云：「其
詞選入《國朝詞綜》將三十首，然亦取其近浙派者，佳篇固不止此」。
〔註88〕可見《國朝詞綜》以南宋爲依歸，故選錄詞家數量雖多，卻全
爲浙派風格，詞家個人特色蕩然無存。又評陳維崧詞云：

伽陵則《湖海樓集》哀然數寸許，然腹笥既富，成篇自易，
堆垛之病，同於繁縟。去其濃醯厚醬，眞味乃見，不有賴
於浙中之庖。述庵乃寶其檟而多遺其珠，動以姜、史相繩，
令此老生氣不出。余所以不能無間於《國朝詞綜》者，率
以此類。蓋選家須瀏覽全集，取其長技，不得以意見爲去
取也。〔註89〕

謝章鋌批評王昶以姜、史作爲選詞準繩，因之陳維崧詞所呈現者，並

肝今置地，問華倫解我腸千結。追往恨，倍凄咽。故人慷慨多奇節。
爲當年、沈吟不斷，草間偷活。艾灸眉頭瓜噴鼻，今日須難決絕。
早患苦，重來千疊。脫屣妻孥非易事，竟一錢不值何須説。人世事，
幾圓缺？」
〔註86〕〔清〕謝章鋌撰：《賭棋山莊詞話》卷八，冊4，頁3428。
〔註87〕〔清〕謝章鋌撰：《賭棋山莊詞話》續編四，《詞話叢編》本，冊4，
頁3549。
〔註88〕〔清〕謝章鋌撰：《賭棋山莊詞話》續編三，《詞話叢編》本，冊4，
頁3528。
〔註89〕〔清〕謝章鋌撰：《賭棋山莊詞話》卷四，《詞話叢編》本，冊4，頁
3378～3379。

非其個人之主要風格；蓋陳維崧作品雖選錄三十首之多，卻悉數婉約
之作，實不足反映其真實面貌。謝章鋌《賭棋山莊詞話》卷一云：

> 竹垞選《詞綜》，當時蘇辛派未盛，故所登寥寥。至國朝則
> 「鐵板銅琶」與「曉風殘月」齊驅並駕，亦復異曲同工，
> 劃而一之，無怪有遺珠之嘆，若蔣藏園，若黃仲則，集中
> 佳作，皆不入錄。〔註90〕

又《賭棋山莊詞話》續編二云：

> 其（王昶）選詞專主竹垞之說，以南宋為歸宿，不知竹垞
> 《詞綜》無美不收，固不若是之拘也。今不問全集之最勝，
> 而祇取結體之相同，則竹垞已云吾最愛姜、史，君亦厭辛、
> 劉，而辛、劉之作，何以尚留《詞綜》哉！且不獨備數而
> 已。稼軒三十五首，改之九首，又何以入選如是之多哉。
> 司寇則不然，同時若蔣藏園、洪北江皆有詞名，祇以派別
> 不同，蔣第選二首，洪第選一首，皆非其至者。……大抵
> 司寇所著，當以《湖海文傳》為善，其餘雖采摭繁富，謂
> 為宏獎風流則可，謂為精於鑒別，似尚須定論也。〔註91〕

謝章鋌以為王昶《國朝詞綜》選詞固以朱彝尊為宗旨，然亦使整部詞
選幾乎偏向婉約雅正。然朱氏《詞綜》尚錄辛棄疾詞三十五首、劉過
詞九首，王昶則變本加屬，只因派別不同，某些詞家僅收詞一二首，
且均非佳作。而《國朝詞綜》僅錄蔣士銓〈邁坡塘・題述庵先生三泖
漁莊圖〉、〈城頭月・中秋雨夜書家信後〉二闋，洪亮吉〈一萼紅〉（傍
禪關）一闋，丁紹儀以為王昶蓋因蔣士銓「時雜以詩句曲句」，〔註92〕
故僅選二闋。

雖然，亦有持相反意見者，如楊希閔即云：

〔註90〕〔清〕謝章鋌撰：《賭棋山莊詞話》卷一，《詞話叢編》本，冊4，頁
　　　　3321。
〔註91〕〔清〕謝章鋌撰：《賭棋山莊詞話》續編二，《詞話叢編》本，冊4，
　　　　頁 3501～3502。
〔註92〕〔清〕丁紹儀撰：《聽秋聲館詞話》卷十七：「心畬太史頗以工詞稱，
　　　　惜所著《銅絃詞》，時雜以詩句曲句，王氏《詞綜》僅選三闋而已。」
　　　　《詞話叢編》本，冊3，頁 2803。

> 乾嘉以後，詞學雜出，王蘭泉續《詞綜》，意在與竹垞代興，
> 而識擇彌下，塗轍淆矣。一二鴻駿之士，侈事徵典，長調
> 壘壘，略乏眞情，徒掉書袋，鈍章笨句，礙人眼目，究厥
> 弊原，要是竹垞所錮也。〔註93〕

楊氏以爲正因王昶《國朝詞綜》之取捨，係以浙派雅正爲審美標準。
故「識擇彌下」、「塗轍淆矣」等流弊，亦因受朱彝尊影響而產生。

後世詞學家多認定王昶《國朝詞綜》選詞囿於浙派之事實，如譚
獻云：「王侍郎去取之旨，本之朱錫鬯，而鮮妍修飾，徒拾南渡之瀋，
以石帚、玉田爲極軌」；〔註94〕況周頤《薇省詞鈔》云：「大致非浙派
不錄，識者閒有周鼎康瓠之歎，觀於雜著云云，知瓣香固在是已」；
〔註95〕又如王易《詞曲史》亦云：「規模姜張，其所選諸集，皆以竹
垞爲宗，少錄豪宕之作」，〔註96〕此類批評，比比皆是。

2. 選詞偏重詠物

《國朝詞綜》除選詞浙派頗受人詬病外，尚有題材偏重詠物之
弊，如陳銳《裒碧齋詞話》曾云：

> 詞選舊尟善本，王蘭泉祖述竹垞，以南宋爲極詣，其《詞綜》
> 率人錄一、二首，尤多詠物之作，不足以知升降也。〔註97〕

陳銳認爲王昶選詞以「宗南宋」爲標準，故不合己意之詞家，大多選
錄一、二首，且佔全書大半，題材多爲詠物之作，顯然主觀且偏頗，
無法反映詞壇流變。李佳《左庵詞話》亦云：

> 《詞綜》所錄國朝人諸詞，大半研練典麗。詠物作各求細
> 切，極其刻畫。然究詠味之，究嫌無甚意致。〔註98〕

〔註93〕楊希閔撰：《詞軌》卷八，轉引自孫克強撰：《清代詞學》（北京：中
　　　　國社會科學出版社，2004 年 7 月），頁 248。
〔註94〕〔清〕譚獻撰：《復堂詞話》，《詞話叢編》本，冊 4，頁 3999。
〔註95〕〔清〕況周頤輯：《薇省詞鈔》卷四，《叢書集成續編》本（臺北：
　　　　新文豐出版公司，1989 年 7 月），冊 205，頁 691。
〔註96〕王易撰：《詞曲史》（臺北：廣文書局，1960 年 4 月），頁 472。
〔註97〕〔清〕陳銳撰：《裒碧齋詞話》，《詞話叢編》本，冊 5，頁 4200。
〔註98〕〔清〕李佳撰：《左庵詞話》下卷，《詞話叢編》本，冊 4，頁 3146。

李佳則以爲《國朝詞綜》所錄清詞大半爲研練聲律典麗雅正之詞，其中詠物之作，極盡刻畫能事，特無情感寄託，以致作品乏善可陳。

故就後世詞壇對王昶《明詞綜》、《國朝詞綜》之輯補與批評，可見此二書於影響嘉慶以後詞壇甚鉅。《明詞綜》雖多有遺珠之憾，然亦因此引起詞論家對明代詞壇之關注；而《國朝詞綜》選詞主觀偏頗，囿於浙派，故後世詞論批判較多。

二、文獻價值與詞學地位

（一）詞話資料之收集整理

1. 《明詞綜》詞話多引《古今詞話》、《歷代詞話》

王昶所錄詞評內容率以詞家生平軼聞爲主。如《明詞綜》卷五施紹莘，小傳僅稱：「字浪仙，青浦人。有《花影集》四卷」，數語而已。下引《青浦詩傳》則稱：「子野少負雋才，作別業於泖上，又營精舍於西佘，極煙波花藥之美。時陳眉公居東佘，管弦書畫，兼以名童、妙伎，來往嬉遊，故自號浪仙。亦慕宋張三影所作樂府，著《花影集》行世」。似此類詞評均爲詞家小傳之補充而已。其次爲評詞家詞風。按體例詞評應列於小傳下，然亦有例外，如卷七頁五評夏完淳〈卜算子〉與卷七頁十二評計南陽〈花非花〉二則，引自王士禛《倚聲初集》評語，乃置於作品之下，或因刊刻倉促，以致自亂其例。

《明詞綜》所錄詞話計八十二則（參見本文末「附錄一」），所評詞人計六十六家，以陳子龍錄四則最多，賀裳、夏言、王微各錄四則次之。其中卷五施紹莘、莫是龍二人出自《湖海詩傳》外，其餘八十則均錄自前人詞評。以沈雄撰《古今詞話》三十九則與王奕清等撰《歷代詞話》十一則最多，扣除二書重疊處，計得四十四則，佔所錄詞評之大半。

此外，錄自王士禛詞評及《倚聲初集》者八則、《花草蒙拾》二則，徐釚《詞苑叢談》四則，王世貞《藝苑卮言》四則，楊愼《詞品》二則。其餘因未詳出處，僅載某某云，如卷九頁三「陳子龍云」評王翃，出自〈王介人詩餘序〉（卷 9 頁 3）；「朱竹垞云」評沈自徵，出

自《靜志居詩話》〔註99〕（卷 9 頁 3）。他如「陸靈國云」評湯傳楹（卷 6 頁 3）、「呂調陽云」評蔣晃（卷 2 頁 9）、「錢氏云」評夏言、陳鐸（卷 3 頁 8、頁 11）、「趙符庚云」評王好問（卷 4 頁 5）、「孫蕙媛云」評張鴻逑（卷 11 頁 5）、「鈕玉樵云」評葉小鸞（卷 11 頁 8）、「施子野云」、「周勤卣云」評王微（卷 12 頁 8）等，出處尚待查明。

王昶於明代詞家雖無個人評論，但其詞話大量甄錄前代評語，將明清以來評明詞文獻，於詞選中呈現，亦可供讀者參考。然所引詞話對原文頗多刪節，故引用時仍必須核對原文。

2. 《國朝詞綜》所引詞評，以朱彝尊、厲鶚最多

就引用頻率與數量而言，《國朝詞綜》所錄詞評凡 139 則，計評 114 位詞家。其中引三則以上者有：朱彝尊十則、厲鶚九則、四庫全書七則、尤侗六則、王士禛六則、彭孫遹四則、陳玉几四則、王時翔四則、曹溶三則、顧貞觀三則、杜詔三則、吳泰來三則。自輯錄詞論家而言，亦可見王昶服膺浙派傾向，此中朱、厲二家詞論幾佔全書五分之一，其他浙派詞家之詞論，亦大量輯入詞選中。

其中，最引人矚目者，嘉慶十年馮金伯所輯《詞苑萃編》〔註100〕雖以徐釚《詞苑叢談》為基礎續補而成，然其書卷八〈品藻〉收錄清代詞家詞評 137 則，其中與《國朝詞綜》重複者竟達七十六則（參見「附錄二」），詞評內容詳略互見，雖不能證明馮金伯係據王昶所錄而輯，然亦可證王昶《國朝詞綜》對前人詞話資料收集與整理之用心。

（二）保存明清二代詞篇之文獻價值

明詞地位卑下，詞籍頗為罕見，世人欲觀明詞，必以王昶選錄為本。故趙尊嶽云：

> 錢允治、沈天羽諸家，廣續《草堂》，增廣續補，其於唐宋

〔註99〕〔清〕朱彝尊撰：《靜志居詩話》，（北京：人民文學出版社，1990 年 10 月第 1 版，1998 年 2 月第 1 刷），卷二十二，頁 702。

〔註100〕〔清〕馮金伯輯：《詞苑萃編》，《詞話叢編》本，冊 2，頁 1927～1958。

各家，固不足盡探驪之妙；而於明人所作，既不能求備家
數，又未能循流溯源。在昔祕笈自珍，流傳較少，凡所見
之明詞，要託於總集，宜其未足爲人重視矣。〔註101〕

明代詞選之編纂以唐宋詞爲主，間有選明詞者，所佔比率亦甚低，
〔註102〕而明人選明詞，如錢允治編、陳仁錫釋《類編箋釋國朝詩
餘》及沈際飛《草堂詩餘新集》所選，以楊愼、王世貞、劉基、吳
子孝、文徵明等人爲多。誠如趙尊嶽所指，並未能全面探錄各類風
格；亦因分調選詞，尤難藉以認識明代詞學流派演變。趙尊嶽又云：

> 蘭泉司寇承金風亭長（朱彝尊）之後，輯《明詞綜》十二
> 卷，蓋以亭長舊稿，合諸平生所搜輯者彙而梓之。所輯多
> 出於《蘭皋館詞選》及《草堂新集》，茲二書傳本極尠，故
> 世之言明詞者，多宗司寇。余往年並得二者，且陸續付鐫，
> 於是明詞選本漸爲治金荃者所共賞，不必取資於此。司寇
> 存佚媚古之功，固不可沒也。又選中諸家，余得單行裁篇
> 隻本幾於什之五六，均登梨棗，假以歲月，或可更致如干
> 種，茲編能爲之喤引，用供參訂，所以益余者實多。〔註103〕

趙尊嶽以爲《明詞綜》爲早期治明詞必備之書，在《明詞匯刊》、《全

〔註101〕 趙尊嶽輯：〈惜陰堂彙刻明詞記略〉，《明詞彙刊》，（上海：上海古
籍出版社，1992年7月），頁9～10。

〔註102〕 據陶子珍《明代詞選研究》統計。據明代詞選統計，楊愼編《百琲
明珠》僅錄貝瓊十三闋；程敏政編《天機餘錦》錄七家172闋，其
中瞿佑145闋（57闋存疑）。周履靖編《唐宋元明酒詞》，錄三家十
闋，王世貞詞即錄八闋。茅暎編《詞的》，錄明代詞家四十八闋。
陸雲龍選評《詞菁》錄明代三十八家八十三闋，五闋以上者有：劉
基十三闋、王世貞十闋、文徵明六闋、楊愼五闋。卓人月編、徐士
俊評《古今詞統》錄明詞105家，二十闋以上者，楊愼五十七闋、
王世貞三十五闋、劉基二十八闋、楊基二十二闋、吳鼎芳二十一闋。
潘遊龍編《精選古今詩餘醉》錄明詞六十家397闋，十五闋以上者，
有王世貞四十七闋、楊愼三十八闋、劉基三十六闋、陳繼儒三十五
闋、王微三十三闋、顧璘十七闋。鄒祗謨、王士禎《倚聲初集》錄
明詞128家568闋，選錄三十闋以上者有陳子龍六十五闋、龔鼎孳
五十六闋、俞彥三十三闋。

〔註103〕 趙尊嶽輯：《明詞彙刊》（上海：上海古籍出版社，1992年7月），
頁1455。

明詞》等明詞總集之前，儘管有《草堂詩餘新集》、《蘭皋明詞彙選》
等明詞選，然選錄失之偏頗，且流傳未廣。晚明顧璟芳、李葵生、
胡應宸三家選編《蘭皋明詞彙選》，乃純為明詞選本，坊間所見甚
稀，所選亦未全面，殊難見明詞全貌，故云「世之言明詞者，多宗
司寇」。是以近現代詞話及詞史類著作、歷代詞選，乃僅以《明詞
綜》為據。

　　王昶《國朝詞綜》一選，為清詞重要選集，誠如胡雲翼所稱「清
代詞選，最重要的有三部：一為納蘭性德與顧貞觀合選的《今詞初
集》，一為王昶的《清詞綜》，一為譚獻的《篋中詞》」，〔註 104〕《清
詞史》更譽為「清代浙派詞風集大成、總結性備覽之編，並有『定於
一尊』的傾向」。〔註 105〕

　　《國朝詞綜》提供後世詞選家選錄清詞依據，常派陳廷焯曾輯《雲
韶集》，亦以《詞綜》為準，曾云「又得青浦王氏《明詞綜》、《國朝
詞綜》，可謂先獲我心，減其五六，增以二三，匯為是集」，〔註 106〕
可見其詞選為晚清詞學家所依據，又譚獻所選《篋中詞》，亦參考王
昶《國朝詞綜》，嘗云：

　　　　予欲撰《篋中詞》以衍張茗柯（張惠言）、周介存（周濟）
　　　　之學，今始事王選（國朝詞綜）所撼者，百一而已。〔註 107〕

由王昶晚年繼承朱彝尊而編明清詞綜之舉，可知浙西詞風在嘉慶朝仍
具影響力；而浙西詞派雖已開聲律一派，然大抵不出王昶標舉之姜張
詞風。此外，在晚清詞學家譚獻、陳廷焯眼中，王昶選本在浙派仍頗
有影響力。

〔註 104〕　胡雲翼編：《清代詞選・題記》（上海：教育書店，1947 年 7 月第 2
　　　　　　版），頁 1～3。
〔註 105〕　嚴迪昌撰：《清詞史》（南京：江蘇古籍出版社，1999 年 8 月第 2
　　　　　　版 2 刷），頁 365。
〔註 106〕　轉引自陳水雲撰：〈雲韶集與陳廷焯初期的詞學思想〉，《湖北大學
　　　　　　學報（哲學社會科學版）》，2002 年第 29 卷第 6 期，頁 65。
〔註 107〕　〔清〕譚獻撰：《復堂詞話》，《詞話叢編》本，冊 4，頁 3999。

（三）開拓「詞綜」體例，延續浙派命脈

1. 歷朝《詞綜》體系之完成

清代世稱詞學中興，詞家流派分衍，不僅詞集創作量豐富，詞話著作亦邁越前代，於詞學理論建樹頗多。近來清代詞學研究粲然可觀，尤集中於詞派、詞集、詞論等研究。然詞選實亦不容忽視，自清初以來，如王士禛、鄒祇謨輯《倚聲初集》之與廣陵，蔣景祁《瑤華集》之與陽羨，朱彝尊《詞綜》之與浙派，張惠言《詞選》之與常派，詞選儼然為其詞派之標幟，故龍榆生曾云：「浙常二派出，而詞學遂號中興。風氣轉移，乃在一二選本之力」，〔註108〕詞選不僅轉移詞風，亦標誌詞派之審美主張。

自浙西詞派而言，有意識藉詞選轉移詞風，係對明代詞選之反動。蓋明代詞壇深受《草堂詩餘》影響，毛晉於〈草堂詩餘跋〉云：「宋元間詞林選本，幾屈百指，惟《草堂詩餘》一編飛馳。幾百年來，凡歌欄酒榭絲而竹之者，無不撫髀雀躍」，〔註109〕而後詞選以「草堂」為名者甚多，更形成「《草堂詩餘》詞選家族」，〔註110〕清初以來黜斥者眾，如朱彝尊〈詞綜‧發凡〉云：「《草堂詩餘》所收最下最傳，三百年來，學者守為兔園冊，無惑乎詞之不振也」，〔註111〕汪森〈詞綜序〉亦云：「庶幾可一洗《草堂》之陋，而倚聲知所宗矣」，〔註112〕欲以《詞綜》取代《草堂詩餘》，藉以開宗立派，轉移詞壇風氣，倡導南宋姜張醇雅詞風。而此典範之樹立，影響後世詞壇深遠，遂使後世出現不少以「詞綜」為名之詞選。蕭鵬《群體的選擇》云：

〔註108〕 龍沐勛撰：〈選詞標準論〉，《詞學季刊》1卷2號，1933年8月，頁15。

〔註109〕 金啓華等編：《唐宋詞集序跋匯編》（臺北：臺灣商務印書館股份有限公司，1993年2月），頁393。

〔註110〕 蕭鵬撰：《群體的選擇——唐宋人選詞與詞選通論》（臺北：文津出版社，1992年11月），頁239~240。

〔註111〕 〔清〕朱彝尊輯：《詞綜》，《四部備要》本，頁5。

〔註112〕 同前註，頁1~2。

以博徵詞的浙派之選《詞綜》之下，衍出一系列以「綜」
爲體、重在搜零輯散而宗派意味逐漸淡化的「子詞綜」、「分
詞綜」，如王昶《明詞綜》、《國朝詞綜》、黃燮清（一説黃
安濤）《國朝詞綜續編》、陶樑《詞綜補遺》、丁紹儀《國朝
詞綜補》、林葆恒《補國朝詞綜補》（未刊）、無名氏《女詞
綜》、薛紹徽《國朝閨秀詞綜》、劉會恩《曲阿詞綜》、鄧健
庵《杭郡詞綜》等等。〔註113〕

是知在眾多以「詞綜」爲名之詞選中，取材自地域或女性等詞選，已
不復見浙西宗派意識。他如施議對《當代詞綜》收錄當代詞家，亦無
宗派色彩。

　　自王昶繼承朱彝尊《詞綜》，發展成一完整體系，並合乎「綜」
之精神後，方開啓浙派《詞綜》之選本，亦足以建構一部完整之歷代
詞史。如陳水雲所云：

朱彝尊「以詞存史」的傳統爲後繼者所繼承，如王昶、黃燮
清、丁紹儀編纂的歷朝詞綜：《明詞綜》、《國朝詞綜》、《國朝
詞綜二集》、《國朝詞綜續編》、《國朝詞綜補》，都是遵循朱彝
尊《詞綜》的編選體例，所選詞人各繫以小傳，間附詞話、
筆記評語，以體現「一代之詞亦有不可盡廢」的宗旨。〔註114〕

繼王昶之後，有黃燮清、丁紹儀二人，完成清代《詞綜》。黃燮清曾
讚譽王昶「論詞深得南宋宗旨，前輩風流，令人想望」，〔註115〕於是
輯《國朝詞綜續編》以續《國朝詞綜》之後，體例一踵前規，「以繼
侍郎者繼檢討，遂以集千古詞學之大成」，〔註116〕得詞凡五百六十八
家，都爲二十四卷。

〔註113〕　蕭鵬撰：《群體的選擇——唐宋人選詞與詞選通論》（臺北：文津出
　　　　　版社，1992年11月），頁10。

〔註114〕　陳水雲撰：〈清代的「詞史」意識〉，《武漢大學學報（人文科學版）》
　　　　　第54卷第5期，頁616。

〔註115〕　〔清〕黃燮清輯：《國朝詞綜續編》，《續修四庫全書》本，冊1731，
　　　　　卷二，頁7。

〔註116〕　〔清〕張炳堃撰：〈國朝詞綜續編序〉，見〔清〕黃燮清輯《國朝詞
　　　　　綜續編》，《續修四庫全書》本，冊1731，頁3。

其後，丁紹儀猶以爲未備，曾云：「余於列朝詞綜，向有續補之願」，〔註117〕是以輯《國朝詞綜補》五十八卷，又《續編》十八卷，得一千五百餘家。之後，林葆恒又輯《詞綜補遺》一百卷，網羅光緒、宣統以來詞家，得詞人四千四百餘家，選詞七千三百餘闋，足稱巨帙。故郭則澐〈詞綜補遺序〉云：

> 詞選始自《花間》傳爲絕唱，其曰「詞綜」者，竹垞檢討振導於前，蘭泉、倚晴、杏盦諸家踵武於後，操選家之玉尺，度辭苑之金繩。甄綜繁蕪，網羅幽隱，猗歟盛矣。〔註118〕

郭氏推崇「詞綜」詞選系列，自朱彝尊、王昶、黃燮清、丁紹儀等一脈相承。王昶之詞學貢獻，以其明清二代詞綜最爲特出，將《詞綜》收錄範圍拓展至清朝，故歷代《詞綜》可謂完成於王昶之手。其《明詞綜》上承朱彝尊、汪森所輯《詞綜》，而《國朝詞綜》則下起黃燮清、丁紹儀等人之清代「詞綜」系列詞選，可見其所選實居於「詞綜」系列體系之關鍵地位。

2. 奠定朱、王並稱之詞學地位

清代中葉以後，往往以朱、王並稱，以譽其詞選之貢獻與地位，並爲浙派詞學張目。此自黃燮清《國朝詞綜續編》中所載序跋，可見一斑。如諸遲鞠云：「《花間》、《草堂》蜚聲於曩喆，竹垞、蘭泉標雋於今世」，〔註119〕又如潘增瑩云：「其規式悉依竹垞、蘭泉兩先生選本。故名之曰《詞綜續編》」，〔註120〕張炳堃〈國朝詞綜續編序〉亦云：

> 殆嘉慶初，青浦王侍郎復有《國朝詞綜》、《明詞綜》之刻，選擇大旨，一以檢討爲宗，雖其書晚出，不及登諸四庫，

〔註117〕　〔清〕丁紹儀《聽秋聲館詞話》卷七，《詞話叢編》本，冊3，頁 2657。

〔註118〕　〔清〕郭則澐撰：〈詞綜補遺序〉，見林葆恒輯：《詞綜補遺》（北京：書目文獻出版社，1992 年 9 月），頁 5。

〔註119〕　〔清〕諸遲鞠撰：〈國朝詞綜續編序〉，見〔清〕黃燮清輯：《國朝詞綜續編》，《續修四庫全書》本，冊 1731，頁 7。

〔註120〕　〔清〕潘增瑩撰：〈國朝詞綜續編序〉，見〔清〕黃燮清輯：《國朝詞綜續編》，《續修四庫全書》本，冊 1731，頁 1～2。

而近世倚聲家奉爲準則，則一如檢討之書。〔註121〕

彝尊《詞綜》地位之所以屹立不搖，且影響詞壇風氣，即在於王昶推波助瀾。故蔣敦復《芬陀利室詞話》云：

> 國初盛稱雲間陳李三宋詞，一以《花間》爲宗，至王述庵司寇續輯《詞綜》，辦香竹垞，沿於浙派矣。〔註122〕

王昶明清二代《詞綜》之編纂，扭轉清初詞壇以《花間》爲正宗之陋習，其地位實不亞於朱彝尊。且歷來學者，往往僅稱爲「詞綜」而不具全名，如丁紹儀、譚獻稱「王氏詞綜」，吳衡照稱「蘭泉先生詞綜」，許宗彥稱「續詞綜」。〔註123〕梁令嫻於〈藝蘅館詞選自序〉復云：

> 近世朱竹垞（朱彝尊）氏網羅百代，泐爲詞學，王德甫氏（王昶）繼之，可謂茲事之偉觀。……麥丈（麥孟華）謂以校朱、王、張、周四氏，蓋有一節之長云。〔註124〕

梁令嫻係以詞選編纂貢獻與地位，將朱彝尊、王昶、張惠言、周濟四家並列。此外，吾人若肯定朱彝尊《詞綜》係以標舉浙派爲宗旨，則王昶繼其後，除續補《詞綜》二卷之外，復據稿本刊刻《明詞綜》，並及《國朝詞綜》及《國朝詞綜二集》，若謂朱彝尊有「開創」之功，則王昶實亦有「開拓」之績，故王昶誠爲開啓後世續補《詞綜》之關鍵也。

〔註121〕 〔清〕張炳堃撰：〈國朝詞綜續編序〉，見〔清〕黃燮清輯《國朝詞綜續編》，《續修四庫全書》本，冊1731，頁3。

〔註122〕 〔清〕蔣敦復撰：《芬陀利室詞話》卷一，《詞話叢編》本，冊4，頁3642～3643。

〔註123〕 〔清〕許宗彥撰：〈蓮子居詞話序〉：「少寇昔撰《續詞綜》，於海內詞家，收採靡遺。」收錄於〔清〕吳衡照撰：《蓮子居詞話》，《詞話叢編》本，冊3，頁2388。

〔註124〕 梁令嫻輯：《藝蘅館詞選》（臺北：臺灣中華書局，1970年10月），頁次不詳。按麥丈即麥孟華，字孺博，號蛻庵，廣東順德人。光緒十九年（1893）舉人。著有《蛻庵詞》一卷。

第五章　王昶《明詞綜》改易原詞現象探析

　　本文以《明詞綜》為例，首先探究其改詞背景及成因，界定改詞範圍，以確定王昶所擅改之詞例，並結合其詞學理念，分析其改易動機與類型。最後，論述其擅改現象對後世之影響。

第一節　改易原詞之背景及成因

一、詞壇所見改易現象

（一）詞家「自改」已作

　　詞家填詞過程中，往往三易其稿，以致產生字句出入之現象，如王灼《碧雞漫志》卷二云：

> 賀方回〈石州慢〉，予舊見其稿，「風色收寒，雲影弄晴」改作「薄雨收寒，斜照弄晴」。又「冰垂玉筯，向午滴瀝簷楹，泥融消盡牆陰雪」，改作「煙橫水際，映帶幾點歸鴻，東風消盡龍沙雪」。〔註1〕

且修改詞篇與創作理念、鑑賞角度關係密切，故歷來詞話涉及詞篇「改

〔註1〕〔宋〕王灼撰：《碧雞漫志》，《詞話叢編》本，冊1，頁90。

易」者，多就創作技法論之；亦即強調詞篇經過再三錘鍊後，始能盡善盡美，並須經多次修改，方能使詞句更臻勝境。如張炎《詞源・製曲》：

> 詞既成，試思前後之意不相應，或有重疊句意，又恐字面粗疏，即爲修改。改畢，淨寫一本，展之几案間，或貼之壁。少頃再觀，必有未穩處，又須修改。至來日再觀，恐又有未盡者，如此改之又改，方成無暇之玉。〔註2〕

詞學家論改詞之法，或因前後詞意不合、句意重疊、字面粗疏等缺失，尚須不憚修改，實屬個人詞句研練之審美追求，以及對詞篇創作嚴謹之態度。

（二）詞家藉「改易」以為創作之例

詞家襲改他人作品以爲創作者，如杜安世〈菩薩蠻〉（花明月暗朦朧霧）詞，即竄改自李後主詞。李調元《雨村詞話》卷二云：

> 杜安世詞多襲前人，《壽域詞》一卷，殊無足觀。如〈菩薩蠻〉：「花明月暗朦朧霧。此時欲往儂邊去。剗襪下香階。手攜金縷鞋。　　藥闌東畔見，執手偎人顫。奴爲出家難。從君恣意憐。」此南唐李後主詞，爲小周后而作也，膾炙人口已久，略改數字，竄入己集，不顧曇恥。〔註3〕

兩宋詞人多以隱括、集句以借鑑前人，然杜詞則明顯竄改。此外，自明代仿擬風氣盛行，詞家藉步韻方式進行創作外，亦視「改易」爲創作方法之一。如王彥泓詞恒逕題改自某人之作，如〈菩薩蠻・鞦韆改徐文長〉、

〔註2〕〔宋〕張炎撰：《詞源》，《詞話叢編》本，冊1，頁256。此外，況周頤《蕙風詞話》云「改詞之法，如一句之中，有兩字未協，試改兩字。仍不愜意，便須換意，通改全句，繫連上、下，常有改至四五句者，不可守住原來句意，愈改愈滯也。」又云：「改詞須知挪移法，常有一、兩句語意未協，或嫌淺率。試將上下互易，便有韻致。或兩意縮成一意，再添一意；更顯厚。」均係論詞「修改」之例。

〔註3〕茲錄李煜〈菩薩蠻〉原詞如次：「花明月暗籠輕霧，今宵好向郎邊去。剗襪步香階，手提金縷鞋。畫堂南畔見，一向偎人顫。奴爲出來難，教郎恣意憐。」按〔清〕李調元撰：《雨村詞話》，《詞話叢編》，冊2，頁1407。

〈阮郎歸・改洪叔璵作〉、〈眼兒媚・春情改馮偉壽作〉、〈念奴嬌・茉莉改劉叔安詞〉，故鄒祇謨云：「詞不多作，而善改昔人詞，殊有加豪頰上之致」，〔註4〕是以詞家點竄他人之作，缺乏新意，自然受人非議，不免有「點金成鐵」之譏。茲表錄王彥泓改前人作品之實例如次：

王彥泓〈菩薩蠻・鞦韆改徐文長〉	〔明〕徐渭〈菩薩蠻・閨人纖趾〉
多嬌最愛鞋兒淡。有時立在秋千板。板已窄棱棱。猶餘三四分。　　　一鈎渾玉削。紅繡幫兒雀。**休去步香堤**。遊人量印泥。	**千嬌更是羅鞋淺**。有時立在鞦韆板。板已窄棱棱。猶餘三四分。　　　**紅絨止半索**。繡滿幫兒雀。莫去踏香隄。遊人量印泥。
王彥泓〈阮郎歸・改洪叔璵作〉	〔宋〕洪瑹〈阮郎歸・壬辰邵武試燈夕〉
東風吹破藻池冰。**雲穿半天晴。臘梅香老臘香清。粧成出畫屏**。　　　花豔豔，玉英英。羅衣金縷明。**綠情紅意兩逢迎。扶春來遠林**。	東風吹破藻池冰。**晴光開五雲。綠情紅意兩逢迎。扶春來遠林**。　　　花豔豔，玉英英。羅衣金縷明。**鬧蛾兒簇小蜻蜓。相呼看試燈**。
王彥泓〈浪淘沙・別意改洪叔璵詞〉	〔宋〕洪瑹〈浪淘沙・別意〉
花霧漲冥冥。欲雨還晴。薄羅衫子正宜春。**解道明朝寒食近。且莫成行**。　　　花下酒頻更。纖手重增。十三絃畔訴離情。又得一宵相伴也，無限丁寧。	花霧漲冥冥。欲雨還晴。薄羅衫子正宜春。**無奈今宵鴛帳裏，身是行人**。　　　別酒不須斟。難洗離情。絲鞚如電紫騮鳴。腸斷畫橋芳草路，月曉風清。
王彥泓〈眼兒媚・春情改馮偉壽作〉	〔宋〕馮偉壽〈眼兒媚・春情〉
自噸雙黛能啼鴉。簾外翠煙斜。社前風雨，**重來燕子**，未入人家。　　　鞋兒試著無人看，莫是略寬些。想它樓上，悶拈簫管，憔悴鷺花。	自噸雙黛聽啼鴉。簾外翠煙斜。社前風雨，**已歸燕子**，未入人家。　　　鞋兒試著無人看，莫是忒寬些。想它樓上，悶拈簫管，憔悴鷺花。
王彥泓〈念奴嬌・茉莉改劉叔安詞〉	〔宋〕劉鎮〈念奴嬌〉
簾櫳午寂，正陰陰親見，後堂芳樹。綠遍長叢花事杳，忽見瓊花風度。豔雪肌膚，蕊珠標格，消盡人間暑。還憂風日，曲屏羅幕遮護。　　　長記歌酒闌珊，**微聞暗麝**，笑覓衣沾露。月沒闌干天似水，相伴**謝娘窗戶。浴後輕鬟**，涼生滑簟，總是牽情處。**惹人幽夢，枕邊零亂**如許。	**調冰弄雪，想花神清夢，徘徊南土。一夏天香收不起，付與蕊仙無語。秀入精神，涼生肌骨，銷盡人間暑。稼軒愁絕，惜花還勝兒女**。　　　長記歌酒闌珊，開時向晚，笑浥金莖露。月浸欄干天似水，誰伴秋娘窗戶。困殢雲鬟，醉敧風帽，總是牽情處。返魂何在，玉川風味如許。

〔註4〕〔清〕賀裳撰：《皺水軒詞筌》，《詞話叢編》本，冊1，頁713～715。

（三）詞論家藉「改易」以論詞之例

詞論家藉「改易」他人詞篇以符合個人詞學審美理念者，如明代俞彥《爰園詞話》云：

> 子瞻「綠水人家遶」，別本「遶」作「曉」，爲《古今詞話》所賞。愚謂「遶」字雖平，然是實境。「曉」字無皈著，試通詠全章便見。……溫飛卿「衰桃一樹近前池，似惜容顏鏡中老」，予欲改「近」爲「俯」，或「映」，似更覺透露。請質之知言者。〔註5〕

對於蘇軾〈蝶戀花〉「綠水人家遶」〔註6〕句，「遶」一作「曉」。楊湜《古今詞話》以爲「曉」字較佳，故云：「曉字與遶字，蓋霄壤也」。〔註7〕俞彥則謂遶字雖平凡無奇，但通觀全詞，「遶」仍較「曉」更貼近詞篇意境。並舉溫庭筠〈木蘭花〉「衰桃一樹近前池」句中之「近」字，宜改爲「俯」或「映」字。此外，陳霆《渚山堂詞話》亦云：

> 近閱《鳧藻集》，乃知爲高太史季迪所作。然予猶妄意其未盡美。蓋其前闋有云「雁來時節，寒沁羅裳」頗覺少切。而後闋云「暮柳成行」、「吳苑池荒」等句疑稍牽強也。因略爲更潤之，錄示知者。〔註8〕

陳霆因高啓〈行香子〉詞句「疑稍牽強」而潤飾更改，詞句經大幅修改後已非原貌。茲表錄詞例如次，以供比對：

高啟《扣舷集》	如此紅妝。不見春光。向菊前、蓮後纔芳。**雁來時節，寒沁羅裳。** 正一番風，一番雨，一番霜。　蘭舟不采，寂寞橫塘。強相依、暮柳成行。**湘江路遠，吳苑池荒。**恨月**濛濛**，人杳杳，水茫茫。
陳霆《渚山堂詞話》	如此紅妝。不見春光。向菊前、蓮後纔芳。**秋波向淺，寂寞橫塘。** 正一番風，一番雨，一番霜。　楚江又遠，吳江又冷，強相依、暮柳斜陽。**蘭舟人去，歌韻悠揚。**但月**朧朧**，雲杳杳，水茫茫。

〔註5〕〔明〕俞彥撰：《爰園詞話》，《詞話叢編》本，冊1，頁401～402。
〔註6〕唐圭璋編纂，王仲聞參訂，孔凡禮補輯：《全宋詞》（北京：中華書局，1999年1月）冊1，頁387。以下所引均據此本，不另出注。
〔註7〕〔宋〕楊湜撰：《古今詞話》，《詞話叢編》本，冊1，頁31。
〔註8〕〔明〕陳霆撰：《渚山堂詞話》，《詞話叢編》本，冊1，頁376。

陳霆又嘗改周邦彥〈渡江雲〉〔註9〕詞下片：

周邦彥《片玉集》	堪嗟。清江東注，畫舸西流，指長安日下。愁宴闌、風翻旗尾，潮濺烏紗。今宵正對**初弦月**，**傍水驛、深艤**蒹葭。沉恨處，時時自剔燈花。
陳霆《渚山堂詞話》	堪嗟。清江東注，畫舸西流，指長安日下。愁宴闌、風翻旗尾，潮濺烏紗。今宵正對**江心月**，**憶年時、水宿**蒹葭。沉恨處，時時自剔燈花。

　　據上片詞句景物暖初回雁、柳漸藏鴉等仲春節候，與下片「今宵正對初弦月，傍水驛、深艤蒹葭」所指夏秋節候，略嫌語病，故爲改作「今宵正對江心月，憶年時、水宿蒹葭」，以合詞境。〔註10〕

　　詞論家於某詞篇字句提出質疑，並逕自修改潤飾，其目的在傳達個人創作理念。然以「改易」論詞者究屬罕見，而詞選家則可於詞選中進行大規模改易，以實踐其詞學觀點。

（四）詞選家於刊刻過程中進行「改易」之例

　　選本係選家對作品有意識之篩選輯錄，如《千家詩》、《唐詩三百首》等詩選，仍不免有字句迥異原詩之現象，〔註11〕此等異文除因文獻流傳刊刻所致之外，亦有來自選家擅改者。〔註12〕至於詞選改易情

〔註9〕周邦彥〈渡江雲〉原詞如下：「晴嵐低楚甸，暖回雁翼，陣勢起平沙。驟驚春在眼，借問何時，委曲到山家。塗香暈色，盛粉飾、爭作妍華。千萬絲、陌頭楊柳，漸漸可藏鴉。堪嗟。清江東注，畫舸西流，指長安日下。愁宴闌、風翻旗尾，潮濺烏紗。今宵正對初弦月，傍水驛、深艤蒹葭。沉恨處，時時自剔燈花。」見唐圭璋編纂，王仲聞參訂，孔凡禮補輯：《全宋詞》（北京：中華書局，1999 年 1 月）冊 2，頁 768。

〔註10〕〔明〕陳霆撰：《渚山堂詞話》，《詞話叢編》本，冊 1，頁 373。

〔註11〕劉永翔撰：〈千家詩七言絕句校議〉，《華東師範大學學報（哲學社會科學版）》，1996 年第 6 期，頁 22～30。另有相關論述參見劉衍文、劉永翔著：《古典文學鑑賞論》（上海：上海教育出版社，1991 年 8 月），頁 213～244。

〔註12〕唐詩異文現象包括初稿和修改稿先後流傳、後人對唐詩進行修改、傳抄及印刷錯誤形成異文、古人詩歌命題的不確定性等。見鄧亞文撰：〈論唐詩異文〉，《咸寧師專學報》，第 22 卷第 5 期，2002 年 10

形，如李調元曾云：

> 南宋林外過垂虹橋題〈洞仙歌〉詞云：「飛梁壓水，虹影清
> 光曉。橋裏漁村半煙草。歎今來古往，物換人非，天地裏，
> 唯有江山不老。　　雨巾風帽，問誰知我。一劍橫空幾番
> 過。按玉龍嘶未斷，月冷波寒歸去也，林屋洞門無鎖。認
> 雲屏煙障是吾廬，任滿地蒼苔，年年不掃。」題詞時不書
> 姓名，人疑仙作，傳入禁中。孝宗笑曰：「以鎖字叶老字，
> 則鎖當音掃，乃閩音也。」後訪之，林果閩人，舊草堂收
> 之，頗未詳考。沈天羽際飛改「我」爲「道」，改「過」爲
> 「到」，不知三韻同用，皆叶音。又加點竄。各圖譜因之，
> 殊失本來面目。〔註13〕

林外〈洞仙歌〉詞，韻腳爲「曉、草、老、我、過、鎖、掃」八字，
然「我、過、鎖」三字乃閩地方言，沈際飛《草堂詩餘》不察，竟改
「我」爲「道」，改「過」爲「到」。是知凡詞篇經選家之手，難免以
個人主觀臆斷而改易字句，故此類異文，多因選家妄自改易所致。任
訥於〈研究詞集之方法〉云：

> 校勘家體例，最重臚列異文，以備考訂。……其有明知改
> 詞以就韻律，避重文，凡一切選家所妄易者，則去之唯恐
> 不盡，不得以校對之說相繩矣。〔註14〕

詞選改易現象嚴重，又不同於文獻校勘，而在於選家有心妄改。蓋校
勘係對原詞誤刻處訂正說明，而選家改詞既非據原詞版本，自當屏除
在校勘體例之外。錢鍾書《管錐篇》亦云：

> 古人選本之精審者，亦每削改篇什，……余所睹明、清名
> 選如李攀龍《詩刪》、陳子龍《皇明詩選》、沈德潛《別裁》
> 三種，劉大櫆《歷朝詩約選》，王闓運《湘綺樓詞選》之類，
> 胥奮筆無所顧忌，且往往一集之內，或注明刪易，或又刪

月，頁68～70。

〔註13〕〔清〕李調元《雨村詞話》卷二，《詞話叢編》本，冊2，頁1413。

〔註14〕任訥撰：〈研究詞集之方法〉，《東方雜誌》25卷第9號，1928年5
月，頁49～61。

> 易而不注明,其淆惑也滋甚。……談藝衡文,世別尊卑,
> 道刊大小,故選文較嚴謹,選詩漸放恣,選詞幾欲攘臂而
> 代庖。〔註15〕

自明清以來,各類選本汗牛充棟,然選家往往藉選輯刊刻之名,行刪
削改易之實;又因文體尊卑不同,相較於詩文選集,詞選改易最爲嚴
重,幾達「攘臂而代庖」之地步。

二、王昶詞選擅改之背景因素

(一)時代背景

　　乾隆三十八年(西元 1773 年)敕撰《四庫全書》編成,編纂過
程中大量禁毀古籍,以消弭不利清王朝之思想,並大興文字獄,故四
庫館臣擅改古籍文字之現象,屢見不鮮。而詞篇遭竄改者,如岳飛〈滿
江紅〉:「壯志饑餐胡虜肉,笑談渴飲匈奴血」改作「壯志饑餐飛食肉,
笑談欲灑盈腔血」(《岳武穆遺文》,頁 23)。張孝祥〈六州歌頭〉:「洙
泗上,弦歌地,亦膻腥」。「膻腥」改作「凋零」(《于湖詞》卷一,頁
1)。陳亮〈水調歌頭‧送章德茂大卿使金〉:「堯之都,舜之壤,禹之
封,於中應有、一個半個恥臣戎」。「恥臣戎」改作「挽彫弓」(《龍川
詞》,頁 1)。辛棄疾〈永遇樂‧京口北固亭懷古〉:「人道寄奴曾住」
句,「寄奴」改作「宋公」(《稼軒詞》卷二,頁 23)。姜夔〈揚州慢〉
(淮左名都):「自胡馬窺江去後」,唯「胡馬」,四庫全書本《絕妙好
詞》作「鎧馬」,〔註16〕刪去「胡虜」、「匈奴」、「膻腥」、「恥臣戎」
字眼,顯見與當時文字獄背景有關。

　　此外,清初以來,詞選編纂風氣盛行,如《古今詞統》、《蘭皋明
詞彙選》、《御選歷代詩餘》、《倚聲初集》等,改易字句,所在多有,

〔註15〕錢鍾書撰:《管椎編》卷三《全三國文》卷十六,收入《錢鍾書集》
　　　　(北京:三聯書店,2001 年 1 月),頁 364。
〔註16〕張雁云:「四庫全書本《絕妙好詞箋》,雖依查氏刻本抄得,然四庫
　　　　館臣在抄錄中多有竄改,故而版本不精。」參見張雁撰:〈絕妙好詞
　　　　版本考〉,《古籍整理研究學刊》2001 年 04 期,頁 30。

〔註17〕故〈百名家詞鈔‧例言〉云：「每遇絕妙好詞，偶或一音未協，一字未妥，竊爲更定」，〔註18〕凡字未妥、音未協者，詞選家則逕自改定，可見「改易」係當時風氣與選家習性使然。

（二）師承淵源

就王昶師承淵源而言，詩學服膺沈德潛，詞學宗奉朱彝尊，而沈、朱二人於編纂選本之際，往往擅改原作，如《清詩紀事初編》云：「清人選詩多喜加墨，朱彝尊、沈歸愚皆有此癖」。〔註19〕以沈德潛《唐詩別裁》、《明詩別裁》、《國朝詩別裁》三部詩選中所見改易爲例，錢鍾書曾云：

> 《唐詩別裁》卷六司空圖〈歸王官次年作〉：「缺粒空憐待鶴疏」沈氏潛改「攬鏡」爲「缺粒」，而卷一九賀知章〈回鄉偶書〉次句則註原作「衰」字出韻，故改正爲「催」字；《明詩別裁》八卷高啟〈弔岳王墓〉次句註原作「千年不典」，改「千」爲「十」，而卷一劉基〈薤露歌〉衹四句，原作轉韻三十六句，李攀龍《詩刪》節削成此，沈氏承之而不道。又卷八楊基〈岳陽樓〉「嬋娟帝子靈」，按《眉庵集》卷七「嬋娟」原作「娉婷」，蓋亦潛改；《國朝詩別裁》卷四王士禎〈謁文忠烈公祠〉、卷六崔華〈滸墅舟中別相送諸子〉等，昌言改字，而如李來太〈荊公故宅〉、卷一五孔傳鐸〈五人墓〉潛改而不言。詬病此習誠是矣。〔註20〕

沈德潛三部「別裁」詩選，均可見改易之跡。改易處或下註原因，或逕自竄改。朱彝尊《明詩綜》亦喜刪改前人之句。〔註21〕而《詞

〔註17〕葉曄撰：〈清代詞選集中的擅改原作現象——以明詞綜爲中心的考察〉，《中國文化研究》，2006 年春之卷（總第 51 期），頁 114。

〔註18〕〔清〕聶先、曾王孫輯：《百名家詞鈔》，《續修四庫全書》本，冊 1721。

〔註19〕鄧文成撰：《清詩紀事初編》（臺北：臺灣中華書局，1970 年 8 月臺 1 版），卷一，頁 49。

〔註20〕錢鍾書撰：《管椎編》卷三《全三國文》卷十六，收入《錢鍾書集》（北京：三聯書店，2001 年 1 月），頁 361。

〔註21〕吳騫引張爲儒《蟲獲軒筆記》云：「朱竹垞先生選《明詩綜》喜刪改

綜》選錄蘇軾〈念奴嬌〉,乃據洪邁《容齋隨筆》,將「浪淘盡」改
作「浪聲沉」,「周郎」改作「孫吳」,「穿空」改作「崩雲」、「拍岸」
改作「掠岸」,〔註22〕並以「與調未協」衡量東坡,於焉此詞盡失原
貌。又以《小山樂府》校《詞綜》張可久詞,則《詞綜》所載〈風
入松〉增「燕」字;〈人月圓〉「詩愁」改作「閒愁」、「前程哪裏」
改作「前路莫問」、「長似坡詩。可憐人處」二句改作「可似當時。
最憐人處」等。〔註23〕

　　在清代文學選本刊刻擅改之時代背景下,王昶不僅效法沈德潛、
朱彝尊二人,致力於選本編纂,似亦繼承二人擅改原作之習性。

三、王昶擅改原作之相關例證

　　自詞壇所見改易現象、時代及師承等背景因素分析,可知王昶擅
改前人詞篇之外在環境。至於其個人改易習性,則舉《湖海詩傳》、《陳
忠裕公全集》、《國朝詞綜》等書為例,以證明王昶確實每於刊刻過程
中,改動原作字句。其次,以《明詞綜》卷十所摘錄各詞選之詞篇為
例,與原書核對後,發現文字差異頗大,亦可證王昶改易前人作品,
乃出於個人編纂之習性,絕非偶一為之而已。

(一)《湖海詩傳》改易之例

　　以《湖海詩傳》為例,卷三十三所收秦瀛〈循黃公澗至忍草菴〉
二首之一:

前人之句,然有大失作者之旨者。如亭林〈禹陵〉二十韻……,《詩
綜》芟去『往昔』十六句,則所謂『嗟今更撫膺』者不知何指」,見
〔清〕吳騫撰:《拜經樓藏書題記》,(上海:上海古籍出版社,1989
年6月),頁974。
〔註22〕按他本『浪聲沉』作『浪淘盡』,與調未協,『孫吳』作『周郎』,
犯下『公瑾』字,『崩雲』作『穿空』,『掠岸』作『拍岸』。又『多
情應是』作『多情應笑我』,『早生華髮』益非。今從《容齋隨筆》
所載黃魯直手書本更正。至於『小喬初嫁』宜句絕,『了』字屬下
句,乃合。」
〔註23〕〔清〕焦循撰:《雕菰樓詞話》,《詞話叢編》本,冊2,頁1496。

湖海詩傳〔註24〕	緣崖涉寒澗，**蒼蒼翠微遠**。偶因孤興發，**高林屢迴轉**。虛景重湖深，連陰眾峯變。松間乳泉細，竹裡餘風善。幽鳥時一鳴，不知山深淺。
小峴山人詩文集〔註25〕	緣崖涉秋澗，**盤石屢迴轉**。偶因孤興發，**空山愜幽踐**。虛景重湖深，連陰眾峯變。**巖邊**乳泉細，**松際**餘風善。山鳥時一鳴，不知山深淺。**寂寞叩寒扉。遙驚隔林犬**。

此中「盤石屢迴轉」改作「蒼蒼翠微遠」，〔註26〕以清新色調勾勒山色，自與原詩意境不同。而「空山愜幽踐」句則改爲「高林屢迴轉」，「山鳥一時鳴」與「不知山深淺」二句，亦因「山」字重出，故易爲「幽」；且刪除末結「寂寞叩寒扉，遙驚隔林犬」兩句。又該詩之二前四句：

湖海詩傳	茅茨**蔭長松**，一龕鄰石壁。欲問楞嚴字，**中有趺跏**客。
小峴山人詩文集	茅茨**結雲構**，一龕鄰石壁。欲問楞嚴字，**焚香禮禪**客。

將首句「茅茨結雲構」改爲「茅茨蔭長松」；殊不知「結雲構」指茅屋建於雲氣彌漫處，而「蔭長松」則指茅屋建構於長松樹蔭之下。另將「焚香禮禪客」易爲「中有趺跏客」，指盤腿打坐者，詩意更爲顯豁。

又如紀昀〈賦得殘月如新月〉末結二句「有時斜映水，定非誤驚魚」，〔註27〕原作「斜映水」，《湖海詩傳》改爲「分顧兔」，以「顧兔」借代月亮，〔註28〕對仗雖工整，卻殊失原意。

〔註24〕〔清〕王昶輯：《湖海詩傳》，《續修四庫全書》本，冊1625，卷三十三，頁16。

〔註25〕〔清〕秦瀛撰：《小峴山人詩文集》，《續修四庫全書》本，冊1465，卷一，頁2。。

〔註26〕化自李白〈下終南山過斛斯山人宿置酒〉：「卻顧所來徑，蒼蒼橫翠微。」（冊5，頁1825）

〔註27〕〔清〕紀昀撰、孫致中等校點：《紀曉嵐文集》（石家莊：河北教育出版社，1995年12月），頁620。

〔註28〕典出楚辭〈天問〉：「夜光何德，死則又育？厥利維何，而顧菟在

（二）《陳忠裕公全集》改易之例

王昶所輯《陳忠裕公全集》中所存詞篇，多為後世論陳子龍所引用，然卻與《倡和詩餘》〔註29〕差異甚大。如〈點絳脣・春日風雨有感〉：

陳忠裕公全集	滿眼韶華，東風慣是吹紅去。幾番煙霧，只有花護。夢裡相思，**故國**王孫路。**春無主**，杜鵑啼處，淚染胭脂雨。
倡和詩餘	滿眼韶華，東風慣是吹紅去。幾番煙霧，只有花護。夢裡相思，**芳草**王孫路。**春無語**，杜鵑啼處，淚染胭脂雨。

論者多解讀此詞係表達詞人江山異代之憂憤。殊不知此中「故國王孫路」句，原作「芳草王孫路」；「春無主」原作「春無語」。一為閨閣相思，一為痛悼故國，而經王昶改定，後世遂以家國身世之感詮解，真教人啼笑皆非。又如〈二郎神・清明感舊〉上片：

陳忠裕公全集	韶光有幾？催遍鶯歌燕舞。醞釀一番春，穠李夭桃嬌妒。**東君無主**，多少紅顏天上落，總添了數抔黃土。**最恨是年年芳草，不管江山如許**。
倡和詩餘	韶光有幾？催遍鶯歌燕舞。醞釀一番春，穠李夭桃嬌妒。**東君無語**，多少紅顏天上落，總添了數抔黃土。只是你年年芳草，依舊江山如許。

「東君無主」句，易「語」為「主」；「最恨是年年芳草，不管江山如許」句，易「只是你」為「最恨是」，「依舊」為「不管」。與〈點絳脣〉改「春無語」作「春無主」如出一轍。〔註30〕

（三）《國朝詞綜》改易之例

王昶《國朝詞綜》對清代詞之改易，以下僅舉《國朝詞綜》卷一

腹？」，〔宋〕洪興祖撰：《楚辭補注》（臺北：漢京文化事業有限公司，1983年9月），頁88。
〔註29〕〔明〕陳子龍等著，陳立校點：《雲間三子新詩合稿、幽蘭草、倡和詩餘》，瀋陽：遼寧教育出版社，2000年1月。
〔註30〕參見王兆鵬、姚蓉撰：〈作品意義的展現與作家意圖的遮蔽——以陳子龍〈點絳脣・春日風雨有感〉為例〉，《南開學報哲學社會科學版》，2004年，第6期。

所見改易爲例，如吳偉業〈南鄉子・新浴〉（皓腕約金環）下片：

國朝詞綜	扶起意珊珊，**生怕微風漾翠紈**。背立梧桐還避影，更闌。月轉迴廊半臂寒。
吳偉業全集〔註31〕	扶起骨珊珊，**裙衩風來卻是單**。背立梧桐還避影，更闌。月轉迴廊半臂寒。

此段原指女子身材瘦弱，風吹衣裙顯得更爲單薄，改「骨」爲「意」，指女子意興闌珊。而「生怕微風漾翠紈」句，則係擔心女子弱不禁風。又如龔鼎孳〈東風第一枝・春夜同秋嶽作〉（鳳琯排煙）下片：

國朝詞綜	飛豔縷、紫絨偷度。挑錦字、玉麟舊侶。遠山千疊銷魂，畫屏一聯繡句。**東風力軟，便逗起、春愁無數**。趁踏青，好賦閒情，莫遣少年空來去。
定山堂詩餘〔註32〕	飛豔縷、紫絨偷度。挑錦字、玉麟舊侶。遠山千疊銷魂，畫屏一聯繡句。**旗亭蕊榜，訝批抹、雙鬢無據**。趁好春，安頓心情，莫遣少年空來去。

龔鼎孳原詞頗爲低俗，於酒樓上逗弄女子，更失文人閒雅風度，經王昶改易後，不復有紈袴子弟之氣息。類似改易詞例，尚待逐一校對，方能得知。

（四）《明詞綜》改易各詞選之例

《明詞綜》卷十有選自各家詞選之詞篇，如《草堂詩餘新集》、《古今詩餘醉》、《御選歷代詩餘》、《蘭皋明詞彙選》等，然而經比對後，卻與該詞選版本不同，以下僅舉大幅度改易之例。如倪撫〈菩薩蠻・送春〉：

明詞綜	年年白放春歸去。無端又是風和雨。**倦態不成妝**。**春宵恨轉長**。一燈紅夜午。**城上聞更鼓**。**魚鑰鎖雙扉**。愁他夢裏歸。
蘭皋明詞彙選	年年白放春歸去。無端卻怨風和雨。今夜月微明，水邊仍獨行。一燈紅夜午。弗住喧蛙鼓。不欲閉雙扉。愁他夢至稀。

〔註31〕〔清〕吳偉業著、李學穎集評標校：《吳梅村全集》（上海：上海古籍出版社，1990年12月），卷21，頁553。

〔註32〕〔清〕龔鼎孳撰：《定山堂詩餘》，《四部備要》本，卷二，頁5。

此詞雖以送春爲題，然原作僅抒春夜愁思而已，並未涉及閨情，王昶改易後，將「今夜月微明，水邊仍獨行」改作「倦態不成妝。春宵恨轉長」，則全篇春閨之思與惜春之情更爲深刻；而原詞「弗住喧蛙鼓，不欲閉雙扉」指郊外蛙聲雖然聒噪，卻絲毫不願關門，內容樸實無華，王昶則易作「城上聞更鼓，魚鑰鎖雙扉」，則使閨情主題更加凸顯。

此外，引自《草堂詩餘新集》者，如梁希聲〈浣溪沙・清明〉：「日午繡簾酣睡燕，雨餘芳樹囀流鶯」，《草堂詩餘新集》作「到處芳園聞笑語，偶來荒塚聽啼聲」，原詞平淡自然，王昶改易後，對仗頗見工巧華麗。又如陳琴溪〈漁家傲〉：

明詞綜	蕩漾明波晴晝永。淡煙疏柳湖邊景。一葉水雲深處艇。天未暝。片帆掛破殘陽影。　　篷背落霞人半醒。溶溶千頃搖金鏡。繡被還愁添暮冷。風不定。蘆花飛滿聽吟鬢。
草堂詩餘新集	初夏風和晴日永。淡煙疏柳湖邊景。一葉水雲深處艇。天未暝。片帆掛破夕陽影。　　彩徹落霞人半酩。浪花千頃搖金鏡。岸葦汀蒲黃掩映。眠不穩。幾聲野鶴催吟興。

相較之下，可見原詞敘寫隱逸生活之田園閒趣，如末三句：「岸葦汀蒲黃掩映。眠不穩。幾聲野鶴催吟興」，所見爲河岸之景，所聞爲野鶴吟聲，經王昶改易後，則似欲寫旅人孤寂滄桑之感，將風格轉爲清雅冷峻之詞。

故自詞學文獻之流傳而言、所處時代與師承背景、以及王昶著作中所見改易跡象，均足以證明王昶於詞選改易前人詞篇現象，絕非偶然；又自《明詞綜》卷十所錄各詞選，取原詞選比對，即明顯可見王昶改易之跡。

第二節　王昶《明詞綜》改易現象之界定

由前文可知，王昶素有擅改前人詞篇之癖，故本文僅以《明詞綜》爲例，與《全明詞》、《明詞彙刊》所輯明詞別集相較，歸納其改易現

象，並探究其意義。經全面比對分析後，茲將本文所欲探討之範圍界定如下：

一、沿自各詞選而改者不論

王昶所輯《明詞綜》，來自汪森稿本與個人生平所蒐，除卷十明確標誌選自某詞選外，其餘皆不注出處。故必須取前人詞選以資比對，如《草堂詩餘新集》、《古今詞統》、《精選古今詩餘醉》、《蘭皋明詞彙選》、《古今詞匯二編》、《御選歷代詩餘》等。重複收錄者，參閱本文「附錄三」。而出現兩次以上者，逕稱「各詞選」。茲將王昶沿自其他詞選所改詞例羅列如次：

（一）版本迥異乃沿自某詞選而產生者，凡五例：

1. 解縉〈長相思〉（吳山深）：「高松對竹林」（卷 1 頁 11）

按：《全明詞》作「高松竹林」。然《蘭皋明詞彙選》亦作「高松對竹林」，遂沿其誤。

2. 邊貢〈踏莎行〉（露濕春莎）：「斜陽明滅照村墟」（卷 2 頁 13）

按：「斜陽」，《全明詞》作「斜光」。然《古今詞匯》亦作「斜陽明滅照村墟」，遂沿其誤。

3. 姚綬〈玉樓春〉（東風寒悄人何處）：「百里幽閑猶未遇」、「莫教容易飛花絮」二句（卷 2 頁 6）

按：「幽閑」、「花絮」二詞，《全明詞》作「相期」、「香絮」。然《東白堂詞選》亦作「幽閑」、「花絮」，遂沿其誤。

4. 徐士俊〈好事近〉（剪亂海棠絲）：「惹鶯兒啼怨」（卷 8 頁 11）

按：「啼怨」，《全明詞》作「悽慘」。然《東白堂詞選》亦作「啼怨」，遂沿其誤。

5. 卓人月〈瑞鶴鴣〉（城中火樹落金錢）：「城外湖波起碧煙」、「年年年節度丁年」、「玻璃一段湖稱聖」三句（卷 6 頁 3）

按：「湖波」、「度丁年」、「玻璃」三詞，《全明詞》作「涼波」、「慶

丁年」、「琉璃」，然《御選歷代詩餘》亦作「湖波」、「度丁年」、「玻璃」，遂沿其誤。

可見若僅取別集相校，則不知《明詞綜》所選詞篇仍有襲自詞選之處，改易並非盡出自王昶之手。

（二）沿自於各家詞選者，凡六例：

1. 楊基〈浣溪沙〉（鸞股先尋闘草釵）：「軟玉鏤成鸚鵡架」（卷1頁7）

按：「鏤」，《全明詞》作「疊」。各詞選與《明詞綜》版本一致。

2. 楊基〈清平樂〉（欺煙困雨）：「風流全在輕黃」（卷1頁7）

按：「全」，《全明詞》作「正」。各詞選與《明詞綜》版本一致。

3. 楊慎〈滿江紅〉（露重風香）：「誰剪碎、遍地瓊瑤，滿園蝴蝶」（卷3頁5）

按：《全明詞》作「誰剪碎瓊瑤，滿園蝴蝶」。各詞選與《明詞綜》版本一致。

4. 楊慎〈轉應曲〉（促織）：「消息蘭膏夜長」（卷3頁4）

按：「消息」，《全明詞》作「消盡」。各詞選與《明詞綜》版本一致。

5. 楊慎〈浪淘沙〉（春夢似楊花）：「濕盡韶華」（卷3頁5）

按：「韶華」，《全明詞》作「鉛華」。各詞選與《明詞綜》版本一致。

6. 王世貞〈重疊金‧回文〉首句：「斷風依約愁砧亂。亂砧愁約衣風斷」（卷4頁3）

按：次句《全明詞》作「亂砧依約愁風斷」，各本作「亂砧愁約依風斷」，此詞以回文形式填製，故作「亂砧愁約依風斷」較佳，「衣」字當作「依」，此係王昶誤刻。

將《明詞綜》與前人詞選比對之後，即可發現若僅與《全明詞》互校，必然忽略王昶沿自各詞選所改之作品，因而驟然判定版本差異

處均出自王昶改易，豈非妄斷。

二、字形相近者存疑不論

本文所謂詞篇改易，係指經選家所臆改之詞篇及字詞，或數句，或整闋大幅度修改，以及詞序、詞題之改易等。至於因文獻流傳以致通假，或形近而誤、刊刻脫誤、避諱等，悉排除於討論之列；此外，詞籍版本或涉及校讎，亦存而不論。

（一）無妨本意者

由於文獻經版本傳鈔刊刻，凡因形體相近者而產生之異字，其例甚多，不勝枚舉。〔註33〕然其中，字形相近但無妨本意者，如丁奉〈眼兒媚〉（蘆葦蕭蕭奏輕颸）：「相知只在」（卷3頁3），「在」，《全明詞》作「有」。楊儀〈惜分飛〉（月戶花堦凡幾度）：「轉眼濃華故」（卷3頁13），「濃」，《全明詞》作「穠」。陳子龍〈蝶戀花〉（裊裊花陰羅襪軟）：「小試嬌鶯纔半轉」（卷6頁10），「轉」，《全明詞》作「囀」。

（二）與原詞迥異者

以下列舉《明詞綜》所錄字句與原詞版本相較，詞意迥異，而字體相近者。如周用〈滿路花〉（風前滿地花）：「金尊須臾到」（卷2頁15），《全明詞》作「金尊須更倒」，「須臾到」狀倒酒之速。「須更」應須再斟酒之意，詞意不同，「臾」、「更」字形相近，恐為王昶誤刻所致。

又如今釋〈小重山・得程民部詩卻〉（卷10頁10）首句：「落落寒雲曉不流」，「曉」，《全明詞》作「晚」，「晚」、「曉」詞意迥異；「鐘徐歇、獨自倚層樓」，「獨自」，《全明詞》作「獨月」，顯係誤刻。又如葉紈紈〈浣溪沙〉（幾日輕寒懶上樓）：「夢殘燭跋思悠悠」（卷11頁8），「燭跋」，《全明詞》作「獨語」。按：「燭跋」指燭燈餘燼，夜

〔註33〕本文為求文字統一，凡因刊刻造成之異體字，如柳作「桺」、冰作「氷」，而實不影響其意義者，如「烟」與「煙」、「鐙」與「燈」、「雁」與「鴈」、「憑」與「凭」之類，均不出校。並逕改為常用字體。

深人靜之意,「獨語」指自言自語之意。王昶所改雖佳,或恐因形近而誤刻。

　　是知王昶雖有改易之癖,但其中相異處,或因字形相近造成版本不同,固應排除。至於形近而造成異文者,除文獻刊刻導致文字稍異外,其中或有字義迥異疑爲王昶所改動,然本文亦將此類排除不論。

三、女性詞人及無別集可校者附錄參考

（一）女性詞家之詞

　　凡《全明詞》所選詞篇僅存於詞選,無別集可資參照者,《全明詞》引上述詞選,逕以該詞選爲準。如十一、十二卷,明代女詞人悉據《全明詞》比對。

　　《明詞綜》末二卷選錄明代女詞人詞作,除少數有別集傳世外,多出自《眾香詞》、《林下詞選》等女性詞選,故僅以《全明詞》版本爲主相較,而改易情形可參見附表。然各版本間亦有出入,如徐媛〈霜天曉角〉,徐媛《絡緯吟》卷九載〈霜天曉角〉題爲「石湖弔古」、「九日泊舟豫章道中」、「過采石磯,題蛾眉亭」,均各作一首,且原詞與《全宋詞》作者「徐君寶妻」互見。以下將各版本羅列如下:

版　　本	詞　篇　內　容
《全宋詞》徐君寶妻	雙巒鬥碧,寒玉雕秋壁。兩道凝螺天半,橫無限、青青色。　　拍案濤聲急,似鼓臨邛瑟。窗下鏡臺鸞去,空留得、春山跡。
《絡緯吟》	雙巒關碧。寒玉雕秋壁。兩道凝螺天半,橫無限、青青色。　　拍岸濤聲急。似鼓臨邛瑟。綠窗鸞去鏡臺,空留得、春山跡。
《古今詞統》、《古今詞匯二編》、《蘭皋明詞彙選》	雙峰關碧。寒玉雕秋壁。兩道凝螺天半,橫無限、青青色。　　拍岸濤聲急。似鼓臨邛瑟。窗下鏡臺鸞去,空留得、春山跡。
《全明詞》引《眾香詞》	雙峰聳碧。寒玉雕秋壁。天半凝螺千尺,橫無限、青青色。　　濤聲驚岸拍。似撼湘靈宅。天際鏡沉鸞去,空留得、春山跡。

| 《明詞綜》 | 雙峰鬪碧。寒玉橫秋壁。兩道彎環天際，凝無限、青螺色。　　斷岸濤聲急。似奏臨邛瑟。鸞鏡綠窗人去，惟留取、春山跡。 |

相較之下，王昶所錄差異較大，改易頻率之高，為各書之冠。然因版本眾多，難以一一羅列，故僅以《全明詞》中所錄明代女詞人詞篇版本比對；且限於篇幅，僅取改易一句以上之作品為例，以呈現王昶改易之內容。茲表列如下：

作者	詞牌	卷頁	《明詞綜》	《全明詞》
王微	憶秦娥	12-9	離愁燈畔，乍明還滅。	又似離愁，半明不滅。
鄭妥	浪淘沙	12-9	新燕語春秋。淚濕羅襦。	近日類輕顒。抵死縈愁。
陳冉	賣花聲	12-9	漏冷蓮花人靜也，寒雁來時。	嘹嚦數聲塞雁也，玉漏沉時。
武氏	如夢令	11-14	簾捲。簾捲。秋在桐陰一半。	堪玩。堪玩。座裏清陰一半。
袁彤芳	長相思	11-3	燈燼香沉殘夢悠。歸舟天盡頭。	沉燈燼漫凝眸。天際問歸舟。
朱無瑕	卜算子	12-6	何處寒蛩哀雁中，蘆管吟秋怨。	細聒莎雞罩不溫，敧枕腰肢軟。
沈憲英	點絳脣	11-7	湘簾卷。綠楊千線。煙鎖深深院。	花成霰。夕陽橫岸，雲掩重門院。
馬如玉	鳳凰臺上憶吹簫	12-7	望斷天涯芳訊，人寂寞、偏覺更長。	何事玉郎不至，情索莫、偏覺更長。
翁孺安	浣溪沙	11-14	雁陣纔過字一行。碧天沉影散秋光。涼風初沁白羅裳。	碧天沉影散秋光。雁陣初過列字行。冷風徐沁白羅裳。
顧若璞	長相思	12-2	恨零星。語零星。正是春歸不忍聽。流鶯啼數聲。	送芳辰。惜芳辰。春事支離些簡情。眉峰恨幾層。
花夢月	浣溪沙	12-9	梳罷鳴蟬淺畫眉。沼池香鴨篆煙遲。一窗日影到罘罳。	舞鏡和雲向曉披。畫眉聲淺倩誰知。水香風暖護罘罳。
冠皚如	輥繡球	12-10	綠酒銀燈，甚時歡聚。歸來燕子休遲到，畫橋飛絮。	個人千里，應同心曲。樂游原上，歸來莫待，絮飛中路。

尹春	醉春風	12-11	望斷蕭郎信。懶去勻宮粉。蝦鬚簾外晚風生,陣陣陣。	肺渴相如病。怕去臨妝鏡。湘簾搖曳晚風來,陣陣陣。
崔嫣然	謁金門	12-11	幾許紅樓岑寂。夢斷楚江蘭澤。明月梧桐清露滴。暗蛩吟敗壁。	無限驚心透骨。都在眉頭堆積。明月梧桐清露滴。蛩吟聲唧唧。
劉碧	浪淘沙	11-2	桐樹小庭偏。碧蔭爭圓。教他知道也淒然。最是西風消息早,一葉堦前。	綠葉尚新鮮。猶想爭妍。教他知道也淒然。眼底韶光容易改,樹且堪憐。
周蘭秀	浣溪沙	11-14	雨過池塘萬綠生。微風吹滿繡簾輕。遠山一角夕陽明。　靜裏荷香來扇底,夢餘蕉影倚窗橫。關情何處玉簫聲。	雨過梧桐萬綠平。糢糊山色逐雲行。飄飄鶯羽傍風迎。　茉莉小庭香落袂,夢餘蕉影倚窗橫。隔樓何處度簫聲。〔註34〕
景翩翩	憶秦娥	12-10	秋蕭索。西風一夜吹香閣。吹香閣。挑燈獨坐,半垂簾幕。　滿階明月梧桐落。滿窗涼露吳衫薄。吳衫薄。菱花閑對,鬒雲斜掠。	秋風惡。年年吹我羅衫薄。羅衫薄。小樓悶坐,半垂簾幕。　滿階明月梧桐落。近來何事添消索。添消索。菱花強對,鬒雲私掠。
王月	破陣子	12-10	宮粉香消睡鴨,仙衣塵滿紅絨。寂寞畫屏春月白,冷淡花裀夜燭紅。誰家玉笛風。	膩粉暗消金縷,烏龍私吠簾櫳。寂寞畫屏春月白,冷淡花裀夜燭紅。隔紗煙霧濛。
頓文	點絳脣	12-11	縷長芭蕉,碧紗窗外風和雨。聲聲杜宇。不解留春住。　欲問春光,此日歸何處。春無語。亂紅流去。兩岸楊花絮。	柳絮輕飄、落花萬點春歸去。聲聲杜宇。不解留春住。　欲問春光,此日歸何處。春回語。花嬌柳嚲。明歲還相遇。
沙宛在	醉花陰	12-12	翡翠樓頭風幾陣。斷送殘紅盡。薄暮掩羅幃,睡鴨香寒,冷卻沉檀印。　夢回寶枕垂雲鬢。愁壓蛾彎損。窗外雨聲疏,響入芭蕉,又是黃梅信。	翡翠樓頭風幾陣。斷送殘紅盡。薄暮掩羅幃,獨步無聊,不識初來逕。　起來雲鬢欹慵整,恰似醒初醒。雨過近昏黃,撥動癡腸,怎奈傷春病。

〔註34〕《全明詞》:「去病案:此詞有兩本。《林下詞選》、《御選歷代詩餘》均作:『雨過梧桐萬綠平。糢糊山色逐雲行。飄飄鶯羽傍風迎。　茉莉小庭香落袂,夢餘蕉影倚窗橫。隔樓何處度簫聲。』其意較遜,今從《詞綜》錄之」,冊3,頁1323。

（二）無別集可校之詞

本文僅取《明詞綜》與《全明詞》比對，然亦發現無別集可校，僅存於詞選之作品，且王昶《明詞綜》卷十亦即載錄采自《蘭皋明詞彙選》、《歷代詩餘》、《草堂新集》等詞選，並非完全以別集爲據，本文仍取之與詞選相較，以顯示王昶所選與各詞選不同處。然因詞篇版本存疑，故僅附於正文之末。

此中，孫茂之〈蝶戀花〉一闋，有《蘭皋明詞彙選》、《御選歷代詩餘》二種版本，詞題與字句差異。

版 本	詞 題	詞 句
明詞綜	春暮	柳絮捲將春色去。芳草多情，別作娛人具。寶馬香車忙不住。秋千正在陰濃處。　蝶趁蜂交隨滿路。畫扇輕衫，逐處人爭聚。若個醒然歸可據。酒香一路青松樹。
蘭皋明詞彙選	春暮	柳絮捲將春色去。芳草多情，別作娛人具。寶馬香車忙不住。鞦韆正在陰濃處。　東哄西喧招客覷。畫扇輕衫，逐處人爭聚。若個醒然歸可據。酒香一路青松樹。
御選歷代詩餘	三月晦遊東郊松林	落盡棠棃春已暮。芳草多情，才過濛鬆雨。柳絮顛狂飛不住。秋千正在陰濃處。　廟口神絃初罷舞。畫扇輕衫，隨意城東步。笑逐鈿車歸去路。酒香一行青松樹。

細觀《明詞綜》與《蘭皋明詞彙選》，王昶僅將「東哄西喧招客覷」改作「蝶趁蜂交隨滿路」，且均題作「春暮」。此詞又與《御選歷代詩餘》不同，然命意、詞句頗多相似，疑似經詞選改易之跡，然無別集佐證，故僅列詞存疑。

第三節　王昶改詞模式及其詞學實踐

本文所言「改詞」，係選家就詞篇修改，除與作品鑑賞、謀篇創作關係密切，亦與其清麗醇雅之詞學主張有關。至於改易之類型，蓋有四端：一爲清虛騷雅之審美追求；二爲聲調格律之具體實踐；三爲

刪改詞題序及其詞學意義;四爲其他改易類型,如「詞意不合理」、「對
仗不穩妥」等處。

此中,前二項自可視爲其詞學理念之實踐。而刪改詞題詞序,雖
爲詞選通病,似與詞論無關,然大量刪除「閨情」詞題,仍是繼承朱
氏《詞綜》體例,一改前人詞選浮靡輕豔習性。至於其他改易類型之
歸納,則純粹爲王昶對《全明詞》句意之修改,亦可藉此窺知其創作
態度。

一、清虛騷雅之審美追求

王昶論詞崇尚「清虛騷雅」之理念,移於改易模式所見之詞,歸
納其類型約有四端:一爲詞風化淺俗爲雅正;二爲詞句借鑒前人作
品;三爲反映身世家國之感;四爲刪去詆毀清王朝之詞句。茲分述如
下:

(一)詞風化淺俗爲雅正

《明詞綜》所見詞篇,往往經王昶以其審美標準逕自改易,屢
見化俗爲雅之現象。以下就改易幅度較大者,臚列四則爲例,詳加
說明:

1. 劉基〈如夢令〉(卷1頁2)

明詞綜	一抹斜陽沙觜。幾點閒鷗草際。烏榜小漁舟,搖過半江秋水。風起。風起。櫂入白蘋花裏。
全明詞	草際斜陽紅委。林表晴嵐綠靡。何許一漁舟,搖動半江秋水。風起。風起。棹入白蘋花裏。

按:詞爲題畫之作,原詞首句以工整對仗,點出斜陽映照之下,
草木盡凋、愁紅慘綠之景致;然或因原詞「委」、「靡」字面過於頹廢
消沉,故改以斜陽一抹、閒鷗幾點,一派閒雅悠遠之詞句。又刪「何
許」兩字,致疑問語句不存。且以「烏榜」代船,而「搖動」則指水
面漣漪不斷,故改爲「搖過」,指船緩行於水面,則意境較爲平靜穩
定,合於「清虛」詞風。

2. 邊貢〈蝶戀花・留別吳白樓〉（卷 2 頁 13）

明詞綜	亭外潮生人欲去。爲怕秋聲，不近芭蕉樹。芳草碧雲凝望處。何時重話巴山雨。　　三板輕船頻喚渡。秋水疏楊，欲折絲千縷。白雁橫天江館暮。醉中愁見吳山路。
全明詞	亭上雨來人欲去。爲怕離聲，不近芭蕉樹。芳草碧雲凝望處。願生雙翼能幾許。　　萬疊衷情那可賦。風柳如煙，蕩漾絲千縷。白雁嗷嗷江館暮。醉中愁見吳山路。

按：此詞爲作者與友人吳一鵬（字南夫，號白樓，長洲人）送別留贈之作，首句《全明詞》作「亭上雨來」，僅寫臨別時雨，王昶改作「亭外潮生」，因漲潮之際，正是行人離去之時。原詞「願生雙翼能幾許」句化自唐詩〈白蘋洲碧衣女子吟〉：「何當假雙翼，聲影暫相從」句，〔註35〕爲男女邂逅相逢，卒眷戀不忍分離之情。王昶改作「何時重話巴山雨」，則化自李商隱詩，〔註36〕詩題「夜雨寄內」（一作「夜雨寄北」），如作後者則可理解爲友朋之思。而原詞「萬疊衷情那可賦」以下三句，可見其內心萬千情感宛如煙柳蕩漾纏綿，改易後則以舟子頻頻催促，友人欲折柳贈別，以折柳狀離別景況。而「白雁嗷嗷」改爲「白雁橫天」，以視覺取代聽覺，加深意境畫面蒼茫之感。

3. 施紹莘〈滿庭芳・初夏〉（卷 5 頁 13）

明詞綜	日長。眞似歲，輕施冰簟，閑夢羲皇。正孤蟬吟樹，乳燕依梁。
全明詞	日長。眞似歲，輕施冰簟，破夢西堂。正王瓜供饌，菰米輸糧。

按：「破夢西堂」，用謝靈運夢於西堂之典，〔註37〕原意指苦於

〔註35〕原詩序：「張確嘗遊雪上白蘋洲，見二碧衣女子，攜手吟此。確逐之，化爲翡翠飛去。」原詩如下：「碧水色堪染，白蓮香正濃。分飛俱有恨，此別幾時逢。藕隱玲瓏玉，花藏縹緲容。何當假雙翼，聲影暫相從。」（冊 24，頁 9827）另見於《苕溪漁隱叢話》卷五十八錄《樹萱錄》引。

〔註36〕原詩：「君問歸期未有期，巴山夜雨漲秋池。何當共剪西窗燭，卻話巴山夜雨時。」（冊 12，頁 6151）

〔註37〕典自鍾嶸《詩品注》引《謝氏家錄》：「康樂每對惠連，輒得佳語。後在永嘉西堂，屨詩竟日不就。寤寐間忽見惠連，即成『池塘生春

構思詩句卻不得，改易爲羲皇上人之典，[註38]強調其隱士形象。「正孤蟬吟樹，乳燕依梁」，《全明詞》作「正王瓜供饌，菰米輸糧」，指以夏季當令蔬果「王瓜」（即黃瓜別稱）爲菜餚，以菱白之實爲食糧，指飲食粗疏，改作則純描摹夏日即景。

4. 吳熙〈臨江仙・村居〉（卷 7 頁 7）

明詞綜	醉裏衡門聊自適，短垣松竹蕭森。日斜羅幕掩清陰。心孤聞遠磬，愁重理瑤琴。　　幾點落英寒著地，行來寂寞空林。有人閒坐愛微吟。平橋新漲水，一逕野雲深。
全明詞	日裏閒門聊自適，短墻薜荔深深。五株高柳覆清陰。心孤聞遠磬，愁劇理瑤琴。　　點點落英嬌著地，行來寂寂空林。伊人此地愛高吟。平郊新濕雨，一逕野花深。

按：此詞表現隱逸思想，首句改「閒門」作「衡門」，典出《詩經・陳風》〈衡門〉：「衡門之下，可以棲遲」（《十三經注疏》本，頁252）。又改動疊字，如「深深」改作「蕭森」、「點點」改作「幾點」、「寂寂」改作「寂寞」，可見王昶不喜以過多疊字入詞，「高吟」改作「微吟」、「愁劇」改作「愁重」，均刻意緩和原詞之激烈情緒。而改「嬌」作「寒」，亦使詞篇意境更添悽涼。

凡詞句略嫌冶豔者，如沈周〈鷓鴣天・柳〉首句：「慣得輕柔綺陌中」（卷 2 頁 6），《全明詞》作「媚在輕柔嫋娜中」與桑悅〈虞美人〉（細雨梨花春夢破）「清景難留住」，《全明詞》作「媚景難留住」，均係刪除「媚」字之例。

又如蔣冕〈卜算子〉（斜日墜荒山）：「冷入殘蘆去」（卷 2 頁 9），《全明詞》作「直入寒蘆去」；萬士和〈臨江仙・同楊魏村少參登桐君山〉（睡裏釣臺相失）：「西風衰草外，長嘯下松關」（卷 4 頁 2），《全

草』。故嘗云：『此語有神助，非吾語也。』」見〔南朝梁〕鍾嶸撰、陳延傑注：《詩品注》（臺北：里仁書局，1992 年 9 月），頁 46。

〔註38〕典自〈與子儼等疏〉：「嘗言五六月北窗下臥，遇涼風暫至，自謂是羲皇上人」，見〔晉〕陶潛撰、楊勇校箋：《陶淵明集校箋》卷七（臺北：正文書局，1976 年 3 月），卷七，頁 301。

明詞》作「愁殘今古夢，看破名利關」；湯傳楹〈風流子・西山晚眺〉：「誰事清遊」，《全明詞》作「若箇能游」（卷6頁4），均可見王昶以冷峻清瘦爲美。再如楊基〈夏初臨〉（瘦綠添肥）：「深院東風」（卷1頁7），《全明詞》作「天氣清和」；陳繼儒〈攤破浣溪沙〉（蜂欲分衙燕補巢）：「陰陰落葉遍江皋」（卷4頁13），《全明詞》作「清和天氣綠陰嬌」。王昶刪去楊、陳二人「清和」一詞，而改作「深院東風」與「陰陰落葉」，加強幽深意境。

此外，見於其他詞選者，亦臚列如次，俾供參考：

1. 李攀龍〈長相思〉（卷4頁2）

明詞綜	秋風清。秋月明。**葉葉梧桐檻外聲。難教歸夢成。** 樹鳥驚。塞雁行行天際橫。偏傷旅客情。	砌蛩鳴。
其他詞選	秋風清。秋月明。**秋雨梧桐枕上驚。秋夢不分明。** 秋鳥鳴。秋雁行行天際橫。**秋思最傷情。**〔註39〕	秋蛩鳴。

按：原詞疑櫽括自李白〈三五七言〉：「秋風清，秋月明。落葉聚還散，寒鴉棲復驚。相思相見知何日，此時此夜難爲情」（冊6，頁1878）。李攀龍〈長相思〉詞，各詞選首字均以「秋」字重出，係詞中嵌字體，乃屬雜體，故王昶則改各句首之「秋」字，僅保留前二句，可見王昶不喜雜體。

2. 單恂〈浣溪沙〉：「倦蝶有情隨鬢嚲，遠山無賴學眉顰」二句及〈采桑子〉：「留待歸時逐點看」、「桃花門巷無人到」二句（卷6頁13）

按：〈浣溪沙〉二句，《倚聲初集》作「驀地一團愁到了，怎生圖個不眉顰」；〈采桑子〉二句，《倚聲初集》作「等個人人逐點看」、「只愁他也三分瘦」。原詞用語淺白俚俗，王昶改易後較雅正。

3. 夏允彝〈千秋歲引・麗譙〉（澤國微茫）：「刺史風流攜琴鶴。暇日高吟倚軒閣」（卷6頁12）

〔註39〕《御選歷代詩餘》作「秋思最關情」。

按：「暇日高吟」，各詞選作「刺史風流」。「刺史風流」一詞重出，乃因襲王安石〈千秋歲引·秋景〉下片：「無奈被些名利縛。無奈被他情擔閣」二句，然王昶則不喜詞句重出，故而改易。

（二）詞句借鑒前人作品

《明詞綜》所改易之詞篇字句，經筆者檢索後發現，可見王昶多借鑒前人作品以進行改易。以下僅按所借鑒作品之時代先後排列，舉數例說明：

1. 陳繼儒〈攤破浣溪沙〉（梓樹花香月半明）：「**棹歌歸去草蟲鳴**」（卷 4 頁 13）

按：「草蟲」，《全明詞》作「蟋蟀」，王昶或取自《詩經·召南·草蟲》首章二句「喓喓草蟲，趯趯阜螽」，〔註 40〕故而改作「棹歌歸去草蟲鳴」。

2. 周憲王〈鷓鴣天·賦繡鞋〉（花簇香鈎淺浣塵）：「**輕風微露石榴裙**」（卷 1 頁 2）

按：「石榴裙」，《全明詞》作「絳羅裙」，王昶或取自南朝梁·何思澄〈南苑逢美人〉：「風捲蒲萄帶，日照石榴裙」，〔註 41〕故而改作「輕風微露石榴裙」。

3. 劉昺〈滿江紅〉（水北幽居）：「**柴桑三徑多松菊**」句（卷 1 頁 9）

按：「柴桑」，《全明詞》作「桑麻」，桑麻為農事代稱；「柴桑」則指陶潛故里，「三徑多松菊」化自陶潛〈歸去來兮辭〉：「三徑就荒，松菊猶存」，〔註 42〕王昶因考量前後句而改之。

4. 沈周〈鷓鴣天·柳〉（慣得輕柔綺陌中）：「**一片西飛一片東**」

〔註 40〕《十三經注疏》本，頁 51。

〔註 41〕逯欽立輯校：《先秦漢魏南北朝詩》（臺北：學海出版社，1984 年 5 月），頁 1807～1808。

〔註 42〕〔晉〕陶潛撰、楊勇校箋：《陶淵明集校箋》（臺北：正文書局，1976 年 3 月），頁 267。

（卷 2 頁 6）

按：《全明詞》作「一朵西飛一朵東」，王昶或取自王建〈宮詞〉一百首之九十：「一片西飛一片東」，﹝註43﹞故而改「朵」爲「片」。

5. 葛一龍〈憶王孫〉（春風吹後滿天涯）：「**歸夢悠揚隔柳花**」（卷 6 頁 3）

按：「悠揚」，《全明詞》作「離披」，王昶或取自權德輿〈斗子灘〉：「歸夢悠揚何處尋」而改，﹝註44﹞以狀夢境之飄忽不定。

6. 陳如綸〈踏莎行〉（楊柳溪橋）：「**迢遞雙魚，浮沉尺素**」（卷 3 頁 14）

按：「迢遞」，《全明詞》作「散亂」，王昶或截取羅隱〈得宣州竇尙書書因投寄〉二首之一首聯：「雙魚迢遞到江濱，傷感南陵舊主人」﹝註45﹞前四字而改。

7. 陳霆〈清平樂・遊西湖用王介甫韻〉（香車隘住）：「**東風取次飛花**」（卷 2 頁 15）

按：「取次」，《全明詞》作「取意」，王昶所改，截取自花蕊夫人徐氏〈宮詞〉之五十六：「取次飛花入建章」，﹝註46﹞以狀落花紛飛之貌。

8. 沈謙〈月籠沙・恨別〉首句：「**半暖闌邊玉手，微溫帳裏蘭胸**」（卷 7 頁 13）

按：《全明詞》作「悄囑闌西執手，輕呼帳底沾胸」，係以「悄囑」、「執手」、「輕呼」等狀離別情態。王昶改作「玉手」、「蘭胸」，則重

﹝註43﹞原詩：「樹頭樹底覓殘紅，一片西飛一片東。自是桃花貪結子，錯教人恨五更風。」（冊 10，頁 3445）

﹝註44﹞原詩：「斗子灘頭夜已深，月華偏照此時心。春江風水連天闊，歸夢悠揚何處尋。」（冊 10，頁 3677）

﹝註45﹞原詩：「雙魚迢遞到江濱，傷感南陵（一作南感陵陽）舊主人。萬里朝臺勞寄夢，十年侯國阻趨塵。尋知亂後嘗辭祿，共喜閒來得養神。時見齊山敬亭客，不堪戎馬戰征頻。」（冊 19 頁 7534）

﹝註46﹞原詩：「太液波清水殿涼，畫船驚起宿鴛鴦。翠眉不及池邊柳，取次飛花入建章。」（冊 23，頁 8974）

女子體態；「蘭胸」一詞或截自韓偓〈席上有贈〉:「粉著蘭胸雪壓梅」〔註47〕句。

9. 陳子龍〈醜奴兒令・春水〉:「**赤欄橋下煙波急**」（卷6頁9）

按：詞題《全明詞》作「春潮」，王昶改作「春水」；此句《全明詞》作「紅霞綠芷煙波急」，「赤欄」句王昶或取自溫庭筠〈楊柳〉:「一渠春水赤欄橋」，〔註48〕以切「春水」詞題。

10. 楊基〈夏初臨〉（瘦綠添肥）:「**看梅梁、乳燕初飛**」（卷1頁7）

按：《全明詞》作「看翩翩、乳燕交飛」:原詞以「翩翩」摹寫乳燕翩然飛舞。王昶或據溫庭筠〈春日〉:「梅梁乳燕飛」〔註49〕而改之。

11. 一靈〈離亭燕〉（漸到鷗鷺多處）:「**笑我飄零倦羽**」（卷10頁11）

按：《全明詞》作「恁得分他毛羽」，王昶或化用自張炎〈長亭怨慢〉（記橫笛）:「應笑我飄零如羽」句而改。

此外，見於其他詞選者，亦臚列如次，俾供參考：

1. 吳宗達〈滿庭芳〉〔註50〕（蕉長青箋）「**判冷吟閒醉，雅謔狂歌**」（卷5頁4）

按：《歷代詩餘》作「且醉醒任量，雅謔狂歌」。王昶疑截取白居易〈舟中晚起〉:「且向錢唐湖上去，冷吟閒醉二三年」而改〔註51〕，

〔註47〕原詩:「矜嚴標格絕嫌猜，嗔怒雖（一作難）逢笑靨（一作眼）開。小雁斜侵眉柳去，媚霞橫接眼波來。鬢垂香頸雲遮藕，粉著蘭胸雪壓梅。莫道風流無宋玉，好將心力事妝臺。」（冊20，頁7834）

〔註48〕原詩:「宜春苑外最長條，閒裊春風伴舞腰。正是玉人腸斷處，一渠春水赤闌橋」（冊17，頁6764）

〔註49〕原詩:「柳岸（一作暗）杏（一作百）花稀，梅梁乳燕飛。美人鸞鏡笑，嘶馬雁門歸。楚宮雲影薄，臺城心賞違。從來千里恨，邊色滿戎（一作戍）衣。」（冊17，頁6713）

〔註50〕此詞與蘇軾〈滿庭芳〉詞韻相仿，詞意相近。「鸞臺鳳閣，心事久蹉跎」句，《歷代詩餘》作「天公聽啟，可否竟如何」，其中「鸞臺鳳閣」意即宰相一職，吳宗達曾兼東閣大學士。

〔註51〕原詩:「日高猶掩水窗眠，枕簟清涼八月天。泊處或依沽酒店，宿時多伴釣魚船。退身江海應無用，憂國朝廷自有賢。且向錢唐湖上去，

按原詩意亦指辭官退隱。

   2. 儲昌祚〈清平樂・春雪〉（雪眠風掃）：「一夜青山都老」（卷4
    頁14）

按：《歷代詩餘》作「一夜銅峰都老」，疑王昶係據自陳瓘〈青玉
案〉（碧空黯淡同雲繞）：「一夜青山老」〔註52〕句而改之。

   3. 張瑋〈雙雙燕・秋日過橫山堂〉（披蓬探隱）：「有紉佩芳蘭，
    供飡茂菊」（卷5頁9）

按：「飡」，《蘭皋明詞彙選》作「食」，「飡」即「餐」，此二句蓋
化自屈原〈離騷〉：「紉秋蘭以爲佩」與「夕餐秋菊之落英」二句。

   4. 陸錫明〈點絳脣・琵琶〉（三尺冰弦）：「都入相思調」（卷 5
    頁16）

按：「都入」，《蘭皋明詞彙選》作「總是」。王昶係依張先〈謝池
春慢・玉仙觀道中逢謝媚卿〉（繚牆重院）：「都入相思調」〔註53〕而
改之。

（三）反映身世家國之感

王昶曾推崇南宋遺民詞云：「張氏炎、王氏沂孫，故國遺民，哀時
感事，緣情賦物，以寫閔周〈哀郢〉之思。而詞之能事畢矣」，〔註54〕
故家國之感，黍離之思，亦爲王昶所重。而前述王昶改《陳忠裕公全
集》所錄詞篇亦以此出發，如陳子龍〈浣溪沙〉（半枕輕寒淚暗流）：「廿
年舊恨上心頭」（卷6頁8），「廿年」，《全明詞》作「陡然」，則以時間
增添身世之感。

又如劉基〈小重山〉（月滿江城秋夜長）下片（卷1頁3）：

明詞綜	堪憐一片影、落瀟湘。百年身世費思量。空回首、故國渺蒼茫。
全明詞	堪憐一片影、落孤房。百年浮世事難量。空回首，天闊海茫茫。

      冷吟閒醉二三年。」（冊13，頁4952）
〔註52〕《全宋詞》，冊2，頁815。
〔註53〕《全宋詞》，冊1，頁815。
〔註54〕〔清〕王昶撰：〈江賓谷梅鶴詞序〉，《春融堂集》，卷四十一，頁4。

王昶改原詞「孤房」兩字爲「瀟湘」，〔註55〕瀟湘泛指今湖南境，即雁回衡陽之處。刻意將原詞所含深閨之思，轉爲飄泊羈旅之感。且原詞「浮世」改作「身世」及「天闊海茫茫」改作「故國渺蒼茫」，顯見原詞家國身世之思，乃出自王昶所改。

（四）刪去詆毀清王朝之詞句

儘管其中改易處多寄寓家國情懷，然受文字獄箝制，故仍有改易明遺民怨懟滿清過於顯眼之字句，如吳易〈滿江紅〉：「英雄成敗，底須重說」（卷7頁3），《全明詞》作「稱王說霸，戰爭不息」，蓋與清王朝太平盛世相牴觸也。又如胡介〈滿江紅〉（卷8頁6）

明詞綜	走馬歸來，西陵下、斜陽滿樹。回首處、酒壚猶在，河山非故。久客不知家遠近，重來卻怪人驚顧。聽啼鵑、也道不如歸，歸何處。　　草元閣，蘭臺署。揚州夢，秦淮渡。走人間未遍，蒼涼日暮。惆悵遼東丁令鶴，當年華表誰爲主。但相逢、莫負故人心，三生路。
全明詞	走馬歸來，西陵下、殘陽滿樹。人如昨，酒鑪猶昔，山河非故。舊國重尋成異域，還鄉猶子同更戍。聽哤鵑、也道不如歸，歸何處。　　草玄閣，蘭臺署。揚州夢，秦淮渡。走人間未遍，愴然日暮。那是遼陽丁令鶴，這回已恨黃粱誤。去來兮、莫負故人心，三生路。

此詞題爲「沈四定山重還湖上，賦此寄之」，爲寄友之作，「回首處」以下用「黃公酒壚」故實〔註56〕係就原詞「人如昨，酒鑪猶昔」改易而來。原詞「舊國重尋成異域」二句，實因透露明清易代、江山異主之感，故王昶改作「久客不知家遠近，重來卻怪人驚顧」，以興久客他鄉，重返故里，人事全非之嘆。「惆悵遼東丁令鶴」二句，係

〔註55〕錢起〈歸雁〉：「瀟湘何事等閒回，水碧沙明兩岸苔。二十五弦彈夜月，不勝清怨卻飛來。」（冊8，頁2688）

〔註56〕典自《世說新語・傷逝》：「王濬沖爲尚書令，著公服，乘軺車，經黃公酒壚下過，顧謂後車客：『吾昔與嵇叔夜、阮嗣宗共酣飲於此壚，竹林之遊，亦預其末。自嵇生夭、阮公亡以來，便爲時所羈紲。今日視此雖近，邈若山河。』」〔南朝宋〕劉義慶編、余錫嘉箋疏：《世說新語箋疏》（臺北：華正書局，1989年3月），頁637。

用遼東歸鶴典，〔註57〕原詞則兼以黃粱夢喻人生虛幻無常。

是知王昶崇尚「清虛騷雅」詞風，可就其改易之詞篇所見現象，除化俗爲雅、借鑒前人作品等方式外；就詞意而言，亦使原詞內涵增添家國色彩，一方面又顧及政治因素而調整詞篇內容。

二、聲調格律之具體實踐

王昶詞學以尊詞體爲基礎，重視詞體音樂性，且塡詞初以聲律自我要求，自云：「余少好倚聲，壬申、癸酉間，寓朱氏蘋華水閣，益研練於四聲二十八調」，〔註58〕評吳蔚光詞云：「比其格律，縱橫變化，一以清虛騷雅爲歸」，〔註59〕又評朱昂詞：「宗法在白石、碧山、玉田、草窗諸家，而於律尤細」，〔註60〕雖重視聲律，卻無實際批評內容，丁紹儀曾評《國朝詞綜》云：

> 王氏《詞綜》錄其〈生查子〉云……「鴛枕」本作「枕席」，蘭泉司寇爲易鴛字，詩詞之辨，正在乎此，非深得詞家三昧者不解。……如少宰（彭孫遹）〈宴清都〉、〈花心動〉、〈綺羅香〉三闋，悉沿《嘯餘》之訛，殊不合格。仇山村（仇遠）所謂言順律乖者是也。〔註61〕

可見丁氏以爲王昶改詞係基於聲律考量，以下僅就《明詞綜》所見之例，據康熙《御製詞譜》爲準，版本出於各詞選者逐附於後，依改易方式略分「增刪字詞」、「互置詞序」、「調整句式」、「改易韻字」、「綜

〔註57〕 舊題〔晉〕陶潛《搜神後記》卷一：「丁令威本遼東人，學道於靈虛山。後化鶴歸遼，集城門華表柱。時有少年舉弓欲射之，鶴乃飛，徘徊空中而言曰：『有鳥有鳥丁令威，去家千年今始歸。城郭如故人民非，何不學仙冢纍纍。』遂高上沖天。今遼東諸丁云其先世有仙者，但不知名耳。」（臺北：木鐸出版社，1985年7月），頁1。

〔註58〕 〔清〕王昶撰：《春融堂集》，卷四十一，頁9。

〔註59〕 〔清〕王昶撰：〈吳竹橋小湖田樂府序〉，《春融堂集》，卷四十一，頁6。

〔註60〕 〔清〕王昶撰：〈朱適庭綠陰槐夏閣詞序〉，《春融堂集》，卷四十一，頁5。

〔註61〕 〔清〕丁紹儀撰：《聽秋聲館詞話》卷二，《詞話叢編》本，冊3，頁2601。

合運用」四類，分述如下：

（一）增刪字句

就原詞句增字者計有四例；增刪並用者計有四例；並附版本出於各詞選者四例以供參考。茲將詞例列舉如下：

1. 張肯〈買陂塘・賦東郭草堂〉（愛草堂）：「秋波泠浸遙山晚」（卷 1 頁 13）

按：《全明詞》作「波泠浸遙山晚」，此句依律當作七字句，故增「秋」字。

2. 陳如綸〈眼兒媚・答銘泉春懷〉（羅袖輕盈怯風寒）：「錦瑟幾拋閑」（卷 3 頁 14）

按：《全明詞》作「錦瑟幾閑」，此句依律當作五字句，故增「拋」字。

3. 朱一是〈二郎神・登燕子磯秋眺〉（岷峨萬里）：「見渺渺、水流東去」（卷 7 頁 2）

按：《全明詞》作「渺渺、水流東去」，此句依律當作七字句，故增「見」字。

4. 沈謙〈一萼紅・春情〉（漫窺簾）：「生受盡、孤眠況味」（卷 7 頁 15）

按：《全明詞》作「受盡孤眠況味」，此句依律當作五字句，故增「生」字。

5. 楊基〈多麗・春思〉（問鶯花）：「杏惜生紅，桃緘淺碧，向人憔悴未舒萼」、「管多少、梅花驚落」、「料在楚雲湘水，深處望黃鶴。天涯路，計程難定，長恁飄泊」〔註62〕三段（卷 1 頁 8）

按：全闋除計有二處減字，二處增字。「向人憔悴未舒萼」，《全明詞》作「向人憔悴，未開一萼」。就詞律而言，〈多麗〉仄韻體有二，

〔註62〕「料在」句：原作「料應在」按：依律作七字句，《明詞綜》脫「應」字。

一為聶冠卿作「四、四」句、二為曹勛作七字句，王昶據曹勛詞，將原詞八字句改作七字句。「管多少、梅花驚落」，《全明詞》作「管多少殘夢、梅花驚落」依律作七字句，故刪「殘夢」二字。「搖曳映珠箔」，《全明詞》作「搖曳珠箔」，依律作五字句，故增「映」字。「天涯路，計程難定，長恁飄泊」，《全明詞》作「不似柳花，長任憑飄泊」，依律作「三、四、四」句，故改易以合詞律規矩。

  6. 張肯〈浪淘沙・咏莎灘〉（雨過碧雲秋）：「占斷灘頭」、「誰展翠茵平似毹」二句（卷 1 頁 13）

  按：「占斷灘頭」，《全明詞》作「月占斷灘頭」，依律當作四字句，刪「月」字。「誰展翠茵平似毹」，《全明詞》作「誰展茵平似毹」，依律當作七字句，增「翠」字。

  7. 劉昺〈浪淘沙・寒食〉（石逕土牆斜）：「閒趁斜陽攜橭去，寒食人家」（卷 1 頁 9）

  按：《全明詞》作「祭餘攜酒去，寒食野人家」，依律為「七、四」句，故改「攜酒」為「斜陽」，前句增「閒趁」二字，後句刪「野」字。

  8. 楊慎〈水調歌頭〉（春宵微雨後）：「飄泊粉淚半低垂」、「彩筆寄相思」二句（卷 3 頁 6）

  按：《全明詞》作「粉淚半低垂」、「欲將彩筆寄相思」字數不合律，「粉淚半低垂」句增「飄泊」二字，「欲將彩筆寄相思」刪「欲將」二字以合詞律字數。〔註63〕

  9. 陸楫〈望海潮・送顧漱玉入雍〉（江帆飛雨）：「酒泛霞觴」（卷 3 頁 11）

  按：《蘭皋明詞彙選》作「酒後泛霞觴」，刪「後」字。

  10. 張瑋〈雙雙燕・秋日過橫山堂〉（披蓬探隱）：「夢入華胥應樂」（卷 5 頁 9）

  按：《蘭皋明詞彙選》作「夢入華胥國」，改「國」為「應樂」。

〔註63〕《御選歷代詩餘》「粉淚半低垂」作「欲將彩筆記相思」，「欲將彩筆寄相思」作「粉淚半低垂」僅將兩句互置，然於詞意仍不暢。

11. 張草〈金菊對芙蓉・閨怨〉（寒漏初更）：「空房幾遍回腸。想尋閒闢草，遺悶吟香。奈燕僝鶯僽」（卷9頁11）

按：《蘭皋明詞彙選》作「十五初嫁王昌。盡尋闢草，度日成妝。豈伊心恁薄」，其中「盡尋闢草」依律應爲五字句，易爲「想尋閒闢草」。

12. 孟稱舜〈卜算子〉（回首望西陵）：「難割愁腸去」（卷8頁7）

按：各詞選作「割不斷愁腸去」，依律當作五字句。按《古今詞統》本詞句下注「割字襯」。

（二）互置詞序

王昶就原詞次序更動以合律者，凡三例；並附版本出自各詞選者一例，以供參考。茲將詞例列舉如下：

1. 崔桐〈風入松・閒居〉（亭臺簾幙鎖重重）上片四、五句「竹牀習懶閑春夢，喚鶯聲、醒眼猶慵」；下片第三句「銀鰍玉笋新來美」（卷2頁8）

按：《全明詞》作「習懶竹牀閑春夢，喚鶯聲、倦眼猶慵」、「玉笋銀鰍新來美」。此詞雙調七十六字，按吳文英作加以審定，前後段各六句，四平韻。詞上片第三句依律當作「平平仄仄平平仄」，《明詞綜》倒置「竹牀」、「習懶」二詞，「倦眼」改爲「醒眼」。下片「銀鰍玉笋新來美」句按律「平平仄仄平平仄」，「玉笋」、「銀鰍」二詞互置以合律。

2. 施紹莘〈謁金門〉（春欲去）上片第四句「花飛撩亂處」；下片第四句「斜陽天外樹」（卷5頁13）

按：「花飛撩亂處」，《全明詞》作「撩亂花飛處」；「斜陽天外樹」，《全明詞》作「芳草斜陽樹」，上下片第四句均作「平平仄仄仄」，〔註64〕「撩亂」、「花飛」二詞互置；「斜陽」置前，「芳草」

〔註64〕〈謁金門〉上下片第四句按《詞譜》雖有可平可仄之處，然所引雙調四十五字詞調三體，均爲上下片第四句「平平仄仄仄」，故逕以此爲準。

易爲「天外」。

3. 王翃〈水龍吟・落花〉:「冰簾斜撲,亂拋芳徑」（卷 9 頁 3）

按:《全明詞》作「懶撲冰簾,靜臨金井」;而「懶撲冰簾」句於律不合,故將「冰簾」置前,改爲「冰簾斜撲」。

4. 文徵明〈滿江紅〉（漠漠輕陰）:「漸西垣日隱」（卷 3 頁 11）

按:此句各詞選作「漸日隱西垣」。〔註65〕依律當爲「仄平平仄仄」,故互置以合律。

（三）改易韻字

原詞句失韻,經王昶改易者凡二例,並附出於詞選一例,以供參考。茲將詞例列舉如下:

1. 史鑒〈浣溪沙・夏夕賞蓮〉（水面風來晚更宜）:「五月梅花今夜落,千門梧葉未秋飛」（卷 2 頁 10）

按:「千門梧葉未秋飛」,《全明詞》作「千門梧葉未知秋」,〔註66〕然「秋」字落韻,故王昶改作「未秋飛」以合韻;且「今夜落」、「未秋飛」,亦可兼顧對仗之美。

2. 蔡宗堯〈點絳脣〉（寒雨溪橋）:「早鶯來了。疏影梅花老」、「山城小」二句（卷 3 頁 16）

按:《全明詞》作「春事若何。鶯語梅花老」及「山城外」。〔註67〕然末字「何」、「外」均未押韻,故刪去「春是若何」,改作「鶯語梅花老」以合韻。

3. 沈戀德〈菩薩蠻・江游〉（江聲洶洶魚龍老）:「天外倚高樓。有人添暮愁」（卷 8 頁 5）

按:《歷代詩餘》作「天外倚高樓。凝眸語不聞」,「聞」字落韻,故改。

〔註65〕《古今詞匯二編》作「漸日影西山」。
〔註66〕《全明詞》案:「『未秋飛』原作『未知秋』,據《明詞綜》改。」冊 2 頁 960
〔註67〕《全明詞》標注版本差異處,均與《明詞綜》同。

　　至於女詞人亦有改韻之例，亦舉數例爲證，如沙宛在〈醉花陰〉
（卷 12 頁 12）

明詞綜	翡翠樓頭風幾**陣**。斷送殘紅**盡**。薄暮掩羅幃，睡鴨香寒，冷卻沉檀**印**。　夢回寶枕垂雲**鬢**。愁壓蛾彎**損**。窗外雨聲疏，響入芭蕉，又是黃梅**信**。
全明詞	翡翠樓頭風幾**陣**。斷送殘紅**盡**。薄暮掩羅幃，獨步無聊，不識初來**逕**。　起來雲鬢欹慵**整**。恰似醒初**醒**。雨過近昏黃，撥動癡腸，怎奈傷春**病**。

　　《全明詞》作除前二句「陣、盡」二韻字不變外，原詞「逕、整、
醒、病」四韻字改爲「印、鬢、損、信」。此外，尹春〈醉春風〉（池
上殘荷盡）下片「望斷蕭郎信。懶去勻宮粉」（卷 12 頁 11），王昶改
爲「肺渴相如病。怕去臨妝鏡」不僅原句全易，並改韻字「病、鏡」
爲「信、粉」。上列詞例，若依載《詞林正韻》分部爲第六部與第十
一部通押，王昶則全統一爲第六部。

　　又如顧若璞〈長相思〉下片：「恨零星。語零星。正是春歸不忍
聽。流鶯啼數聲」（卷 12 頁 2），《全明詞》作「送芳辰。惜芳辰。春
事支離些箇情。眉峰恨幾層」，韻字爲「辰、情、層」，王昶則改爲「星、
聽、聲」，「辰」字爲第六部，王昶則統一爲第十一部。

（四）調整句式

　　凡句式與詞律不合者，凡二例，並附見於各詞選者一例以供參
考。茲將詞例列舉如下：

　　1. 顧潛〈憶秦娥〉（眉山蹙）：「**金錢偷卜**」（卷 2 頁 12）

　　按：《全明詞》作「把金錢卜」係「一、三」句式，然依律句式
當爲「二、二」，故王昶易爲「金錢偷卜」。〔註68〕而「偷」字亦可表
現女子含蓄心理。

　　2. 歐陽鉉〈柳梢青・春情〉（春去楊花）：「**風一翦、雲欹鬢斜**」

〔註68〕語自唐・于鵠〈江南曲〉：「眾中不敢分明語，暗擲金錢卜遠人」（冊
　　　　10，頁 3498）

（卷6頁7）

按：《全明詞》作「亂峰處、霧捲煙斜」，此中「亂峰處」係「二、一」句式，然依律宜作「一、二」句式，故王昶易爲「風一翦」。

3. 湯顯祖〈好事近〉（簾外雨絲絲）：「又西風吹急」（卷4頁11）

按：此句各本作「苦在蓮心菂」係「二、三」句式，此句按律句式應作「一、四」，故王昶易爲「又西風吹急」。

（五）綜合運用

1. 兼用「互置詞序」、「調整句式」、「增刪字詞」三者，如王廷相〈桂枝香〉上片前三句：「朝霞飛散。正微借清霜，林外烘染」，及下片「算病旅中秋」句：（卷2頁15）

按：上片前三句原詞作「一林紅葉，無力撼驚風，與朝霞散」，此中第二、三句句式依律應作「一、四」及「二、二」，《全明詞》作「無力撼驚風」、「與朝霞散」句式卻爲「二、三」及「一、三」，故王昶互置第一、三句次序，並改動以合句式。下片「算病旅中秋」，《全明詞》作「旅中秋」，增「算病」二字以合律。

2. 兼用「互置詞序」、「改易韻字」二者，如張寧〈滿江紅・題碧梧翠竹送李陽春〉（一曲清商）下片：「嶧山畔，淇泉路。空回首，佳期誤」（卷2頁5）

按：《全明詞》作「嶧山陽，淇水路。誤佳期，空跌嗟」。此中，「嗟」字落韻，故互置詞序；並改「跌嗟」爲「回首」，改「誤佳期」爲「佳期誤」以合韻。此外，原作「陽」字平聲不合律，故改爲「畔」字。

3. 兼用「互置詞序」、「改易韻字」二者，如顧璘〈摸魚兒・十二月十四日自衡入永〉（遠山低、半留殘雪）上片「又度隆寒節。陽回歲歇」及下片「鬐霜鬣雪」（卷2頁14）

按：其中「又度隆寒節。陽回歲歇」，《全明詞》作「又度隆寒月。歲盡陽回」，「月」字與原詞下片「異鄉空望明月」句重韻，故改爲「節」。「歲盡陽回」依律當「平平仄仄」，且句末須押韻，故「歲盡」、「陽

回」互置，並改「盡」爲「歇」以合韻。至於「鬢霜鬢雪」，《全明詞》作「霜鬢雪鬢」，依律當「平平仄仄」，故互置詞序，以「雪」爲韻字以合於詞律。

> 4. 兼用「調整句式」、「改易韻字」二者，如萬日吉〈踏莎行・春寒〉（芍藥香凝）上片「海棠絲裊」及下片「畫梁燕子未歸來，黃昏春鎖花關小」（卷6頁16）

按：「海棠絲裊」，《蘭皋明詞彙選》作「海棠含淚」，依律此處當押韻，故改「含淚」爲「絲裊」。而「畫梁燕子未歸來，黃昏春鎖花關小」二句，《蘭皋明詞彙選》作「玉樓香冷倚欄干，更添著杏黃衫了」。自句式而言，「更添著杏黃衫了」係「三、四」句式，然依律當作「四、三」，故改易此二句。

綜上所述，由《明詞綜》「增刪字句」、「互置詞序」、「改易韻字」、「調整句式」等現象，均反映王昶詞論中講究聲律之理念。

三、刪改詞題序及其詞學意義

除擅改原詞字句外，詞題亦不能倖免。除沿自其他詞選處外，以下就其刪改情形，分三方面探討，其一，刪除「閨情」詞題以合乎詞綜體例；其二，刪除詞題詞序，不利解讀；其三，改易詞之題序，茲略述如次：

（一）刪除「閨情」詞題以合乎「詞綜」體例

大量刪除「時序傷懷」之詞題，與《詞綜》體例有關。朱彝尊〈詞綜發凡〉曾云：

> 宋人詞集，大約無題，自《花庵》、《草堂》增入閨情、閨思、四時景等題，深爲可憎，今俱準集本刪去。[註69]

明代詞選大多增入「閨思」一類詞題，此爲朱彝尊深惡痛絕，必除之而後快之弊。王昶服膺《詞綜》體例，故《明詞綜》於原有詞題，亦逕自刪去。使讀者閱讀時未能得知詞家塡詞背景，如王世貞〈玉蝴蝶〉

〔註69〕〔清〕朱彝尊輯：《詞綜》，《四部備要》本，頁6。

（記得秋娘）、宋存標〈醉花陰〉（香散飛花衣袖窄）詞題均爲「擬豔」，
若無詞題，則不知爲係仿擬豔情之作。茲以《明詞綜》錄六闋以上詞
家爲例：

如卷七陳子龍錄十七闋，刪詞題十三闋：〈望江南〉（思往事）「感
舊」、〈如夢令〉（紅燭逢迎何處）「豔情」、〈浣溪沙〉（半枕輕寒淚暗
流）「五更」、〈江城子〉（一簾病枕五更鐘）「病起春盡」、〈天仙子〉
（古道棠梨寒惻惻）「春恨」、〈青玉案〉（海棠枝上流鶯囀）「春思」、
〈蝶戀花〉（雨外黃昏花外曉）「春日」、〈天仙子〉（十二畫屏圍楚岫）
「春夜」、〈山花子〉（楊柳淒迷曉霧中）「春恨」、〈清平樂〉（繡簾花
散）「春繡」、〈畫堂春〉（豔陽深染杏花梢）「春閨」、〈千秋歲〉（章臺
西弄）「有恨」、〈桃源憶故人〉（小樓極望連平楚）「南樓雨暮」等。
卷三楊愼十一闋，刪七闋：〈轉應曲〉（雙燕）「春」、〈昭君怨〉（樓外
東風到早）「春閨」、〈浪淘沙〉（春夢似楊花）「春情」、〈轉應曲〉（促
織）「秋」、〈江月晃重山〉（臘尾金杯灩灩）「壬寅立春」、〈少年游〉
（紅稠綠暗徧天涯）「春暮」、〈轉應曲〉（銀燭）「宮中」。〔註70〕

此外，如卷一劉基八闋，刪詞題四闋：〈眼兒媚〉（煙草萋萋小樓
西）、〈小重山〉（月滿江城秋夜長）均題「秋閨」、〈少年游〉（清風收
雨）「秋懷」、〈瑞龍吟〉（秋光好）「秋思」。卷四，王世貞八闋，刪詞
題四闋：〈浣溪沙〉（窗外閒絲自在遊）「春悶」、〈何滿子〉（卵色遙垂
別浦）「春郊獨行」、〈望江南〉（歌起處）「即事」、〈虞美人〉（浮萍只
待楊花去）「寄懷」。卷五施紹莘八闋，刪詞題五闋：〈謁金門〉（春欲
去）「春盡」、〈菩薩蠻〉（春深加倍心情惡）「春閨」、〈如夢令〉（日約
樓陰初整）「掃地」、〈浣溪沙〉（半是花聲半雨聲）、〈浣溪沙〉（愁臥
寒冰六尺藤）二詞俱題「雨夜有懷」。卷十一葉小鸞八闋，刪詞題五
闋：〈浣溪沙〉（幾日東風倚畫樓）、〈浣溪沙〉（曲榭鶯啼翠影重）二
詞俱題「春閨」、〈浣溪沙〉（紅袖香濃日上初）「春思」、〈謁金門（情

〔註70〕各選本均作「秋閨」。

脉脉）「秋晚憶兩姊」、〈點絳脣〉（新柳垂條）「戲爲一閨人代作春怨」

卷三文徵明六闋，刪四闋：〈南鄉子〉（香暖透春肌）「春暮」、〈滿江紅〉（漠漠輕陰）「春暮」、〈風入松〉（近來無奈病淹留）「夏日漫興」、〈卜算子〉（酒醒夜堂涼）「秋夜」。卷三韓邦奇四闋，刪詞題二闋：〈謁金門〉（珠簾捲）「春樓」、〈風入松〉（畫樓簾捲篆煙微）「客春」。卷五馬洪四闋，刪詞題三闋：〈行香子〉（紅遍櫻桃）「春思」、〈少年游〉（弄粉調脂）「閨情」。卷六，湯傳楹四闋，刪詞題三闋：〈菩薩蠻〉（垂楊解帶圍青閣）「樓上春」、〈阮郎歸〉（玉臺曉鏡試輕涼）「秋妝」、〈鷓鴣天〉（一片傷心花影重）「佳人」。

上述各詞家均係《明詞綜》入選數量前數名者，王昶有意藉刪除「閨情」、「四時」等詞題，以符合《詞綜》體例，並使明詞呈現雅正之外貌。殊不知其所改之處，正爲作者原題，而非後代詞選所妄加。

（二）刪除詞題詞序，不利解讀

題畫詞篇產生與畫作關係密切，與畫圖中實境對照，彷彿置身山水田園之中，然如劉基〈如夢令〉（一抹斜陽沙觜）、邊貢〈踏莎行〉（露濕春莎），均遭刪去「題畫」詞題，更遑論有明確畫作名稱者。如馮琦〈如夢令〉（竹外瑤華千頃）題「題梅雪雙棲圖」、周思兼〈浣溪沙〉（天上青鸞月下逢）題「題瑞竹卷」等。詠物詞亦然，如葛一龍〈憶王孫〉（春風吹後滿天涯）原詞題「草」，尚可得知其內容，然專詠某特定對象者，如楊愼〈雨中花〉（一搦纖腰清瘦）刪原題「龍寶寺紫荊」、〈水調歌頭〉（春宵微雨後）刪原題「寶靈縣賞牡丹」，若無詞題，則不知所詠爲何物。

又如謝應芳〈滿江紅〉（舊約尋梅）原題「尋馬公振」、徐階〈阮郎歸〉（一春歸思羨冥鴻）原題「贈張生還雪川」、陸深〈風入松〉（綠窗午枕睡初酣）原題「再和桂洲」〔註71〕等酬贈詞題，刪去則不知詞人交友背景。周用〈訴衷情〉（人間何處有丹丘）題「寄友」、程本立

〔註71〕此詞於夏言詞題作「答儼翁」，詞作互見。

〈清平樂〉（山翁歸去）原題「題睦履道畫桃花送琴士蒯文達歸山」
隱居避世之味濃厚，實難看出爲寄贈友人之作。再者刪祝壽詞題，如
謝應芳〈點絳唇〉（老眼猶明）題「初度作」、王鏊〈阮郎歸〉（行年
六十鬢斒斕）原題「六十自壽」以及懷古詞，如吳易〈滿江紅〉（斗
大江山）原題「姑蘇懷古」等。均不利於詞篇解讀。

　　詞選受刊刻篇幅所限，往往不錄詞序，如來集之〈玉樓春〉（窗
外松篁初過雨）詞序：「雨過，山景大佳，遂憑空嘿對許久，忽爾神
思搖搖」、胡介〈滿江紅〉（走馬歸來）原序：「沈四定山重遠還湖上，
賦此寄之」，均不見於《明詞綜》。又孫樓〈念奴嬌‧用東坡赤壁懷古
韻〉（紅塵深處）原有八闋，此其七，前有詞序云：

　　余戊辰歲留滯燕都，旅愁閒作，輒寄興一闋，共得八首。
　　不使棄之，漫錄備覽，情至當復賡之，不知此後又積若干
　　也。〔註72〕

於詞序可知此闋爲留滯燕都之作，寫作時間在戊辰；王昶刪去，則不知
其寫作背景。又如沈謙〈月籠沙‧九日題南樓壁間〉（簾外潺潺暮雨）
原詞小序：「新翻曲，上三句〈西江月〉，下二句〈浪淘沙〉，後段同。
唐杜牧詩：『煙籠寒水月籠沙。』」又〈東風無力‧南樓春望〉（翠密紅
疏）詞序：「自度曲，范至能詞：『溶溶曳曳，東風無力，欲皺還休。』」
王昶刪去詞題，雖因遷就文獻刊刻之便，然卻使詞家填詞背景無從稽考。

（三）改易詞之題序

1. 改易「酬贈」詞題

　　改易詞題以酬贈居多，如李日華〈玉樓春〉（輕暖輕寒無意緒）
「題柳洲待別圖送劉躍如」原題「送劉躍如回西陳」、沈謙〈喜遷鶯〉
（水鳩鳴屋）「寄俞季慄」原題「寄俞生士彪」、今釋〈小重山〉（落
落寒雲曉不流）「得程民部詩卻寄」原題「得程周量民部詩卻寄」、施

〔註72〕饒宗頤、張璋編：《全明詞》（北京：中華書局，2004年1月），冊3，
　　　頁1044。

紹莘〈點絳脣〉（寺枕荒塘）「泖橋次韻」原題「泖橋次眉公韻」、桂華〈菩薩蠻〉（帝城三月鶯花繞）「答何用明」原題「口占答何用明」。楊儀〈惜分飛〉（月戶花堦凡幾度）「和陳霞棲韻」原題「和霞棲韻」。又原詞題較為冗長者，逕自簡化，如顧潛〈洞仙歌〉（婁江一碧）「自壽」原題「丁丑生辰避客西莊醉賦」，崔桐〈風入松〉（亭臺簾幙鎖重重）「閒居」原題「詠四景閒居樂」等。

2. 詞篇選錄自聯章詞而忽略詞篇總題

選錄聯章詞僅得取次詞題，以致忽略主要詞題，此亦詞選通病。如楊基〈浣溪沙〉（鸞股先尋鬪草釵）「花朝」，原題「四春圖四景美人各賦一闋。元夕、花朝、上巳、寒食」。王洪〈卜算子〉（宿雨漲春流）「半道春紅」實則為「夾城八景之三，半道春紅」。瞿佑〈摸魚子〉（望西湖）「蘇堤春曉」、莫璠〈蝶戀花〉（十里樓臺霧繞）「蘇堤春曉」、莫璠〈蝶戀花〉（五月涼風來麴院）「麴院荷風」，三闋於原作中俱西湖十景之一。程可中〈浣溪沙・來青閣〉（複道懸空踏翠微）「分詠槐陰園二十二景，來青閣」。因選家僅取聯章詞其中一闋，故省略其詞總題。似此改易詞題，則不啻對原詞解讀造成影響。

四、其他改易類型

以下就王昶改易詞句位置模式，分就「領字」、「對仗」、「詞意」三方面，援詞例以證之：

（一）改易領字句者

1. 楊基〈燭影搖紅・簾〉（花影重重）：「看草色、青青似罽」（卷 1 頁 8）

按：「看」，《全明詞》作「奈」，無可奈何之意，王昶改後，心情更為平穩。

2. 湯傳楹〈風流子・西山晚眺〉下片「看三分詩料，一肩林影，兩行歸客，幾曲春洲」（卷 6 頁 4）

按：「看」，《全明詞》作「恨」，「恨」於此詞中出現，情感似乎

過重王昶改後，恨意全消。

3. 沈謙〈滿江紅〉（詠柳）上片「又沉沉、搭在玉闌干，和煙雨」
（卷7頁14）

按：「又」，《全明詞》作「重」，此處領字當作仄聲而改，以「又」
虛字呼喚。

（二）改易對句者

1. 劉基〈少年游〉（清風收雨）：「亂葉吟朝，饑蟲啼夜，各自奏
新腔」（卷1頁3）

按：「饑」，《全明詞》作「雞」，就與「亂葉」二字詞性而言，「饑
蟲」較「雞蟲」爲穩妥。

2. 貝瓊〈水龍吟〉（楚天歸雁千行）：「弱水三千，武陵一曲，重
尋何處」（卷1頁5）

按：「三千」，《全明詞》作「三山」，「弱水」指傳說中仙境的河
流。「三山」指傳說東海中仙人所居的三座山。然「三山」與「弱水」
均指地點遙遠，並屬二典。而下句「武陵一曲」，典出馬援南征所歌，
〔註73〕故改「三山」爲「三千」，以求對仗穩妥。

3. 林章〈孤鸞〉（爲誰拋撇）：「想昨夜孤衾，今朝雙頰」（卷 4
頁9）

按：「今朝」，《全明詞》作「今日」，意思無別，然改作「朝」字，
則使二句平仄更工整。

4. 王世貞〈何滿子〉（卵色遙垂別浦）：「碧貯蓮花露酒，香分穀
雨泉茶」（卷4頁4）：

按：「泉茶」，《全明詞》作「前茶」，指茶葉在穀雨節氣以前所採。

〔註73〕「武陵一曲」，典出馬援南征。〔晉〕崔豹《古今注》卷中〈音樂第
三〉：「〈武溪深〉，乃馬援爲南征之所作。援門生爰寄生，善吹笛，
援作歌和之，名曰〈武溪深〉。其曲曰：『滔滔武溪一何深，鳥飛不
度，獸不能臨。嗟哉武溪所毒淫！』」。〔晉〕崔豹撰：《古今注》，《四
部備要》本，頁1。《樂府詩集》一作「武陵深行」。唐·杜甫〈吹笛〉：
「胡騎中宵堪北走，武陵一曲想南征。」（冊7，頁2550）

爲與「露」字對仗，故改作「泉」。然原詞穀雨前茶之意不存。

5. 錢繼章〈浣溪沙〉（睡損眉黃淡未添）：「**柳外疏鶯聲睍睆。竹邊歸燕語呢喃**」（卷6頁7）

按：《全明詞》作「柳外狂鶯頻欲斷，竹妨歸燕戲相黏」，對仗不甚工整，且詞意不顯，故改「聲睍睆」、「語呢喃」。「睍睆」意謂明亮美好貌，如《詩經・邶風・凱風》：「睍睆黃鶯，載其好音」。〔註74〕

6. 湯傳楹〈鷓鴣天〉（一片傷心花影重）：「**簾前泥落常憎燕，鬢側花搖數避蜂**」（卷6頁4）

按：「蜂」，《全明詞》作「風」，王昶爲求與前句「燕」字對仗工整，故改爲「蜂」。

此外，見於其他詞選者，亦臚列如次，俾供參考：

1. 韓守益〈蘇武慢・江亭遠眺〉（地湧岷峨）：「**王粲樓前，呂嵒磯外**」（卷1頁5）

按：「嵒」，各本作「公」。「嵒」即「巖」，相傳唐代呂巖洞賓曾吹笛於磯上，王粲爲人名，故「呂嵒」較「呂公」爲佳。

2. 馮鼎位〈子夜歌〉（上西樓、曲屏暮靄）上片第三、四、五句：「**自心字、香消，彩雲飛散，萍蹤難聚**」（卷6頁2）

按：《歷代詩餘》作「自心字、香消綺袖，飛散彩雲難聚」。此詞調見《鳳林書院草堂詩餘》彭元遜詞，非〈菩薩蠻〉別名，其句爲「恨桃李、如風過盡，夢裡故人成霧」，〔註75〕依律當以《歷代詩餘》「三、四、六」句式爲是，王昶改易後，雖無對仗，但調整爲以「自」字領下三句四字句，罔顧聲律，追求形式整齊，爲其改易詞例中所罕見。

（三）改易詞篇句意不合理處者

1. 王直〈浪淘沙〉（風暖翠煙飄）：「**驅馬第三橋。芳意蕭條。竹林渾未放夭桃**」（卷2頁3）

〔註74〕《十三經注疏》本，頁85。
〔註75〕轉引自吳藕汀、吳小汀撰：《詞調名辭典》（上海：上海書店出版社，2005年9月），頁82。

按:「竹林渾未放夭桃」,《全明詞》作「緋桃渾似放嬌嬈」,蓋前句既云「芳意蕭條」,與下句桃花盛開之景詞意相違,故改易以求詞意前後一致。

2. 張肯〈醉落魄・咏苔徑〉(翠鈿狼藉):「徑深不教殘陽入。茸茸不似春紅色」(卷1頁13)

按:前句「教」,《全明詞》作「放」,或因形近所致。又前句既云路徑深邃,故夕照無法進入,苔草自無法染成霞紅色,故改易以求詞意前後一致。

3. 聶大年〈臨江仙・半道春紅〉(記得武林門外路):「試問賣花翁」(卷2頁5)

按:「試問」,《全明詞》作「仍問」,「試問」意即請問,兩字意雖可通,但王昶改後詞意較爲佳。

4. 王鏊〈阮郎歸〉(行年六十鬢斓斒):「陰忽霽,暑初殘」(卷2頁7)

按:「暑初殘」,《全明詞》作「暑新寒」,夏季用寒字不妥,故改易以求詞意妥貼。

5. 楊循吉〈洞仙歌・題酒家壁〉(吳郊春滿):「瞰荒垣、濃麗幾樹夭桃,彷彿似,薄醉西施顏色」(卷2頁8)

按:「薄醉西施顏色」,《全明詞》作「凝眺西旋顏色」。〔註76〕然原詞前已有「瞰」,與後作「凝眺」詞意重複,故王昶改作「薄醉」,以呼應前句濃麗夭桃之景。

6. 趙寬〈減字木蘭花・姚江阻雨〉:「寒風吹水。微波皺作魚鱗起」(卷2頁8)

按:《全明詞》作「黑風吹水。水拍船頭行復止」,其中「水拍船頭行復止」,語句平庸直淺。王昶改作以見舟行濺起,魚鱗狀波紋之景。「寒風」亦較「黑風」合於常理。

〔註76〕《全明詞》下注(案:疑當作「施」),冊1,頁405。

7. 祝允明〈蝶戀花・贈妓〉(鬧蝶窺春花性淺):「未了妝梳,小顆脣朱點」(卷2頁11)

按:《全明詞》作「試重含輕,未放風流點」,原詞「試重含輕」頗難理解,改易後亦詞意頗能與主題切合。

8. 徐渭〈浣溪沙・鑑湖〉(淺碧平鋪萬頃羅):「一行游女惜顏酡。看誰釵子落清波」(卷4頁8)

按:《全明詞》作「一行遊女怯舟梭。看誰釵子落青波」,原意指游女因舟行迅速如梭而膽怯,然以恐懼心理,應無看釵落清波之趣,故改作「惜顏酡」,以喻美人醉態,故能有此興致。

此外,見於其他詞選者,亦臚列如次,俾供參考:

1. 吳子孝〈清平樂〉(韶光易變):「蘆枯葦折波中」、「白蘋紅蓼西風」二句(卷3頁14)

按:「蘆枯葦折波中」各本作「折莖槁葉波中」、「白蘋」各本均作「丹林」。此中「折莖槁葉」,意指植物莖葉斷折乾枯,王昶逕改作「蘆枯葦折」,意指蘆葦乾枯,詞意較爲顯豁。而「丹林」與「紅蓼」顏色相似,故改爲「白蘋」。

2. 徐石麒〈拂霓裳〉(望中原):「金人傾寶露」(卷5頁15)

按:《蘭皋明詞彙選》「露」作「篆」,「寶篆」意爲盤香。此處當作「露」,以符合漢武帝金銅仙人承露盤故實。

3. 馮鼎位〈減字木蘭花〉(長亭淒絕):「滿袖西風」(卷6頁2),

按:《歷代詩餘》作「落照東風」。然自原詞「去歲傷秋曾送別」一句,可知應爲秋季,王昶改後較佳。

4. 錢棅〈浣溪沙・秋思〉(小立幽堦數綠苔):「一番消瘦自驚猜」(卷6頁12)

按:《蘭皋明詞彙選》作「羞言豆蔻尚含胎」。豆蔻,俗稱「含胎花」,爲春天景物,與主題所寫秋景不合。

5. 王泰際〈浪淘沙〉(高閣掩春殘):「歸看雙鸞妝鏡裏,一樣春山」(卷7頁3)

按:「一樣春山」,《歷代詩餘》作「亦有青山」,王昶改以「春山」,借喻女性眉毛,詞意方順。

6. 杜濬〈浣溪沙・紅橋即事〉(曲曲紅橋漲碧流):「誰翻水調唱揚州」(卷9頁5)

按:《倚聲初集》作「誰翻水調唱涼州」。原詞雖以「水調」、「涼州」為調名。然紅橋為揚州名勝,故王昶改「涼州」為「揚州」。而此正與杜牧〈揚州三首〉之一:「誰家唱水調?明月滿揚州」(冊16,頁5963)敘述相合。

7. 鄔仁卿〈沁園春・招隱看梅〉(十里江城):「悄移石罅,一枝春影,扶上窗紗」、「爭憐惜,怕角聲吹徹,片片飛霞」二句(卷4頁6)

按:前句《歷代詩餘》作「影移石罅,一聲梵誦,香沁窗紗」。原詞「影移石罅」指梅影移至石罅中,下接一聲梵誦,稍嫌突兀。故王昶延續原詞之意,以「一枝春影」代梅影,改易後則統一句意。後句《歷代詩餘》作「風流話,道林逋妻汝,端不爭差」,原詞援林逋典。王昶則借鑑宋詞,趙長卿〈阮郎歸・客中見梅〉:「角聲吹徹小梅花」,(註77)以角聲引動客愁,以「片片飛霞」喻梅蕊輕墜。

綜上所述,自王昶改易詞篇不合理處、對仗不穩妥處、領字句處等現象分析,雖未於其詞論完全相應,然亦可見對於明詞創作成就,王昶僅止於「一代之詞不可以盡廢」之概念,事實上王氏對明代詞作仍頗有微詞。

第四節　王昶擅改詞作之影響與評價

就上節分析,可知王昶《明詞綜》改易情況之嚴重,至其對於後世詞選之影響,亦略述如次:

〔註77〕原詞:「年年為客遍天涯。夢遲歸路賒。無端星月浸窗紗。一枝寒影斜。　腸未斷,鬢先華。新來瘦轉加。角聲吹徹小梅花。夜長人憶家。」

一、詞選家改詞模式之沿襲與批判

（一）改詞模式之沿襲

　　儘管自詞選改易由來已久，然而王昶改易之習性，首先影響「後吳中七子」之戈載，由於戈載曾評點《國朝詞綜》，極可能接受王昶改詞模式，觀其《宋七家詞選》，藉選詞兼改詞韻之方式，反映其詞論重聲律之特色。〔註78〕故杜文瀾《憩園詞話》卷二曾評云：「選中有佳詞韻誤者，輒改其韻，未免自信過深，招人訾議」。〔註79〕周學浚亦曾致杜文瀾指出：「順卿好改宋詞本字，如夢窗〈高陽臺・詠梅〉結句『葉底青圓』謂梅子也。改『青』為『清』，便失本意。又〈滿江紅・過澱山湖〉云『浪搖晴棟欲飛空』語極生動，改『棟』作『練』，則索然矣」，陳匪石則云：「戈氏選七家詞，每擅為改竄，以致有專輒之議」〔註80〕，可見戈載改詞頗受詞論家非議。

　　此外，黃燮清《國朝詞綜續編》以及丁紹儀《國朝詞綜補》，均受王昶改易習性影響，如丁紹儀曾云：「前人選詞，遇有白璧微瑕，輒為點竄，俾臻完善。……即黃韻甫大令續編所采。參之他本，亦間有更改」，〔註81〕丁氏指出前人選詞每多點竄，已然指出黃燮清《國朝詞綜續編》之改易現象。丁氏又云：

> 僕自揣無能為役，曾以初本就正陳叔安大令宇（大令工倚聲，審律尤細，為周保緒教授入室弟子）承費半歲力，一詞一句稍有未協。黏籤商榷。如董基誠〈金縷曲〉前結「望極目暮雲亂」，「望」字宜平聲，且「極目」即望，為易「繞」字。又柴源〈百字令〉後結「催人橋上題句」，嫌與前結「驢背」句意複，為易「暗香催拍新句」。又吳曾〈青玉案〉後

〔註78〕趙修霈撰：〈戈載「就詞制韻、因韻改字」的詞學理論與實踐〉，《東方人文學誌》，第2卷第1期，2003年3月，頁109～131。

〔註79〕〔清〕杜文瀾：《憩園詞話》，《詞話叢編》本，冊3，頁2868。

〔註80〕陳匪石：《聲執》卷上，《詞話叢編》本，冊5，頁4932。

〔註81〕〔清〕丁紹儀輯：《國朝詞綜補》，《續修四庫全書》本，冊1732，頁2。

段「瘦碧空蒼渺何許」，「渺」字應用去聲，爲易「頓如許」。
又孫麟趾〈西子妝〉前段「忍教拋故園尊俎」，易「教」爲
「輕」，以免聲牙。似此較善原本處，不勝僂計，皆大令筆
也。〔註82〕

是知丁紹儀《國朝詞綜補》亦有改筆，曾邀陳宇（字叔安）對所選清
詞於律未協者，多處改易。

至晚清以來，如譚獻《篋中詞》，自今校本《清詞一千首》〔註83〕
可見許多文字出入。除文獻刊刻所致外，亦可見改易現象頻繁。如吳
翊鳳〈瑤華〉：「疏花霧散，小雨收燈」句作「疏煙掃徑，宿雨收晴」、
「年芳輕別，早夢斷、謝橋春色」句作「流光易度，問誰見，翠苞紅
坼」。又如顧貞觀〈南鄉子〉（嘹嚦夜鴻鳴）下片：「廊上月華明。廊
下霜華結漸成。今夜戍樓歸夢裡，分明。人在回廊曲處迎」作「片石
冷於冰。兩袖霜華旋欲凝。今夜戍樓歸夢裡，分明。纖手頻呵帶月迎」，
可知譚獻亦有此癖。

此外，王闓運於《湘綺樓詞選》臆改尤多，汪兆鏞云：「《湘綺樓
詞選》三卷，湘潭王壬秋闓運纂。於古人詞多所竄改」，〔註84〕足見
王昶於詞選中擅改之現象，已影響嘉慶以後詞壇風氣。

（二）改易模式之批判

如前所述，丁紹儀雖認同王昶擅改行爲，但仍批評此舉有失詞家
原意，如《聽秋聲館詞話》卷四〈趙懷玉詞〉即云：「〈浪淘沙〉云『茶
熟酒微溫。消盡黃昏。看燈情異去年人。』……王氏詞綜二集，於第
三句誤倒『情』、『人』二字，殊失詞意」。〔註85〕此外，況周頤〈薇

〔註82〕〔清〕丁紹儀輯：《國朝詞綜補》，《續修四庫全書》本，冊1732，頁
　　　　2～3。

〔註83〕〔清〕譚獻輯，今人羅仲鼎、俞浣萍校：《清詞一千首》（杭州：浙
　　　　江古籍出版社，1996年3月），總515頁。

〔註84〕〔清〕汪兆鏞撰：《椶窗雜記》，收入《湘綺樓詞評・附錄》，《詞話
　　　　叢編》本，冊5，頁4299。

〔註85〕〔清〕丁紹儀撰：《聽秋聲館詞話》卷四，《詞話叢編》本，冊3，頁
　　　　2621。

省詞鈔例言〉亦云：「詞綜所錄多竄易前人字句，其有它本可是正者，悉依它本」，〔註86〕以爲王昶《國朝詞綜》竄易前人字句嚴重，必須以別集對校，方能還原詞篇原貌。而謝章鋌批評更甚：

> 子儁（吳觀禮）笑曰：「余聞王蘭泉司寇選《國朝詞綜》，於同人之作，多所竄改。君何歉焉。」余曰：「此非法也，司寇賢智之過，予何敢效。夫人之嗜好不同，文之強弱亦異，安能盡裁以一律。況人各有心，文各有意，又安能以我意爲人意，爲人意必盡如我意。予讀司寇《春融堂集》，亦未能遠過於時賢。……且夫一字之師，古人動色相矜許，誠難之也。丁敬禮曰：「後世誰相知定吾文者」。然則定文必由於相知，今相知未盡，而遽定其文，即不至點金成鐵，而必謂子面如吾面，得無削趾適屨之嫌乎。〔註87〕

對於當時詞家而言，竄改詞篇之舉，實乃選家共同習性，不足爲怪。然謝章鋌則予以駁斥，並說明個人性情不同、才氣強弱不一，不可以主觀改易所選錄詞篇。甚而批評王昶填詞水準平庸，亦不宜從事改易。

二、後世明詞選本誤引情形嚴重

　　王昶《明詞綜》問世後，詞家多以此爲明詞原貌，而並未發現對詞篇字句與詞家別集有所出入，是以造成讀者曲解原意。如陳廷焯《白雨齋詞話》云：

> 伯溫〈臨江仙〉云：「鏡中綠髮漸無多。淚如霜後葉，摵摵下庭柯。」以開國元勳而作此哀感語，蓋已兆胡惟庸之禍矣。〔註88〕

是知陳廷焯將劉基〈臨江仙〉解讀爲「兆胡惟庸之禍」。然據劉基詞原序云：

〔註86〕〔清〕況周頤輯：《薇省詞鈔》卷四，《叢書集成續編》本（臺北：新文豐出版公司，1989年7月），冊205，頁691。

〔註87〕〔清〕謝章鋌撰：《賭棋山莊詞話》續編二，《詞話叢編》本，冊4，頁3501。

〔註88〕〔清〕陳廷焯撰：《白雨齋詞話》卷三，《詞話叢編》本，冊4，頁3824。

> 予在江西時，與李懂以莊善，以莊嘗賦詩，有曰：「淚如霜
> 後葉，摵摵下庭柯。」鄭君希道深愛賞之，今鄭君已卒，
> 以莊與予別亦二十年，夢中相見道舊好，覺而憶其人，不
> 知今存與亡。因記其詩屬爲詞，以寫其悲焉。

劉基將詩句檃括入詞，藉以爲追憶亡友鄭希道、李懂二人。而《明詞綜》
刪去詞序，陳廷焯據王昶版本而論，未見詞集，故而曲解原作詞意。

此外，以明詞選本而言，專選明詞如《類編箋釋國朝詩餘》、《蘭
皋明詞彙選》等，均流傳不廣，自王昶《明詞綜》出，論明詞者幾乎
以《明詞綜》爲必備之書，後世學者往往受限於此選，而未查核原詞
集，後世詞史、詞選及鑑賞辭典引錄《明詞綜》均係王昶改易之詞，
可見其讀者眼界影響甚鉅。故張仲謀《明詞史》云：

> 吳梅先生也並未去通讀《寫情集》，遑論其他。這給我們一
> 個啓示就是在清理文學遺產去粗取精的過程中，第一步的
> 清理抉擇特別重要，因爲它往往影響著後來者。這樣若干
> 著作出來之後，就會造成一種假象，彷彿是不約而同、異
> 口同聲，實際上卻是同一個版本的輾轉相承。〔註89〕

以下僅以王易《詞曲史》、夏承燾及張璋編選《金元明清詞選》、程郁
綴選注《歷代詞選》、錢仲聯等撰《元明清詞鑑賞辭典》爲例，將各
書中所引《明詞綜》詞篇而誤者，表列如次：

王昶《明詞綜》改易詞篇	詞曲史	金元明清詞選	歷代詞選	元明清詞鑑賞辭典
劉基〈瑞龍吟〉（秋光好）		✓	✓	
劉基〈多麗〉（問鶯花）		✓		
楊基〈夏初臨〉（瘦綠添肥）	✓	✓	✓	
韓守益〈蘇武慢〉（地湧岷峨）	✓			✓
劉昺〈浪淘沙‧寒食〉（石逕土牆斜）	✓	✓		
劉昺〈滿江紅〉（水北幽居）		✓		
張肯〈醉落魄〉（翠鈿狼藉）	✓			

〔註89〕張仲謀撰：《明詞史》（北京：人民文學出版社，2002年2月），頁32。

解縉〈長相思〉（吳山深）				✓
沈周〈鷓鴣天〉（慣得輕柔綺陌中）	✓			
聶大年〈臨江仙〉（記得武林門外路）			✓	
史鑒〈解連環〉（銷魂時候）		✓	✓	
趙寬〈減字木蘭花〉（寒風吹水）	✓	✓		
楊循吉〈洞仙歌〉（吳郊春滿）	✓			
蔣冕〈卜算子〉（斜日墜荒山）	✓			✓
唐寅〈一翦梅〉（雨打梨花深閉門）	✓		✓	✓
邊貢〈蝶戀花〉（亭外潮生人欲去）				✓
王廷相〈桂枝香〉（朝霞飛散）				✓
周用〈滿路花〉（風前滿地花）	✓			
陳霆〈踏莎行〉（水繞孤村）	✓	✓	✓	
陳霆〈水調歌頭〉（春宵微雨後）	✓			
陳鐸〈浣溪沙〉（波映橫塘柳映橋）	✓	✓		✓
吳子孝〈點絳脣〉（花信風輕）				✓
王慎中〈點絳脣〉（門掩青山）				✓
張綖〈風流子〉（新陽上簾幌）	✓	✓		
楊慎〈少年游〉（紅稠綠暗遍天涯）		✓		
楊慎〈水調歌頭〉（春宵微雨後）		✓		
楊慎〈浪淘沙〉（春夢似楊花）			✓	
李攀龍〈長相思〉（秋風清）		✓	✓	
湯顯祖〈好事近〉（窗外雨絲絲）			✓	✓
林章〈孤鸞〉（爲誰拋撇）				✓
徐渭〈浣溪沙·鑑湖〉（淺碧平鋪萬頃羅）	✓		✓	
焦竑〈江城子〉（西風吹袂弄新晴）			✓	
陳繼儒〈攤破浣溪沙〉（蜂欲分衙燕補巢）	✓		✓	
施紹莘〈謁金門〉（春欲去）	✓	✓	✓	
湯傳楹〈鷓鴣天〉（一片傷心花影重）	✓			
沈謙〈滿江紅〉（一翦鶯梭）	✓			
沈際飛〈虞美人〉（階前嫩綠和愁長）		✓		
王泰際〈浪淘沙〉（高閣掩春殘）		✓		

杜濬〈浣溪沙〉（曲曲紅橋漲碧流）		✓		
夏允彝〈千秋歲引〉（澤國微茫）				✓
夏完淳〈卜算子〉（秋色到空閨）		✓		
夏完淳〈燭影搖紅〉（辜負天工）		✓		
吳易〈滿江紅〉（斗大江山）		✓	✓	
朱一是〈二郎神〉（岷峨萬里）		✓		
金堡〈小重山〉（落落寒雲曉不流）		✓	✓	

　　可見以此四書為例，引王昶《明詞綜》致誤者，王易《詞曲史》凡十九處，夏承燾及張璋編選《金元明清詞選》凡二十二處、程郁綴選注《歷代詞選》凡十五處，錢仲聯等撰《元明清詞鑑賞辭典》凡十二處。可知其影響後世詞選甚為深遠。而其中又以楊基〈夏初臨〉（瘦綠添肥）、陳霆〈踏莎行〉（水繞孤村）、唐寅〈一翦梅〉（雨打梨花深閉門）、施紹莘〈謁金門〉（春欲去）、陳鐸〈浣溪沙〉（波映橫塘柳映橋）等五闋引用致誤的情形特別嚴重。

　　此外，筆者於比對明詞版本過程中，發現《全明詞》所收詞篇來自詞選文獻者，若與《明詞綜》卷十重複，則悉以《明詞綜》為準，不再一一核對原詞。殊不知《明詞綜》所引詞選，已遭王昶改易，如《全明詞》取自《草堂詩餘新集》者，冊6頁3419載梁木公〈蝶戀花‧春景〉、梁希聲〈浣溪沙‧清明〉與冊6頁3420載吳莫勝〈浣溪沙‧春閨〉、陳琴溪〈漁家傲〉等詞，版本均與《明詞綜》所引相同。故可知後世讀者所閱讀之明詞，出於王昶《明詞綜》改易者不少，改易影響層面之大，不可不慎。

第六章　結　論

　　本文以王昶詞學爲研究範疇，首先論王昶生平、著述與當代詞壇背景，探究王昶其人與當代詞壇互動之情形。其次，以其詞籍序跋爲基礎，闡述王昶詞學主張，並介紹《琴畫樓詞》，以明其詞論內容與創作風格。再者，探析《明詞綜》、《國朝詞綜》、《國朝詞綜二集》三部詞選，可見其選詞標準與詞學理念。末則以《明詞綜》爲例，歸納分析王昶改易類型，作爲其詞論之補充與發明。茲將本文研究所得，略述如下：

一、王昶其人與當代詞壇之互動

（一）王昶一生之孤寂與榮耀

　　王昶先祖居江蘇青浦，至王昶已歷五世。由於身爲家中獨子，無其他兄弟姐妹，且少年時父親去世，所娶妻妾又多早逝，生一子早夭，故中年以後，家中僅有一獨女與母親錢氏而已。或即因家庭背景之缺憾，故自出仕以來，便積極藉學術研討與文學聚會，結交當代名士。

　　然就仕履經歷而言，其一生歷雍正、乾隆、嘉慶三朝，大抵順遂。自十九歲登進士第以來，即深受重用。除因兩淮鹽運使事不密遭革職，貶官隨軍從征九年外，不僅受命入軍機處，歷任內閣中書、刑部郎中、鴻臚寺卿、大理寺卿、都察院右副都御使等朝廷大臣，亦出任江西按察使、直隸按察使、陝西按察使、雲南布政使、江西布政使等

地方首長。是以一生大半在外爲官,數次出任順天考官,晚年以刑部致仕,備受朝廷恩寵。

(二)王昶著作以總集、選集爲主

王昶生平著述甚豐,除個人別集《春融堂集》外,其最爲人稱道者,多爲其選本彙編,如《金石萃編》爲清代金石學集大成之鉅作。《青浦詩傳》、《湖海詩傳》、《湖海文傳》等,則係以「傳」爲名之詩文選本。另有《蒲褐山房詩話》,乃輯自二部詩傳之著作。至論詞學著作,亦以《明詞綜》、《國朝詞綜》、《國朝詞綜二集》等詞選爲主。

(三)詞壇交游以「蘋花水閣」、「三泖漁莊」爲酬唱中心

此外,結交當時詞壇名家,「吳中七子」中以趙文哲、吳泰來酬贈交往頗多,又與位處揚州之江氏詞人群交往,亦於「蘋花水閣」與朱氏詞人群唱和。且以其宅邸爲中心,藉「三泖漁莊圖」,廣邀當代詞人贈詞。又不吝提攜後進詞家,如黃景仁、陶樑、姚椿、張興鏞等,並輯有《琴畫樓詞鈔》、《國朝詞綜》等詞選,收錄合乎浙派詞風之作品,藉以提升浙派聲勢。

二、詞論以推尊詞體爲立論基礎

王昶雖有《西崦山人詞話》稿本,今藏於上海圖書館,故僅能就其論詞序跋中整理。其詞論大抵以尊詞體爲基礎,首先掌握詩詞音樂共性。在此之前,汪森僅以長短句外型論定詞體源於上古詩歌;王昶則以爲詞句所以長短不一,乃是保留詩歌音樂性質,因而視詞體爲「詩之正」,上溯詞體源自《詩經》,以經典地位駁斥詞爲小道之說。

再者,論詞重視詞家人品,故不僅康與之、晁端禮、万俟雅言等均在批評之列,即柳永、周邦彥亦不免有俳優之譏。另開展出推崇姜夔,貶抑史達祖之說;又主張取法南宋,近效朱、厲。其實際批評,就所作詞序論之,多半以「清虛騷雅」、「微婉頓挫」等作爲品評詞家標準。

　　王昶所撰《西崦山人詞話》稿本，於論文撰寫期間仍藏於上海圖
書館，未刊行於世，誠爲一大憾事，他日若能付印，或可補其序跋資
料未備之處，亦足使王昶論詞內容得以完整呈現於世人面前。

三、詞篇以羈旅抒懷爲主要基調

　　王昶《琴畫樓詞》計三百餘闋，與同時代詞人相較，塡詞數量已
十分驚人，然歷來多不甚重視。本文則以「山水記游」、「羈旅抒懷」、
「詠物題畫」等三大主題，涵括其詞篇特色。

　　王昶自年少登科以後，大半生涯多在外游歷，而羈旅詞中，往往
寄寓對妻子之情、對母親錢氏之掛念，以及早日還鄉之冀望。其登臨
山水之詞，多呈現清幽冷峻之風，且有歸隱之志。而詠物、題畫詞亦
屢見身世之慨，如詠蟬以懷鄉，詠香楠以寄寓懷才不遇之嘆。而題畫
詞則描繪雕琢甚工，使圖畫栩栩如生，宛若親臨實境，恰似山水記游
之詞，多以返鄉隱居爲宿願，亦有寄託之意。如〈雲仙引〉作於遭貶
之前，藉題畫抒發飄零羈旅之感。綜上所述，可見王昶藉大量創作，
駁詞爲小道之說；其詞篇亦多以羈旅生涯爲內涵，寄託身世感懷之作。

四、編纂明清二代詞綜，延續浙派命脈

　　就刊刻背景而言，王昶《明詞綜》實前有所承。蓋朱彝尊《詞綜》
編成之後，曾有選明詞之願；其後汪森、沈大成等人編成稿本，但終
究未能付梓刊行。稿本流傳至汪筠、汪淮等人之手，直至王昶從汪淮
手中取得，結合生平所蒐，遂刊行之。至於《琴畫樓詞鈔》、《國朝詞
綜》，則因與當代詞人交往頻繁，故收錄不少當代名家詞，可視爲浙
派代表詞集彙刻。另有《練川五家詞》收錄嘉定地區詞集，亦爲王昶
積極保存當代詞集文獻之明證。

　　自編纂體例而言，王昶承朱彝尊《詞綜》之例，按詞人所處年代
排序。《明詞綜》保留《詞綜》以帝王諸侯冠於前之體例，如「明仁
宗」「周憲王」等；而方外僧侶、無名氏、女性詞人等則居於末卷；《國

朝詞綜》除無帝王諸侯之外，其餘則無二致。

自編纂動機而言，約有二端：其一，以成「太史之志」、「南宋名家」爲宗，繼承朱彝尊《詞綜》體例。其二，基於「一代有一代之詞」理念，故明詞佳篇雖然不多，但亦非一無可取，不當盡廢其價値。並有保存當代詞家之作，故萌生編輯明清二代《詞綜》之志。

自選詞比重而言，《明詞綜》入選最多之詞家，爲陳子龍、邵梅芬、沈謙、楊愼，明顯集中於晚明。而此一特色，實與其重視人品之詞學主張有關。王昶以爲南宋遺民詞家多寄託身世之作，故《明詞綜》入選側重於晚明，以其詞蘊含家國感懷，而其人品與宋遺民無異。《國朝詞綜》入選最多之詞家，爲朱彝尊、厲鶚、趙文哲、王時翔四家。《國朝詞綜二集》則以吳錫麒、楊揆二家最多。而其編纂特色足以反映當時地域詞派特色。王昶於〈大聖樂〉序中指出，當代詞人，武林（浙江杭州）有厲鶚、陳章等；太倉（江蘇太倉）有王時翔爲首之小山詞社詞人群體；廣陵（江蘇揚州）有張四科、江昉等；陽羨（江蘇宜興）有史承謙與史承豫兄弟、任增貽等；吳中（古蘇州代稱，涵蓋青浦、吳縣等）有趙文哲、吳泰來、過春山等。檇李（浙江嘉興）陸培、朱方藹、王又曾等。反映當時浙派詞風之盛。

此外，自地域與女性入選角度而言，王昶出身青浦，爲晚明幾社所在，故《明詞綜》於收錄陳子龍、夏完淳外，選錄邵梅芬作品爲多，僅次於陳子龍，顯係以人存詞。《國朝詞綜》則以趙文哲爲多，僅次於朱彝尊、厲鶚二人，並著錄青浦、上海一帶詞家詞集，以保存當地詞學文獻。此外，對女性詞家之關注，以《明詞綜》最爲顯著，十二卷中，末兩卷純爲女性詞人，葉小鸞入選八首，沈宜修入選五闋，絲毫不遜於明代詞壇名家；《國朝詞綜》則比重較少，則以徐燦選錄十四闋最多，王昶妾許玉晨亦選五闋。且翻閱王昶詞集，亦可見不少與女性詞家酬贈之作。

再者，明清詞非無選本，然多以詞調編排，反不如王昶所選，較能反映一代詞壇流變。其次，王昶《明詞綜》所引詞話多取自《古今

詞話》及《歷代詞話》二書,《國朝詞綜》所引詞話則與嘉慶十年馮金伯《詞苑叢編》卷八〈品藻〉頗多重複,且以錄自朱彝尊、厲鶚詞序之詞評居多,而自收錄詞話比重觀察,亦可見其推崇浙派之詞學傾向。

　　王昶《明詞綜》及《國朝詞綜》對後世影響極大,昔人對明詞頗多微詞,自王昶輯《明詞綜》後,引發後世學者重視明詞,以吳衡照、丁紹儀二家輯補最多,戈載則透過評選《國朝詞綜》以傳達重視聲律之詞學觀點。至於《國朝詞綜》最受人詬病者,在於選詞以浙派爲主,且多詠物之作,故蔣士銓、洪亮吉等詞家,因詞風豪放而不入選,陳維崧雖選錄三十闋,但悉爲婉約之作。故此詞選浙派色彩十分濃厚。

　　在歷朝《詞綜》系列詞選之中,王昶實居關鍵地位,其《明詞綜》與《國朝詞綜》上承朱彝尊《詞綜》,下啓黃燮清《國朝詞綜補編》與丁紹儀《國朝詞綜續》,故能使浙派詞選一脈相承,聲勢延續至清末,此則爲王昶於推闡浙派最具貢獻之處。

五、改詞模式所呈現之詞學意義

　　本文首先分析詞壇所見「改詞」現象,約有數端,包括:個人創作之詞篇修改,個人襲改前人成句以創作,詞話中所論述詞篇改易,以及於詞選中擅改原詞等。

　　其次,欲確定改易出自王昶之手。先自時代背景言之,乾隆一朝,編纂《四庫全書》,或與文字獄有關,而其中版本屢見與原詞不同。其次,就王昶師承而言,沈德潛編選《唐詩別裁》、《明詩別裁》、《清詩別裁》三書;朱彝尊輯選《明詩綜》,亦時見改易。而王昶輯錄《湖海詩傳》、《國朝詞綜》、《陳忠裕公全集》三書,亦均有改易。故自時代背景、師承關係、個人習性觀之,可確定王昶必曾擅改《明詞綜》。

　　筆者引據《全明詞》以證,比對過程中,發現以下三項情形,足堪影響改易事實之判定:其一,明顯非王昶改易者;其二,字形相近而存疑者;其三,無別集可校而存疑者。

　　排除上述存疑部份後,經過分析,歸納其改易情形爲以下四類:

（一）為求清虛騷雅之風。本文歸納為「詞風化淺俗為雅正」、「詞
　　句借鑒前人作品」、「反映身世家國之感」三類。可知王昶
　　為講究「清虛騷雅」而改易原詞。

（二）為求聲律諧婉之美。本文歸納為「增刪字句」、「互置詞序」、
　　「改易韻字」、「調整句式」、「綜合運用」等五種類型。可
　　見王昶為實踐「聲律諧婉」而改易原詞。

（三）大量刪除閨情詞題，可知王昶為符合朱彝尊《詞綜》體例
　　而改易原詞。

（四）其他改易動機與類型：包括改易詞意不合理處、改易對仗
　　不穩妥處、改易領字處。可呈現王昶對於創作及鑑賞之態
　　度。

　　至論王昶改易原詞之影響，約有二端：其一，就對後世詞選編纂
而言，後世詞選家對其所收錄詞篇字句，以個人審美標準改易者，所
在多有，如戈載、丁紹儀等詞選家；此風氣延及晚清，如譚獻、王闓
運等人之詞選均有改詞現象。惟謝章鋌批評選家改易行為最猛烈，所
言亦不無可取。其二，對後世明詞選本之影響而言，王昶《明詞綜》
問世以來，論明詞者多據此書而不察明人詞集，至趙尊嶽始提出《明
詞綜》版本之異，明詞之研究亦漸受學者重視。儘管張仲謀《明詞史》、
王兆鵬校點《明詞綜》均指出王昶改易處頗多，然今日所見明詞選本
與鑑賞辭典，卻不乏引自《明詞綜》版本者，至其解讀是否完全合乎
本意，則有待進一步商榷。

主要參考書目

一、王昶個人著述

1. 《春融堂集》，〔清〕王昶撰，上海：上海古籍出版社，2002 年 3 月，《續修四庫全書》本，冊 1437～1438。

2. 《湖海詩傳》，〔清〕王昶編，上海：上海古籍出版社，2002 年 3 月，《續修四庫全書》本，冊 1625～1626。

3. 《湖海文傳》，〔清〕王昶編，上海：上海古籍出版社，2002 年 3 月，《續修四庫全書》本，冊 1668～1669。

4. 《蒲褐山房詩話新編》，〔清〕王昶撰，周維德輯校，濟南：齊魯書社，1988 年 1 月。

二、經籍、史傳及其他

1. 《詩經》，漢·毛亨傳、漢·鄭玄箋、唐·孔穎達疏，臺北縣：藝文印書館，1997 年 8 月初版 13 刷，《十三經注疏》本。

2. 《禮記》，漢·鄭玄注、唐·孔穎達疏，臺北縣：藝文印書館，1997 年 8 月初版 13 刷，《十三經注疏》本。

3. 《孟子》，漢·趙岐注、〔宋〕孫奭疏，臺北縣：藝文印書館，1997 年 8 月初版 13 刷，《十三經注疏》本。

4. 《清史稿》，趙爾巽等撰，臺北：明文出版社，1985 年 5 月，《清代傳記叢刊》本。

5. 《國史列傳》，東方學會編，臺北：明文出版社，1985 年 5 月，《清代傳記叢刊》本。

6. 《清史列傳》，國史館原編，臺北：明文出版社，1985 年 5 月，《清代傳記叢刊》本。

7. 《清代七百名人傳》，蔡冠洛編纂，臺北：明文出版社，1985 年 5 月，《清代傳記叢刊》本。

8. 《國朝耆獻類徵初編》，〔清〕李桓輯，臺北：明文出版社，1985 年 5 月，《清代傳記叢刊》本。

9. 《漢學師承記》，〔清〕江藩撰，臺北：明文出版社，1985 年 5 月，《清代傳記叢刊》本。

10. 《清朝先正事略》，〔清〕李元度撰，臺北：明文出版社，1985 年 5 月，《清代傳記叢刊》本。

11. 《清儒學案小傳》，徐世昌撰，臺北：明文出版社，1985 年 5 月，《清代傳記叢刊》本。

12. 《國朝詩人徵略初編》，〔清〕張維屏輯，臺北：明文出版社，1985 年 5 月，《清代傳記叢刊》本。

13. 《碑傳集》，〔清〕錢儀吉纂錄，臺北：明文出版社，1985 年 5 月，《清代傳記叢刊》本。

14. 《文獻徵存錄》，〔清〕錢林輯、〔清〕王藻編，臺北：明文出版社，1985 年 5 月，《清代傳記叢刊》本。

15. 《清代樸學大師列傳》，支偉成撰，長沙：岳麓書社，1998 年 8 月。

16. 《桐城文學淵源考》，〔清〕劉聲木撰，臺北：明文出版社，1985 年 5 月，《清代傳記叢刊》本。

17. 《青浦縣志》，〔清〕陳其元等修、熊其英等纂，臺北：成文出版社，1970 年 5 月。

18. 《拜經樓藏書題記》，〔清〕吳騫撰，上海：上海古籍出版社，1989 年 6 月。

19. 《世說新語箋疏》，〔南朝宋〕劉義慶撰、余錫嘉箋疏，臺北：華正書局，1989 年 3 月。

三、詞總集、選集

1. 《全宋詞》，唐圭璋編纂，王仲聞參訂，孔凡禮補輯，北京：中華書局，1999 年 1 月。

2. 《全金元詞》，唐圭璋編，北京：中華書局，1979 年 10 月。

3. 《全明詞》，饒宗頤初纂、張璋總纂，北京：中華書局，2004 年 1 月。

4. 《全明詞補編》，周明初、葉曄編，杭州：浙江大學出版社，2007年1月。

5. 《明詞彙刊》，趙尊嶽輯，上海：上海古籍出版社，1992年7月。

6. 《清名家詞》，陳乃乾輯，上海：上海書店，1982年12月。

7. 《百名家詞鈔》，〔清〕聶先、曾王孫輯，上海：上海古籍出版社，2002年3月，《續修四庫全書》本。

8. 《詞綜》，〔清〕朱彝尊、汪森輯，臺北：臺灣中華書局，1965年11月，《四部備要》本。

9. 《詞綜補遺》，〔清〕陶樑輯，上海：上海古籍出版社，2002年3月，《續修四庫全書》本。

10. 《明詞綜》，〔清〕王昶輯、王兆鵬校點，瀋陽：遼寧教育出版社，1997年3月。

11. 《明詞綜》，〔清〕王昶輯，上海：上海古籍出版社，2002年3月，《續修四庫全書》本。

12. 《國朝詞綜》，〔清〕王昶輯，上海：上海古籍出版社，2002年3月，《續修四庫全書》本。

13. 《國朝詞綜續編》，〔清〕黃燮清輯，上海：上海古籍出版社，2002年3月，《續修四庫全書》本。

14. 《國朝詞綜補》，〔清〕丁紹儀輯，上海：上海古籍出版社，2002年3月，《續修四庫全書》本。

15. 《詞綜補遺》，林葆恒纂，北京：書目文獻出版社，1992年9月。

16. 《草堂詩餘新集》，〔明〕沈際飛選評，收入《古香岑草堂詩餘四集》，明崇禎間太末翁少麓刊本。

17. 《類選箋釋國朝詩餘》，〔明〕顧從敬、錢允治輯，錢允治、陳仁錫箋釋，上海：上海古籍出版社，2002年3月，《續修四庫全書》本。

18. 《倚聲初集》，〔清〕王士禛、鄒祗謨輯，上海：上海古籍出版社，2002年3月，《續修四庫全書》本。

19. 《百名家詞鈔》，〔清〕聶先、曾王孫輯，上海：上海古籍出版社，2002年3月，《續修四庫全書》本。

20. 《蘭皋明詞彙選》，〔清〕顧璟芳等編選、王兆鵬校點，瀋陽：遼寧教育出版社，1998年3月。

21. 《古今詞匯二編》，〔清〕卓回編，上海：上海古籍出版社，1992年7月，《明詞彙刊》本。

22. 《古今詞統》，〔明〕卓人月匯選、徐士俊參評，谷輝之校點，瀋陽：

遼寧教育出版社，2000 年 1 月。

23. 《精選古今詩餘醉》，〔明〕潘游龍輯，梁穎校點，瀋陽：遼寧教育出版社，2003 年 3 月。

24. 《東白堂詞選初集》，〔清〕佟世南選，臺南縣：莊嚴文化事業有限公司，1997 年 6 月，《四庫全書存目叢書》本。

25. 《林下詞選》，〔清〕周銘輯，上海：上海古籍出版社，2002 年 3 月，《續修四庫全書》本。

26. 《瑤華集》，〔清〕蔣景祁輯，上海：上海古籍出版社，2002 年 3 月，《續修四庫全書》本。

27. 《御選歷代詩餘》（與篋中詞、廣篋中詞合刻），〔清〕沈辰垣等編，杭州：浙江古籍出版社，1998 年 5 月，據蟬隱廬影印康熙四十六年內府刻本縮印。

28. 《清詞一千首》，〔清〕譚獻輯，羅仲鼎、俞浣萍校，杭州：浙江古籍出版社，1996 年 3 月。

29. 《薇省詞鈔》，〔清〕況周頤輯，臺北：新文豐出版公司，1989 年 7 月，《叢書集成續編》本 。

30. 《藝蘅館詞選》，梁令嫻輯，臺北：臺灣中華書局，1970 年 10 月。

31. 《金元明清詞精選》，嚴迪昌編，江蘇：江蘇古籍出版社，1992 年 12 月。

32. 《金元明清詞選》，夏承燾、張璋編選，北京：人民文學出版社，1997 年 7 月。

33. 《歷代詞選》，程郁綴選注，北京：人民文學出版社，2004 年 11 月。

34. 《清代詞選》，胡雲翼編，上海：教育書店，1947 年 7 月。

四、詞話、詞評等

1. 《詞籍序跋萃編》，施蟄存編，北京：中國社會科學出版社，1994 年 12 月。

2. 《唐宋詞集序跋匯編》，金啟華等編，臺北：臺灣商務印書館，1993 年 2 月。

3. 《詞苑叢談校箋》，〔清〕徐釚編著、王百里校箋，北京：人民文學出版社，1998 年 2 月。

4. 《詞話叢編》，唐圭璋編，北京：中華書局，2005 年 10 月。

本文參考諸家如下：

第一冊

1. 《古今詞話》，〔宋〕楊湜撰
2. 《復雅歌詞》，〔宋〕鯫陽居士撰
3. 《碧雞漫志》，〔宋〕王灼撰
4. 《詞源》，〔宋〕張炎撰
5. 《渚山堂詞話》，〔明〕陳霆撰
6. 《藝苑卮言》，〔明〕王世貞撰
7. 《詞品》，〔明〕楊愼撰
8. 《爰園詞話》，〔明〕俞彥撰
9. 《七頌堂詞繹》，〔清〕劉體仁撰
10. 《皺水軒詞筌》，〔清〕賀裳撰

第二冊

1. 《歷代詞話》，〔清〕沈雄撰
2. 《古今詞話》，〔清〕王奕清等撰
3. 《雨村詞話》，〔清〕李調元撰
4. 《西圃詞說》，〔清〕田同之撰
5. 《靈芬館詞話》，〔清〕郭麐撰
6. 《雕菰樓詞話》，〔清〕焦循撰
7. 《詞苑萃編》，〔清〕馮金伯輯

第三冊

1. 《蓮子居詞話》，〔清〕吳衡照撰
2. 《聽秋聲館詞話》，〔清〕丁紹儀撰
3. 《憩園詞話》，〔清〕杜文瀾撰

第四冊

1. 《左庵詞話》，〔清〕李佳撰
2. 《詞學集成》，〔清〕江順詒輯
3. 《賭棋山莊詞話》，〔清〕謝章鋌撰
4. 《芬陀利室詞話》，〔清〕蔣敦復撰
5. 《復堂詞話》，〔清〕譚獻撰
6. 《白雨齋詞話》，〔清〕陳廷焯撰

第五冊

1. 《論詞隨筆》，〔清〕沈祥龍撰

2. 《詞徵》，〔清〕張德瀛撰

3. 《袌碧齋詞話》，〔清〕陳銳撰

4. 《湘綺樓詞評》，王闓運評

5. 《聲執》，陳匪石撰

五、詞學專著

1. 《詞律》，〔清〕萬樹編，懶散道人索引，臺北：廣文書局，1989 年 10 月。

2. 《康熙詞譜》，〔清〕陳廷敬、王奕清等編，長沙：岳麓書社，2000 年 10 月。

3. 《詞調名辭典》，吳藕汀、吳小汀等撰，上海：上海書店出版社，2005 年 9 月。

4. 《詞曲史》，王易撰，臺北：廣文書局，1960 年 4 月。

5. 《詞史》，劉毓盤撰，臺北：臺灣學生書局，1972 年 4 月。

6. 《中國詞學史》，謝桃坊撰，成都：巴蜀書社，1993 年 6 月。

7. 《中國詞學批評史》，方智範等撰，北京：中國社會科學出版社，1994 年 7 月。

8. 《中國詞史》，黃拔荊撰，福州：福建人民出版社，2003 年 5 月。

9. 《中國詩學史·詞學卷》，蔣哲倫、傅蓉蓉撰，廈門：鷺江出版社，2002 年 9 月。

10. 《詞學通論》，吳梅撰，臺北：臺灣商務印書館，1988 年 4 月。

11. 《詞學專題研究》，王偉勇師撰，臺北：文史哲出版社，2003 年 4 月。

12. 《詞學史料學》，王兆鵬撰，北京：中華書局，2004 年 5 月。

13. 《詞論史論稿》，邱世友撰，北京：人民文學出版社，2002 年 1 月。

14. 《元明清詩詞理論史》，丁放撰，合肥：安徽大學出版社，2002 年 2 月。

15. 《明清詞研究史》，陳水雲撰，武漢：武漢大學出版社，2006 年 9 月。

16. 《明詞史》，張仲謀撰，北京：人民文學出版社，2002 年 2 月。

17. 《明清之際江南詞學思想研究》，李康化撰，成都：巴蜀書社，2001 年 11 月。

18. 《清詞史》，嚴迪昌撰，南京：江蘇古籍出版社，1999 年 8 月。

19. 《論清詞》，賀光中撰，臺北：鼎文書局，1971 年 9 月。

20. 《清詞論說》，艾治平撰，上海：學林出版社，1999 年 7 月。

21. 《清代詞學》，孫克強撰，北京：中國社會科學出版社，2004 年 7 月。

22. 《清代前中期詞學思想研究》，陳水雲撰，武漢：武漢大學出版社，1999 年 10 月。

23. 《清代詞學發展史論》，陳水雲撰，北京：學苑出版社，2005 年 7 月。

24. 《朱彝尊詞綜研究》，于翠玲撰，北京：中華書局，2005 年 7 月。

25. 《朱彝尊之詞與詞學研究》，蘇淑芬師撰，臺北：文史哲出版社，1986 年 3 月。

26. 《厲鶚及其詞學之研究》，徐照華撰，高雄：復文圖書出版社，1998 年 9 月。

27. 《清代吳中詞派研究》，沙先一撰，北京：人民文學出版社，2004 年 10 月。

28. 《群體的選擇－唐宋人選詞與詞選通論》，蕭鵬撰，臺北：文津出版社，1992 年 11 月。

29. 《近代上海詞學繫年初編》，楊柏嶺撰，上海：上海教育出版社，2003 年 7 月。

六、文學別集、選集、詩文評等

（一）文學總集及選集、別集

1. 《楚辭補注》，〔宋〕洪興祖撰，臺北：漢京文化事業有限公司，1983 年 9 月。

2. 《全唐詩》，〔清〕清聖祖御定，北京：中華書局，1996 年 1 月。

3. 《古詩源》，〔清〕沈德潛編，臺北：臺灣商務印書館，1970 年 7 月。

4. 《清詩別裁》，〔清〕沈德潛編，臺北：臺灣商務印書館，1956 年 4 月。

5. 《陶淵明集校箋》，〔晉〕陶潛撰、楊勇校箋，臺北：正文書局，1976 年 3 月。

6. 《蘇軾文集》，〔宋〕蘇軾撰、孔凡禮點校，北京：中華書局，1986 年 3 月。

7. 《蘇軾詩集》，〔宋〕蘇軾撰、〔清〕馮應榴輯註、孔凡禮點校，北京：中華書局，1999 年 10 月。

8. 《元好問全集》，金・元好問撰、姚奠中主編、李正民增訂，太原：山西古籍出版社，2004 年 1 月。

9. 《吳梅村全集》，〔清〕吳偉業著、李學穎集評標校，上海：上海古

籍出版社，1990 年 12 月。

10. 《定山堂詩餘》，〔清〕龔鼎孳撰，臺北：臺灣中華書局，1965 年 11 月，《四部備要》本。

11. 《曝書亭全集》，〔清〕朱彝尊撰，臺北：臺灣中華書局，1966 年 3 月，《四部備要》本。

12. 《漁洋精華錄》，〔清〕王士禛撰，臺北：世界書局，1960 年 11 月。

13. 《帶經堂集》，〔清〕王士禛撰，上海：上海古籍出版社，2002 年 3 月，《續修四庫全書》本。

14. 《謙谷集》，〔清〕汪筠撰，北京：北京出版社，2000 年 1 月，《四庫未收書輯刊》（拾輯）。

15. 《袁枚全集》，〔清〕袁枚撰、王英志主編，江蘇：江蘇古籍出版社，1993 年 9 月。

16. 《抱經堂文集》，〔清〕盧文弨撰、王文錦點校，北京：中華書局，2006 年 6 月。

17. 《惜抱軒全集》，〔清〕姚鼐撰，北京：中國書店，1994 年 12 月。

18. 《洪亮吉集》，〔清〕洪亮吉撰、劉德權點校，北京：中華書局，2001 年 10 月。

19. 《小峴山人詩文集》，〔清〕秦瀛撰，上海：上海古籍出版社，2002 年 3 月，《續修四庫全書》本。

20. 《有正味齋駢體文》，〔清〕吳錫麒撰，上海：上海古籍出版社，2002 年 3 月，《續修四庫全書》本。

21. 《因寄軒文初集》，〔清〕管同撰，上海：上海古籍出版社，2002 年 3 月，《續修四庫全書》本。

22. 《錢鍾書集》，錢鍾書撰，北京：三聯書店，2001 年 1 月。

（二）詩文評

1. 《詩品注》，南朝梁・鍾嶸撰、陳延傑注，臺北：里仁書局，1992 年 9 月。

2. 《說詩晬語》，〔清〕沈德潛撰，臺北：臺灣中華書局，1965 年 11 月，《四部備要》本。

3. 《越縵堂詩話》，〔清〕李慈銘撰，收入《清詩話訪佚初編》，杜松柏編，臺北：新文豐出版公司，1987 年 6 月。

4. 《清詩史》，嚴迪昌撰，杭州：浙江古籍出版社，2002 年 12 月。

5. 《清詩紀事初編》，鄧文成撰，臺北：臺灣中華書局，1970 年 8 月。

6. 《清代文學批評史》，鄔國平、王鎮遠撰，上海：上海古籍出版社，1995 年 11 月。

7. 《清代樸學與中國文學》，陳居湖撰，南昌：百花洲文藝出版社，2000 年 6 月。

8. 《清人文集別錄》，張舜徽撰，臺北：明文書局，1982 年 2 月。

9. 《中國詩學史‧清代卷》，劉誠撰，廈門：鷺江出版社，2002 年 9 月。

10. 《中國選本批評》，鄔雲湖撰，上海：上海三聯書店，2002 年 7 月。

11. 《中華文史論叢》（總第 78 輯），李國章、趙昌平主編，上海：上海古籍出版社，2004 年 10 月。

12. 《中國古典詩歌要籍叢談》，王學泰編著，天津：天津古籍出版社，2004 年 7 月。

七、學位論文

1. 《沈德潛及其弟子詩論之研究》，林秀蓉撰，高雄師範大學國文研究所碩士論文，1986 年 5 月。

2. 《宋代詞選集研究》，劉少雄撰，臺灣大學中國文學研究所碩士論文，1986 年 6 月。

3. 《清代浙江詞派研究》，張少眞撰，東吳大學中國文學研究所碩士論文，1978 年 5 月。

4. 《清初浙派詞論研究》，楊麗珠撰，臺灣師範大學國文研究所集刊第 28 號，1984 年 6 月。

5. 《郭麐詞論研究》，柯雅芬撰，政治大學中國文學研究所碩士論文，1995 年 6 月。

6. 《吳錫麒詞及詞學研究》，曾亞梅撰，靜宜大學中國文學研究所碩士論文，2005 年 7 月。

7. 《明代詞選研究》，陶子珍撰，東吳大學中國文學研究所博士論文，2000 年 6 月。

8. 《清代詞學尊體之論述研究》，顏妙容撰，中山大學中國文學系博士論文，2004 年 11 月。

9. 《清詞綜系列研究》，符櫻撰，武漢大學碩士學位論文，2004 年 5 月。

八、期刊與論文集論文

1. 〈王昶詞學思想及其《明詞綜》探析〉，鄭誼慧撰，《東方人文學誌》，

第 3 卷第 1 期，2004 年 3 月，頁 121～136。

2. 〈王昶詩論探研〉，林秀蓉撰，《輔英學報》，第 14 期，1994 年 12 月，頁 237～244。

3. 〈作品意義的展現與作家意圖的遮蔽——以陳子龍〈點絳唇・春日風雨有感〉爲例〉，王兆鵬、姚蓉撰，《南開學報（哲學社會科學版）》，2004 年第 6 期，頁 1～6。

4. 〈戈載「就詞制韻、因韻改字」的詞學理論與實踐〉，趙修霈撰，《東方人文學誌》，第 2 卷第 1 期，2003 年 3 月，頁 109～131。

5. 〈清代詞選集中的擅改原作現象——以《明詞綜》爲中心的考察〉，葉曄撰，《中國文化研究》，2006 年春之卷，頁 109～116。

6. 〈清代的詞籍出版與詞學中興〉，陳水雲撰，《中國文化月刊》，第 278 期，2004 年 2 月，頁 15～30。

7. 〈論清代詞選的編纂及其意義〉，陳水雲撰，《滄州師範專科學校學報》，第 18 卷第 1 期，2002 年 3 月，頁 15～18。

8. 〈清代的「詞史」意識〉，陳水雲撰，《武漢大學學報（人文科學版）》，第 54 卷第 5 期，2001 年 9 月，頁 614～620。

9. 〈《詞綜》的編選與朱彝尊的醇雅說〉，魏中林撰，《內蒙古社會科學（漢文版）》 2000 年第 2 期（總 120 期），頁 51～55。

10. 〈《明詞綜》研究〉，張仲謀撰，收於《中華文史論叢》（總第 78 輯），上海：上海古籍出版社，2004 年 10 月，頁 262～274。

11. 〈研究詞集之方法〉，任二北撰，《東方雜誌》，第 25 卷第 9 號，1928 年 5 月，頁 49～61。。

12. 〈以臺閣詩風的消長看乾嘉之際詩風轉換〉，劉靖淵撰，《山東師大學報（人文社會科學版）》，2001 年第 3 期（總 176 期），頁 56～61。

13. 〈乾嘉學派與清代詞學〉，陳水雲撰，《文藝研究》，2007 年第 5 期，2007 年 5 月，頁 56～62。

14. 〈清代詞學的詩學化〉，陳水雲撰，《武漢水利電力大學學報（社會科學版）》，第 20 卷第 4 期，2000 年 7 月，頁 57～60。

15. 〈張惠言詞學思想新探〉，朱惠國撰，《石油大學學報（社會科學版）》，第 21 卷第 1 期，2005 年 2 月，頁 89～93。

16. 〈清人七家論詞絕句述評〉，陶然、劉琦撰，《廈門教育學院學報》，第 7 卷第 1 期，2005 年 3 月，頁 15～19。

17. 〈《雲韶集》與陳廷焯初期的詞學思想〉，陳水雲、張清河撰，《湖北大學學報（哲學社會科學版）》，第 29 卷第 6 期，2002 年 11 月，頁 65～68。

18. 〈嘉慶年間詞學思想的新變〉，陳水雲撰，《武漢大學學報（哲學社會科學版）》，1999 年第 2 期（總 241 期），頁 105～110。

19. 〈論清人對明詞的體認和反思〉，譚新紅撰，《文學遺產》，第 6 期，2003 年 11 月，頁 121～129。

20. 〈論清詞在詞史上的地位〉，饒宗頤撰，收於《第一屆詞學國際研討會論文集》，臺北：中國文哲研究所籌備處，1994 年 11 月，頁 315～333。

21. 〈歷代詞選集敍錄〉，舍之撰，收於《詞學》（第五輯），上海：華東師範大學出版社，1986 年 10 月，頁 255～267。

22. 〈選詞標準論〉，龍沐勛撰，《詞學季刊》，第 1 卷第 2 號，1933 年 8 月，頁 1～28。

23. 〈略論詞學尊體史〉，楊萬里撰，《雲夢學刊》，1998 年第 2 期，頁 38～41。

24. 〈20 世紀的明詞研究〉，陳水雲撰，《中州學刊》，第 6 期（總 138 期），2003 年 11 月，頁 99～102。

25. 〈論唐詩異文〉，鄧亞文撰，《咸寧師專學報》，第 22 卷第 5 期，2002 年 10 月，頁 68～70。

九、專科目錄與辭典工具書

1. 《詞學研究書目（1912～1992）》，黃文吉編，臺北：文津出版社，1993 年 4 月。

2. 《詞學論著總目（1901～1992）》，林玫儀等編，臺北：中研院文哲所，1995 年 6 月。

3. 《清詞別集知見書目彙編・見存書目》，吳熊和、嚴迪昌、林玫儀合編，臺北：中國文哲研究所籌備處，1997 年 6 月。

4. 《清人別集總目》，李靈年、楊忠主編，合肥：安徽教育出版社，2000 年 7 月。

5. 《清人詩文集總目提要》，柯愈春著，北京：北京古籍出版社，2002 年 2 月。

6. 《金元明清詞鑑賞辭典》，王步高主編，南京：南京大學出版社，1989 年 4 月。

7. 《元明清詞鑑賞辭典》，錢仲聯等撰，上海：上海辭書出版社，2003 年 3 月。

8. 《全清詞鑑賞辭典》，賀新輝主編，北京：中國婦女出版社，1996 年 12 月。

9. 《中國詞學大辭典》，馬興榮等編，杭州：浙江教育出版社，1996
   年 10 月。

十、網路檢索系統

1. 中國期刊網 http://cnki.csis.com.tw/

2. 網路展書讀 http://cls.admin.yzu.edu.tw/

3. 故宮〔寒泉〕古典文獻全文檢索資料庫
   http://libnt.npm.gov.tw/s25/index.htm

附錄一 《明詞綜》所引詞話與《古今詞話》、《歷代詞話》互見表

　　《明詞綜》所錄詞話計 82 則，所評詞人計 66 家。其中詞話見於《古今詞話》者，計 39 則；見於《歷代詞話》計 11 則，合併《明詞綜》與二書重複者，則計得 44 則，佔所錄詞評大半。凡版本差異處，以注文說明。又《明詞綜》所引《柳塘詞話》、《梅墩詞話》二書，《古今詞話》作「沈雄曰」或「江尚質曰」，則不另注說明。

卷頁	詞家	詞評者及詞話	詞　話　內　容	《詞話叢編》本頁碼
1-2	周憲王	蘭皋集	周憲王遭世隆平，奉藩多暇，留心翰墨，製《誠齋樂府》傳奇若干種，流傳內府，至今中原絃索多用之。李夢陽〈汴中元宵絕句〉云：「山中孺子以新妝。趙女燕姬總擅場。齊唱憲王新樂府，金梁橋外月如霜。」	《歷代詞話》頁 1299。
1-2	劉基	古今詞話	青田〈謁金門〉云：「風嬝嬝。吹綠一庭春草。」〈轉應曲〉云：「秋雨。秋雨。窗外白楊自語。」〈青門引〉云：「相憐自有明月。照人肺腑如水。」〈漁家傲〉云：「亂鴉啼破樓頭鼓。」〈花犯〉云：「餘香怨繡被。」〈踏莎行〉云：「愁如溪水暫時平，雨聲一夜依然滿。」〈渡江雲〉云：「定巢新燕子，睡起雕梁，對立整烏衣。」〈山鬼謠〉云：「離魂常在郊樹，月深星暗蒼梧遠，化作杜鵑歸去。」皆妙麗入神句。	《古今詞話》頁 800。《歷代詞話》頁 1301。

1-2	劉基	王元美	伯溫穠纖有致，去宋尚隔一塵。	
1-6	高啓	古今詞話	青邱樂府大致以疏曠見長，而〈石州慢〉又極纏綿之致。	《古今詞話》頁 1024。
1-6	楊基	樂府紀聞	楊孟載少時見楊廉夫，命賦鐵笛，詩成，廉夫喜曰：「吾意詩境荒矣，今當讓子一頭地。」當時有老楊、小楊之目，眉菴詞饒有新致。	《古今詞話》頁 1024。《歷代詞話》頁 1301。
1-6	楊基	靜志居詩話	孟載詩：「芳草漸於歌館密，落花偏向舞筵多。細柳已黃千萬縷，小桃初白兩三花」、「布穀雨晴宜種藥，葡萄水暖欲生芹。雨頡風頏枝外蜨，柳遮花映樹頭鶯」、「燕子綠蕪三月雨，杏花春水一群鵝。江浦荷花雙鷺雨，驛亭楊柳一蟬風」、「一路詩從愁裡得，二分春向客中過。立近晚風迷蛺蝶，坐臨秋水映芙蓉」、「羅幕有香鶯夢暖，綺窗無月雁生寒。眉暈淺顰橫曉綠，臉消殘纈膩春紅」、「小雨送花青見萼，輕雷催筍碧抽尖。蠶屋柘煙朝焙繭，鵲爐沈火晝爊茶」，試塡入〈浣溪沙〉，皆絕妙好辭也。	
1-10	解縉	古今詞話	古今詞話：成祖於中秋開宴賞月，月爲雲掩，命解縉賦之，縉遂口占〈落梅風〉一調云：「嫦娥面。今夜圓。下雲簾。不著群仙見。拚今宵、倚闌不去眠，看誰過、廣寒宮殿。」成祖覽之，歡甚。又賦長歌，成祖益喜，同縉飲至夜半，月復明朗，浮雲盡散。成祖笑曰：「卿眞奪天手段也。」	《歷代詞話》頁 1302。
1-11	瞿佑	西湖志餘	瞿宗吉風情麗逸，著《翦燈新話》，及樂府歌詞，多偎紅倚翠之語，爲時傳誦。及謫戍保安，當興安失守，邊境蕭條。永樂己亥，降佛曲於塞外，選弟子唱之。時値元宵，作〈望江南〉五首，詞旨淒絕，聞者皆爲泣下。淩彥翀于宗吉爲大父行，彥翀作梅詞〈霜天曉角〉，柳詞〈柳稍青〉各一百首，號「梅柳爭春」，宗吉一日盡和之，彥翀大驚嘆，呼爲「小友」，宗吉以此知名。後彥翀自南荒歸葬西湖，宗吉作詩送之云：	《歷代詞話》分兩則，頁 1303～1304。

			「一去西川隔夜臺。忽看白璧瘞蒼苔。酒朋詩友凋零盡，只有存齋冒雨來。」存齋，宗吉自號也。	
2-4	商輅	古今詞話	商毅庵負鼎鉉重望，而小詞明淨簡鍊，亦復沾沾自喜。今讀其旅情、春暮、秋月、退食諸篇，不墮時趣，自有殊致。其〈一叢花〉詠初春云：「東風有信無人見，露微意、柳際花邊」，尤覺妥帖清圓也。〔註1〕	《古今詞話》頁 1026。《歷代詞話》頁 1307。
2-4	聶大年	堯山堂外紀	《東軒集》有「玉樓人醉東風曉，高卷紅簾看杏花」，真詞筆也。	《古今詞話》頁 1025。
2-7	吳寬	耆舊續聞	吳匏菴詞有「繁花落盡留紅藥，新筍叢生帶綠苔」名句也。時有趙寬字栗夫，為匏菴所取士，詞名《半江集》。匏菴嘗曰：「不遇吳寬，爭得趙寬？」〔註2〕	《古今詞話》頁 1025。
2-9	蔣冕	呂調陽	呂湘皋樂府，若碧水芙渠，不假雕飾，而天巧自在。	
2-13	顧璘	柳塘詞話	東橋詞有承平氣象。	
3-4	楊慎	樂府紀聞	用修所著書百餘種，號為博洽，金華胡應麟嫌其熟于稗史，不嫺於正史，作筆叢以駁之，然楊所輯《百琲真珠》、《詞林萬選》。王弇州亦謂之「詞家功臣」也。因議禮謫戍永昌，暇時紅粉傅面，作雙丫髻插花，令諸妓扶觴遊行，了不為愧。詩有「羅衣香未歇，猶是漢宮恩」句，詞亦華美流利。〔註3〕	《古今詞話》頁 802。《歷代詞話》頁 1309。
3-6	張綖	古今詞話	維揚張世文著《詩餘圖譜》絕不似《嘯餘譜》，辨詞體之舛錯而為之規矩，真填詞家功臣也。其所製〈蝶戀花〉、〈風流子〉數闋，風流蘊藉，〔註4〕更足振起一時。	《古今詞話》頁 1029。《歷代詞話》頁 1316。

〔註1〕《古今詞話》：「曹溶曰：先正弘載諸公，負荷鼎輔重望，即其見於文情詩思，亦不願以庸濫爭長。故其為小詞也，明淨簡鍊，亦復沾沾自喜。」《歷代詞話》：「商毅庵鄉會殿試皆第一，負鼎鉉重望，而小詞明淨簡鍊，亦復沾沾自喜。」《歷代詞話》與《明詞綜》所錄較接近。

〔註2〕《耆舊續聞》為宋人陳鵠所撰，此係誤引。

〔註3〕「詞亦華美流利」作「詞亦富贍」。

〔註4〕「風流蘊藉」作「新舊蘊藉」。

3-8	夏言	湧幢小品	夏言以議禮驟貴。世廟因正月降雪，命言等作〈時玉賦〉，石塘曾銑，夏之內戚，作〈漁家傲〉詞，互相賡唱，遂起河套之議。故黃泰泉有「千金不買陳平計」，蓋譏之也。	《古今詞話》頁 1027。
3-8	夏言	藝苑卮言	我朝以詞名家者，伯溫穠纖有致，去宋尚隔一塵。用修好入六朝麗事，似近而遠。公謹最號雄爽，比之稼軒，覺少精思。	
3-8	夏言	錢氏	公謹喜為長短句，當其得君專政，聲勢烜赫，長篇小令，草稿未削，已流布都下，互相傳唱。歿後未百年，黯然無聞。《花間》、《草堂》之集，無有及桂州氏名者。求如前代，所謂「曲子相公」亦不可得。可一概也。	
3-9	文徵明	太平清話	衡山極熟勝國遺事，能口述其故實。里居，性介潔。太宰喬白岩、司空林見素為延譽於朝，授翰林待詔，即乞歸。往來姚山遁浦。小詞散佈，隸書尤工。	《古今詞話》頁 1027。
3-11	陳鐸	錢氏	大聲以樂府名於世，所為散套，穩協流麗。被之管弦，能審宮節羽，不差毫末。	
4-2	周思兼	王元美	叔夜小詞，咸嫵媚蕭疏，令人自親。	
4-3	王世貞	堯山堂外紀	弇州少好讀書，駱行簡奇之曰：「他日必以文章名世。」汪伯玉云：「詩如孫武、韓信用兵，宮嬪、市人，無不可陣。詞則沾沾自喜，亦出人一頭地。」李子鱗云：「惟某敢與狎主齊盟，而小詞弗逮也。」	《古今詞話》頁 1027。
4-5	王好問	趙符庚	西塘如秋水芙蓉，寒江映月。吳三樂云：「西塘詩餘可伯仲有宋，無愧作者。」	
4-8	高濂	沈詞隱	高深甫詞獨出清裁，不附會於庸俗者。	《古今詞話》頁 1027。
4-9	陳淳	柳塘詞話	王父一泉公過姚山，訪白陽山人。白陽贈以詩云：「重重煙樹鎖招提。野客來尋路不迷。才過石橋塵又	《古今詞話》頁 805。

			隔，落花無數鳥爭啼。」作擘窠書並詠松〈浣溪沙〉以爲壽。王父作〈三臺令〉以答之云：「酒在孤斟不醉，客來共憩無譁。薄業垂楊江岸，一聲橫竹漁家。」今閱喪亂後而得手蹟於大覺寺，僧家幸也。	
4-11	湯顯祖	柳塘詞話	義仍精思異彩，見於傳奇。出其餘緒，以爲填詞。後人詠其回文，必指爲義仍傑作也。	《古今詞話》頁 1029。
4-13	陳繼儒	柳塘詞話	眉公早歲隱於九峰，工書畫，與董宗伯其昌善，爲延譽公卿間。每得眉公片楮，輒作天際眞人想。但傳其居佘山，只吟詠過日，不知宏景當年松風庭院中作何生活。其小詞瀟灑，不作豔語。	
4-14	卓發之	王阮亭	左車詞尚駿逸，頗有宋人風味。至珂月而格調尖新，語意儇側，極詞家之變態矣。	
5-2	范鳳翼	王阮亭	勖卿，白狼耆碩，所著小詞，曠洌似半山，而風味過之。	
5-3	俞彥	花草蒙拾	俞仲茅小詞云：「輪到相思沒處辭，眉間露一絲」，視易安：「才下眉頭，又上心頭」，可謂此兒善盜。	
5-3	俞彥	詞衷	少卿刻意填詞，工於小令，持論極嚴。且以刻燭賡唱爲奇，不無率露語。至其備審源委，不趨佻險，而遵雅淡，獨見典型。	《古今詞話》頁 1029。
5-6	焦源溥	王阮亭	豹人述中丞殉闖難，事甚烈，爲選小詞登之，正如陳了翁、文信國諸公，令讀者愛其寸璣殘璧也。	
5-9	莫是龍	青浦詩傳	雲卿爲方伯如忠子，幼而聰慧，工詩詞，又善書畫。以貢入太學，時稱「翩翩佳公子」。王道思贈以詩云：「風流絕世美何如。一片瑤枝出樹初。畫舫夜吟留客駐，練裙晝臥有人書。」又嘗作〈送春賦〉，皇甫汸稱之曰：「以翔鸞翥鳳之勢，模行雲滯雨之情。」王世貞：「若阿嬌出長門，小玉枕臂掩泣，殊不勝情。惜勿令少年見之。」年三十而歿。	

5-10	吳鼎芳	梅墩詞話	吳凝父有〈春遊曲〉云：「雨餘芳草綠新齊。亭樹無人絲幕低。忽慢好風傳語笑，流鶯飛過杏花西。」則詩亦詞也。	《古今詞話》頁1031。
5-11	馬洪	詞品	馬鶴窗善詠詩，尤工長短句。雖皓首韋布，而含吐珠玉，錦繡胸腸，褒然若貴介王孫也。詞名《花影》，蓋取月下燈前，無中生有，以爲假則眞；謂爲實猶虛之意。徐伯齡云：「鶴窗與陸清溪同出劉菊莊之門，清溪得詩律，鶴窗得詞調，異體齊名，可謂盛矣。」	
5-12	施紹莘	青浦詩傳	子野少負雋才，作別業於泖上，又營精舍于西佘，極煙波花藥之美。時陳眉公居東佘，管弦書畫，兼以名童、妙伎，來往嬉遊。故自號浪仙。亦慕宋張三影所作樂府，著《花影集》行世。	
5-14	董斯張	柳塘詞話	潯上董遐周與周永年、茅維爲詞友。周有《懷響齋詞》，茅有《十賚堂詞》。而遐周詞並不隨人口吻，陳黃門大樽謂其風流調笑，情事如見者也。	《古今詞話》頁1031。
5-16	葉紹袁	梅墩詞話	葉天寥水部詞，偶見其〈浣溪沙〉云：「銀粉畫雲乾蝶夢，繡針拋雨濕鵑愁」、「冶笑博開雙臉白，春愁不上小眉青」。先輩遂有此新豔過人之句。其詞三十三首，名《遷聊集》。	《古今詞話》頁1033。
6-3	茅維	柳塘詞話	盛明以帖括之餘而涉爲詩詞者，十不一工。孝若獨浸淫于古，其詞以宋人爲圭臬，而才情又橫放傑出，故一時豔稱之。	《古今詞話》頁1030。
6-3	卓人月	花草蒙拾	卓珂月自負逸才，《詞統》一書，搜采鑒別，大有廓清之力。乃其自運，去宋人門廡尚遠。	
6-3	卓人月	王言遠	蕊淵于詞家有意出新，獨闢生面，但于宋人蘊藉處，不無快意欲盡之病。	《古今詞話》頁1031。

6-4	湯傳楹	柳塘詞話	湯子卿謀,多才,早夭。著《賓病秋箋》。卿謀死,其友尤悔庵為文哭之,並為刻《湘中草》小詞,特多秀發之句。〔註5〕	《古今詞話》頁1034。
6-4	湯傳楹	陸靈長	卿謀風神俊美,人比之杜宏治、衛叔寶。配丁氏,亦有林下風。每日暮,相與登南樓,燒燈置酒,援毫微詠。且則成之。詩詞皆幽豔。故其散曲云:「秋色冷,曉窗明。淺立銀屏弄玉箏。彩筆題殘無處贈。妝台畫出小眉青。」	
6-5	劉侗	王阮亭	同人《帝京景物》一書,詮志奧軼為善長,《水經注》之繼。填詞是其餘技,亦非纖宕者可比。	
6-6	錢繼章	柳塘詞話	魏里錢爾斐,五十三年填詞手也。曾貽我《菊農長短句》,見其編以歲月感慨繫之,其詞亦整而有法。	《古今詞話》頁1034。
6-8	陳子龍	古今詞話	大樽文高兩漢,詩軼三唐,蒼勁之色,與節義相符。乃《湘真詞》一集,風流婉麗如此。傳稱河南亮節,作字不勝羅綺;廣平鐵石,賦心偏愛梅花。吾於大樽益信。〔註6〕	《古今詞話》頁1032。
6-8	陳子龍	倚聲集	詞至《雲門》、《湘真》諸集,言內意外,已無遺議。柴虎臣所謂「華亭腸斷,宋玉魂銷」,所微短者,長篇不足耳。	
6-8	陳子龍	梅墩詞話	明季詞家,競起妙麗,惟《湘真》一集、《江蘺檻》諸什,如詠黃昏,則云:「青燈冷碧紗煙盡,半晌愁難定。」詠五更則云:「愁時如夢夢時愁,角聲吹到小紅樓。」詠杏花則云:「微寒著處不勝嬌,一番弄雨花梢。」詠春閨則云:「幾度東風春意惱,深深院落芳心小。」皆黃門意到之句。	《古今詞話》頁809。

〔註5〕 《明詞綜》脫引末句「而藻思總不由人者」。

〔註6〕 「大樽文高兩漢,詩軼三唐,蒼勁之色,與節義相符。乃《湘真詞》一集,風流婉麗如此。傳稱河南亮節,作字不勝羅綺;廣平鐵石心,梅賦偏工清豔。吾於大樽益信。」《明詞綜》刪去「梅賦偏工清豔」一句。

6-8	陳子龍	王阮亭	大樽諸詞神韻天然，風味不盡，如瑤臺仙子，獨立卻扇時。而《湘真》一刻，晚年所作，寄意更綿邈悽惻。	
6-13	單恂	柳塘詞話	曾見蓴生〔註7〕與同學論詞，所尚當行者，選旨遙深，含情麗楚。縱復弦中防露，衿裡回文，要不失三百篇與騷賦、古樂府之遺意。故其《竹香庵詞》工於言情，而藻思麗句，復不猶人也。	《古今詞話》頁1033。
6-14	王彥泓	古今詞話	王次回喜作小豔詩，最多而工，《疑雨集》二卷，見者沁人肝脾，俚俗爲之一變，幾于小元白云。詞不多作，而善改昔人詞，殊有加毫頰上之致。	《古今詞話》頁877。《歷代詞話》頁1317。
7-5	夏完淳	柳塘詞話	夏存古《玉樊堂詞》，向得之曹顧庵五集中，見其詞致，慷慨淋漓，不須易水悲歌，一時淒感，聞者不能爲懷。留此數闋，以當《東京夢華錄》也。	《古今詞話》頁1035。
7-8	歸莊	王阮亭	元恭爲太僕文孫，詩歌、行草無不遒麗卓絕，小詞疏快，直逼六一原唱。	
7-9	周永年	柳塘詞話	安期以博洽著名，塚宰白川之孫，固世其家學者。虞山錢氏撰《列朝詩選》，從中補輯，與有力焉。著《詞規》未竟而歿。《懷響齋詞》如「宿雨揩磨新月色，晚風擡舉好花枝」，新豔如是。	《古今詞話》頁1033。
7-11	吳騏	沈去矜	日千詞專工小令，讀之纖不詭，不淺不深，生色真香，在離即之間。	《古今詞話》頁1043。
7-12	沈謙	柳塘詞話	去矜列名於西泠十子，塡詞稱最。大意以〈薄倖〉一篇，語真摯，情幽折以勝人。宋歇浦特以書規之。及貽我《東江別集》有云：「野橋南去不逢人，濛濛一片楊花雪。」此即小山「夢魂慣得無拘束，又踏楊花過謝橋」也。誰謂其僅僅言情者乎？	《古今詞話》頁816。

〔註7〕 「蓴生」，《古今詞話》作「蓴僧」。

8-3	程鬘	柳塘詞話	休寧程墨仙不爲金粉遮障，閨艷鋪張之語，而情至之作，自能沁人心脾。如〈玉樓春〉之密怨、〈蝶戀花〉之憶別，推閨情第一。要不數嚴次山也。	《古今詞話》頁1030。
8-5	張杞	詞統	西蜀南唐而下，獨開北宋之疊，又轉爲南宋之派。《花間》致語，幾於盡矣。黃陂張迁公起而全和之，使人不流於庸濫之句，謂非其大力與？	《古今詞話》頁1029。
8-11	徐士俊	柳塘詞話	野君與余論詩，如康莊九達，車驅馬驟，易爲假步。詞如深巖曲徑，叢條幽花，源幾折而始流，橋獨木而方渡，非具騷情賦骨者，未易染指。其言正爲吾輩長價。	《古今詞話》頁1035。
9-2	賀裳	王阮亭	紅牙詠燕詞：「斜日拖花，微風撲絮。」不獨措語之工，正如柳塘花塢之詩，讀之便覺春光駘宕。	《古今詞話》頁1038。
9-2	賀裳	彭羨門	紅牙一集，其刻畫迷離處，西陵松柏，北里菖蒲，履遺縹絕，宛然在目。	《古今詞話》頁1038。
9-2	賀裳	鄒程村	余過金閶，拓庵爲余言：黃公少時風流倜儻，在青樓桃葉間，大有佳話。〈醉花陰・即事〉入之《北里志》中，猶令讀者想十四樓風味也。	《古今詞話》頁1038。
9-3	王翃	陳臥子	介人詞有俊逸之韻，深刻之思，與升元父子、汴京諸公聯鑣競逐，何得有下駟。	《古今詞話》頁1034。
9-3	王翃	王邁人	余兄介人專習詞集，必備諸調，調復備諸體。《二槐堂稿》遂以千計，迨遭盜，盡沉之江，身亡，無有存者。余兒援聞鹿城何太初有選本，求得之，乃十之二三也。陳大樽序之，余梓之，以俟世之閱者。	
9-4	沈自徵	朱竹垞	沈氏多才，自詞隱生璟訂正《九宮譜》，爲審音者所宗，君庸亦善塡詞，所撰《鞭歌伎》、《灞亭秋》諸雜劇，概當以慷，世有續《錄鬼簿》者，當目爲第一流。	

11-2	黃氏	晚香堂清語	升庵夫人黃氏寄外詩有「日歸日歸愁歲暮，其雨其雨怨朝陽」之句，傳誦人口。又有〈滿庭芳〉、〈巫山一段雲〉諸詞，皆爲雅麗。或比之趙松雪管夫人，然管工畫竹耳，詩詞鄙俚，不及黃遠矣。	《歷代詞話》頁1310。
11-5	張鴻逑	孫蕙媛	每有賡詠，意到即成，不煩推敲，聲出金石。	
11-8	葉小鸞	鈕玉樵	小鸞父仲韶風神雅令，工六朝駢體，同沈宜人宛君偕隱汾湖，與子女刻意詩詞，以自娛樂。小鸞生十歲，能韻語。秋夜，仲韶命以句云：「桂寒清露濕。」即對曰：「楓冷亂紅凋。」是時以爲夭折之徵。及未婚而歿，見有五彩雲捧足而去，知前身爲緱嶺女仙，今當歸月府。適有冥中比丘尼智泖傳天臺教，起無葉堂，以收女士慧業而早亡者。小鸞從之。泖師審戒，信口答應，如研香制就。夫人字鏤雪，吟成幼婦詞，凡十餘聯，皆晚唐名句也。泖師留之堂中，與姊昭齊薰習梵行。所存詩詞，皆似不食人間煙火者。	
12-4	張紅橋	詞約	紅橋雅麗能詩，豪右委禽皆不納。長樂王偁有詩名，亦拒之。及鴻託鄰媼投以絕句云：「桂殿焚香酒半醒，露華如水點銀屏。含情欲訴心中事，羞見牽牛織女星。」紅橋答云：「梨花寂寂鬥嬋娟，銀漢斜臨繡戶前。自愛焚香消永夜，從來無事訴青天。」遂諦婚焉。相與唱和，詩甚夥。後鴻適金陵，作〈大江東去〉一闋留連惜別。又明年，鴻自金陵寄〈摸魚兒〉一闋，絕句四首。張自鴻去後，獨坐小樓顧影欲絕。及見鴻詩詞，感念成疾，不數月而卒，惜其詞傳者絕少。	
12-5	楊炎	詞苑叢談	閩人林景清，過金陵，與院妓楊玉香狎，許終身焉。臨別賦〈鷓鴣天〉一闋云：「八字嬌蛾恨不開。陽臺今作望夫臺。月方好處人相別，潮未	

			平時仆已催。　聽屬付，莫疑猜。蓬壺有路去還來。氄氄一樹垂絲柳，休傍他人門戶栽。」遂與訣別。後五六年，再訪之，則玉香死矣。	
12-7	楊宛	古今詞話	宛叔能詩，善草書，與草衣道人王修微為女兄弟，有〈金人捧露盤〉詠秋海棠云：「記春光，繁華日，萬花叢。正李衰、桃謝匆匆。儂家姊妹，妖枝豔蕊笑東風。薄情曾共春光去，惆悵庭空。　到如今，餘瘦影，空掩映，夕陽中。珠露點、試沐新紅。斷腸何處，含芳斂韻綺窗東。好秋誰占小池畔，休放芙蓉。」	《歷代詞話》頁 1321-132。
12-8	王微	竹窗詞選	王修微初為青樓，後為黃冠，詞集甚富，皆言情之作，多有俳調。	《古今詞話》頁 811。
12-8	王微	施子野	修微色藝雙絕，尤長於詩詞，適從性夙齋聞其名，見〈憶秦娥〉一章，有「多情月，偷雲出照無情別」之句，風流蘊藉，不減李清照。明日，入東佘，見修微於眉公山莊之喜庵，方據案作字，逸韻可掬，相與談笑者久之。日西別去，此情依依，因用其調。他日相見，拈出作一話頭耳。	
12-8	王微	周勤卣	修微本籍華亭，來往竹西，陳仲醇、施子野極賞其才調。而雅致清高，常謁憨山大師于匡廬，題詩石壁上，為白雲捲去。時許給事譽卿為東林名人，負重望，修微依之以老。	
12-13	鎖懋堅	詞品	鎖懋堅，西域人。善吟詠。成化間，遊茗城，朱文理座間索賦其家假山，懋堅賦〈沈醉東風〉一闋云：「風過處，香生院宇。雨收時，翠濕琴書。移來小朵峰，幻出天然趣。倚闌干、盡日披圖。漫說蓬萊本是虛。只此是、神仙洞府。」為一時所稱。	
12-13	沈靜筠	林下詞選	吳江女士沈玉霞，名靜筠，呂元洲室。歿後降乩，作〈鷓鴣天〉一闋云云。	

12-14	玄妙洞天少女	詞統	玄之〈夢遊仙〉詞序云：夏夜倦寢，神遊異境，榜曰「玄妙洞天」。見少女獨立朗然，歌〈謁金門〉云云。歌竟，命侍兒傳語曰：「與君有緣，今時未至，請辭。」遂翻然而醒。	
12-14	鄭婉娥	詞苑叢談	吳江沈韶，洪武初，登琵琶亭，月下聞歌聲。明日復往，見一麗人曰：「妾，偽漢婕妤鄭婉娥，死，葬於亭側。」為沈歌〈念奴嬌〉。曰：「昨夜郎所聞也。」	
12-14	翠微	詞苑叢談	嘉靖初，清河邱生泊舟江陵，有一女子，自稱兩淮運使何公之妾翠微。引生至一亭就枕。臨別賦詞云云。明日視之，乃其墓也。	
12-15	王秋英	詞苑叢談	福清諸生韓夢雲，嘉靖甲子過石湖山，遇一女子，自稱楚人王秋英，從父德育宦閩，遇寇石湖山，投崖而死。	
附於詞篇之下，二例				
7-12	計南陽	王阮亭	〈花非花〉詞下注；王阮亭云：「可作古樂府讀。」	
7-5	夏完淳	王阮亭	〈卜算子〉詞下注：王阮亭云：「寓意即工，自是再來人。」	

附錄二 《國朝詞綜》所引詞話與《詞苑萃編》互見表

　　王昶所輯《國朝詞綜》所錄詞評品評 114 家，139 則。其中與馮金伯《詞苑萃編》重複處計有 81 家，77 則。以下輯錄《國朝詞綜》詞評，凡與《詞苑萃編》互見者，以《詞話叢編》本頁碼標明於後，以資參照，若無以「※」顯示。其中，二書所載詞話文字版本差異者，加註說明。至於詞人名異名詳略之別，如尤侗，《詞苑萃編》作「尤悔庵」，《國朝詞綜》作「尤展成」；又如毛際可，《詞苑萃編》作「毛會侯」、《國朝詞綜》略去姓氏作「會侯」之類，不另註說明。

卷次	詞家	詞評者及詞話	詞　話　內　容	頁次
1-2	李元鼎	鄧孝威	文江詞清真澹雅，無富縟之累；又得遠山夫人伉儷唱酬，調琴鼓瑟，亦詞林佳話也。	※
1-2	吳偉業	四庫全書提要	吳偉業詩餘二卷，韻協宮商，感均頑豔，允足接迹屯田，嗣音淮海。王士禎詩稱「白髮填詞吳祭酒」，亦非虛美。	p1927
1-2	吳偉業	尤展成	先生以詩名海內，其所譜〈通天臺〉及〈臨春閣〉、〈秣陵春〉諸曲尤膾炙人口，詞在季孟之間，雖不多作，要皆不乖風雅之致。	※
1-2	吳偉業	王阮亭	婁東祭酒長短句能驅使南北史，為是體中獨創，且流麗穩貼，不徒直逼幼安。	p1927

1-5	龔鼎孳	尤展成	先生詞如花間美人，自覺斌媚，當與宋子京「花杏枝頭」，晏同叔「桃花扇底」並豔千古。	※
1-5	龔鼎孳	王阮亭	龔尚書〈驀山溪〉詞：「重來門巷，盡日飛紅雨。」不知其何以佳，但覺神馳心醉。	p1928
1-6	曹溶	朱竹垞	余壯日從秋岳先生南遊嶺表，西北至雲中。酒闌燈炧，往往以小令、慢詞更迭唱和，有井水處輒爲銀箏檀板所歌。念倚聲雖小道，當其爲之，必崇爾雅、斥淫哇，極其能事，則亦足以宣昭六義，鼓吹母音。往者明三百祀，詞學失傳，先生搜輯遺集，余曾表而出之。數十年來，浙西填詞者，家白石而戶玉田，春容大雅，風氣之變，實由於此。	p1928
1-9	梁清標	陸藎思	棠村詞極穠豔，而無綺羅薌澤之態，所謂生香眞色，人難學也。	p1928
1-12	宋琬	董蒼水	玉叔慢詞多商羽之音，如秋颸拂林，哀泉動壑。小令則如新箏乍調，雛鶯初囀，尖俏新豔。	p1928
1-15	何采	湯潛庵	省齋小詞數闋，蕭涼高逸，能與稼軒、放翁馳騁上下。	※
1-18	王士祿	四庫全書提要	王士祿《炊聞詞》一百七十三首。其中如〈漁歌子〉之「逐鷺徵鳬下遠洲」，〈生查子〉之「階㟒好月癡」，〈點絳脣〉之「雨颭空庭」，〈卜算子〉之「暗燭影疑冰」，皆未免失之瑂琢，爲過於求奇之病，非詞家本色也。	※
1-19	曹爾堪	尤展成	近日詞家愛寫閨襜，易流狎昵，蹈揚湖海，易涉叫囂，二者交病。顧庵工於寓意，發爲雅音，品格當在周、秦、姜、史之間。	p1929
1-20	張淵懿	周冰持	月聽詞，鑱去尖刻，以溫潤爲體，深得樂府之遺。	p1930
2-1	王士禛	彭羨門	衍波詞體備唐、宋，美非一族。江上之「風高雁斷」，蜀岡之「亂柳啼鴉」，贈雁之「水碧沙明，參橫月落，遠向瀟湘去」，直合東坡、稼軒、白石、梅溪爲一手。	p1930
2-1	王士禛	鄒程村	衍波詞小令極哀豔之深情，窮倩盼之逸趣。其〈醉花陰〉、〈浣溪沙〉諸闋，不減南唐二主也。	p1930

2-5	張錫懌	孫愷似	嘯谷詞其源出于東坡，而溫雅綿麗，含蓄不露，則斟酌于小山、淮海之間。	※
2-5	丁彭	宗定九	扶荔詞如〈瑣窗寒‧詠東風〉：「入柳非煙，弄花無影」，〈柳初新‧咏柳〉：「及早和他同倚，怕消魂、夕陽飛絮。」淒楚回環，情味無盡，以視《花間》、《草堂》諸詞，不啻奴盧橘而婢黃柑，輿蒲萄而隸荅遝。	※
2-10	孫暘	朱竹垞	蔗庵詞心情澹雅，寄託遙深，能盡洗草堂陋習。與柘西交最深，近復同住雙柏樹下，坐臥研論，宜其詞之工也。	p1934
2-10	孫暘	顧梁汾	折柳諸作，極清婉妍秀之致，較浣紅居詞，體格又一變矣。	p1934
2-12	李天馥	曹秋岳	楊用修評陸務觀詞「纖豔如淮海，沉雄似東坡。」余謂容齋能兼擅所長。	※
2-13	毛際可	沈昭子	會侯博洽研貫，其所爲詞俱審音協律，不愧大晟樂府之遺。	p1934
3-1	曹貞吉	朱竹垞	詞至南宋始工，斯言出，未有不大怪者。惟寔庵舍人意與余合。今就詠物諸詞觀之，心摹手追，乃在中仙、叔夏、公謹，兼出入天遊、仁近之間。北宋自方回、美成外，慢詞有此幽細綿麗否。	p1935
3-1	曹貞吉	王阮亭	曹實庵不爲閨襜靡曼之音，而氣韻自勝，其淡處絕似宋人。	p1935
3-5	董俞	彭羨門	蒼水情詞兼勝，小令尤工。	p1935
3-4	董元愷	尤展成	舜民以名孝廉，忽遭詿誤，侘傺不自得，故激昂哀感，悉寓于詞。	※
3-9	余懷	吳梅村	澹心詞大要於放翁，而荼豔清俊，又得之梅溪、竹山。	※
3-10	呂師濂	王阮亭	呂子故明太傅文安公曾孫，游于滇，爲上客，善書亦不依古法，古文滔莽雄渾，塡詞峭雅而旨豔。	※
3-10	陸墌	彭羨門	曠庵年來蹇落不偶，所作長短調及和漱玉詞，若有寄託而云，然者其詞妍雅綿麗，頗與北宋名家風格相似。	※
3-11	華袞	王阮亭	龍眉廣陵詩人，其詞清婉，彷彿竹屋蘆川。	※
3-14	王晫	施愚山	詞貴清空，不尚質寔。丹麓詞在清空質實之間。	p1935
4-1	吳綺	四庫全書提要	吳綺詩餘頗擅名，有「紅豆詞人」之號，以所作有「把酒囑東風，種出雙紅豆」句也。跌宕風流，亦可謂一時才士矣。	p1936

4-1	吳綺	朱竹垞	薗次之詞，選詞寓聲，各有旨趣。其和平雅麗處，絕似陳西麓。	p1936
4-4	丁煒	朱竹垞	雁水構蹙園於官廨，與往來賓客倚聲酬和，所成紫雲詞，流播南北，蓋兼宋、元人之長。	p1936
4-7	宋思玉	王阮亭	楚鴻詞警語層出，去宋人未遠。	※
4-7	華胥	魏叔子	義逸工畫，嘗見所見繪人物，間麗婉雅，宜其于詩餘學而輒工也。	※
4-9	佟世南	曹秋岳	東白詞纏綿婉約，當與柳屯田、秦淮海爭長。	p1936
4-13	鄒宏志	尤展成	具區，今之孝子也。殺賊守城，馳名天下。且又工於小詞，字字香豔。	p1936
5-1	顧貞觀	杜紫綸	彈指詞，極情之至，出入南北兩宋，而奄有眾長。	p1936
5-5	錢芳標	彭羨門	葆酚居清切之地，雍容都雅，名滿海內，乃詞名湘瑟，若以仲文自況，夫曲終江上，句非不工，然寥寥十韻，何至乞靈神助，以視是編之驚才絕豔，大歷才人殆不免有媿色矣。	※
6-1	性德	顧梁汾	容若詞一種淒惋處，令人不能卒讀。人言愁，我始欲愁。	p1937
6-1	性德	陳其年	飲水詞哀感頑豔，得南唐二主之遺。	p1937
6-14	楊大鶴	王阮亭	九皋為陶雲難弟，年未及終童，而才情綺逸。偶作小詞，亦不減晏小山「落花人獨立，微雨燕雙飛」之句也。	※
7-1	彭孫遹	嚴秋水	羨門驚才絕豔，長調數十闋，固堪獨步江左。至其小詞，啼香怨粉，怯月淒花，不減南唐風格。	p1938
7-5	王頊齡	丁藥園	螺舟詞能于無景中著景，此意近人所未解。	※
7-7	陸葇	蔣京少	義山詞體致修潔，體物諸作尤極工細。	※
7-8	尤侗	曹顧庵	悔庵詞流麗圓轉，如細管臨風，新鶯啼樹。至其感慨詼諧，流傳酒樓郵壁，又天然工妙，直兼蘇、辛、秦、柳諸家所長。	p1939
7-13	毛奇齡	姜汝長	河右詞其旨精深，其體溫麗。「戶網粘蟲，枕聲停釧。吹簫苦唇朱之落，夢歡愁臂紅之銷。腰慵結帶，時作縈回。鏡喜看花，暗相轉側。」此真靡曼之瑋辭，夫豈纖庸之佚調。	p1939

7-14	徐釚	宋牧仲	菊莊〈憶秦娥〉、〈菩薩蠻〉諸闋，猶有南唐遺韻。	p1940
7-14	徐釚	梁雲麓	菊莊高處在穠艷中時見本色。	※
7-14	徐釚	葉景鴻	吳孝廉兆騫因丁酉科場事戍寧古塔，將菊莊與彈指、側帽三種，帶至會寧，有東國都護府記官仇元吉、前觀察判官徐良崎見之，用金一餅購去，仍各題一絕句於左，仇元吉〈題菊莊詞〉云：「中朝記得菊莊詞，讀罷煙霞照海湄。北宋風流何處是，一聲纖笛起相思。」故王阮亭先生有「新傳春雪詠，蠻徼織弓衣」之句，今載漁洋山人續集中。	※
8-1	朱彝尊	李分虎	竹垞詞雖多艷語，然皆一歸雅正，不若屯田樂章，徒以香澤爲工者，詞而艷能如竹垞，斯可矣。	※
8-1	朱彝尊	沈融谷	竹垞博搜唐宋金元集以輯《詞綜》，一洗草堂之陋。其詞句琢字鍊，歸於醇雅，雖起白石、梅溪諸家爲之無以過也。	p1941
8-1	朱彝尊	杜紫綸	竹垞詞神明乎姜、史，刻削雋永。本朝作者雖多，莫有過焉者。	p1942
9-1	陳維崧	曹秋岳	其年與錫鬯並負軼世才，同舉博學鴻詞，交又最深，其爲詞亦工力悉敵。烏絲載酒，一時未易軒輊也。	p1942
9-9	嚴繩孫	張漁川	國初詞家，小長蘆而外，斷推秋水小詞精妙，一時作者未易幾也。樊榭論詞絕句曰：「閑情何礙寫雲藍。淡處翻濃我未諳。獨有藕漁工小令，不教賀老占江南。」斯言當矣。	p1945
9-12	孫枝蔚	尤展成	豹人詞以飛揚跋扈之氣，寫嶔崎歷落之思，其品格當在稼軒、東坡之間。	※
10-1	李良年	曹升六	秋錦論詞，必盡掃蹊徑，獨露本色。嘗謂南宋詞人如夢窗之密，玉田之疏，必兼之乃工。今讀是集，洵非虛語。	p1945
10-10	李符	朱竹垞	分虎遊屐所向，南朔萬里，詞帙繁富，殆善學北宋者。頃復示余近稿，益精研于南宋諸名家，詞乃愈變而愈上矣。〔註1〕	p1945

〔註1〕《詞苑萃編》作「二十年來，詩人多寓聲爲詞。逮鄧客大同，與曹使君秋嶽相倡和，其後所作日多，謬爲四方推許。使君既歸倦圃，李子分虎時時過從，相與論詞。其後分虎遊屐所向，南朔萬里，詞帙之富，不減予曩日，殆善學北宋者。頃復示余近稿，益精研於南

10-10	李符	高二鮑	耒邊詞,能掃盡臼科,獨露本色,在宋人中絕似竹山。	p1945
11-1	汪森	朱竹垞	晉賢居桐鄉,築裘杼樓,積書萬卷其上,而哲昆周士,治別業鷗波亭北,令弟季青僑居雉城,往來酬唱,不出戶庭;名流秀望,企其風尚。家藏宋元詞集最多,取而研究之,故其詞能標舉新異,一洗花間、草堂陋習。	※
11-10	徐喈鳳	徐野君	竹逸歸來將母優游願息齋中,所作詩餘,蕭寥工雅,兼備風騷,如聆清琴,不覺意消心遠。	※
12-4	魏允札	柯南陔	東齋始學稼軒,縱橫排奡,不可捉搦,既而焚香靜寄,灑然有得,鏟除豪氣,一歸清雅。	※
12-6	孫鉉	盧交子	思九詞其精麗圓妥處,不減梅溪、片玉。	※
12-6	余光耿	四庫全書提要	余光耿父戀衡,於明末遭黨禍。光耿少而孤苦,中多感慨,往往託塡詞以自遣。〈滿江紅〉諸作,思親憶弟,寄託頗深。其以蓼花名者,殆亦取多難集蓼之意歟。	p1943
12-7	陸次雲	四庫全書提要	次雲《北墅緒言》有〈屬友人改正詩餘姓氏書〉,蓋因《西冷詞選》借名刻其詞三首,故力辨之。高士奇稱其自處甚高。今觀所作,乃往往多似元曲,不能如書中所稱周、秦、蘇、辛體也。	※
12-10	趙維烈	丁藥園	承哉爲半眉進士猶子,其詞鍊格,流麗處妙極自然。	※
12-10	沈豐垣	吳吳山	蘭思詞如「獨憐春草不成花,看盡晚雲都做水。怪底窺人鶯不語,綠楊枝上微微雨」,妙語天然,直臻神境。	p1944
13-1	沈皞日	龔蘅圃	融谷詞況之古人,殆類王中仙、張叔夏。雖其博綜樂府,兼括眾長,固不盡出於二家。然體格各有所近,不位置融谷于二家之間不可也。〔註2〕	p1945

宋諸名家,而分虎之詞愈變而愈工。」

〔註2〕《詞苑萃編》作「吾友沈子融谷,精於詞久矣。況之古人,殆類王中仙、張叔夏。叔夏嘗謂『中仙詞極嫻雅,有白石意趣。』仇山村亦云:『叔夏詞律呂協洽,當與白石老仙相鼓吹。』是二家之詞,非深於情者,未必能好。即好之而不善學,亦未必能似。今融谷情之

13-10	吳儀一	厲樊榭	吳山鬓年遊太學，名滿都下，尤工於詞。王新城晚年有寄懷西泠三詩曰：「稗邨樂府紫山詩，更有吳山絕妙詞。此是西泠三子者，老夫無日不相思。」其爲前輩推重如此。	p1944
13-11	陳謀道	嘉善縣志	心微工小令，得南宋風致。王尙書士禛選入倚聲集，稱其「數枝紅杏斜陽」句，勝於宋子京。人稱爲「紅杏秀才」。	p1944
14-1	沈岸登	朱竹垞	詞莫善於姜夔。梅溪、玉田、碧山諸家，皆具夔之一體。自後得其門者寡矣。吾友覃九詞，可謂學姜氏而得其神明者。	P1946
14-11	曹亮武	四庫全書提要	亮武以倚聲擅名，與陳維崧爲中表兄弟，當時名幾相埒。其纏綿婉約之處，亦不減於維崧，而才氣稍遜，故縱橫跌宕，究不能與之匹敵也。	※
14-11	徐允哲	周鷹垂	西厓爲春藻赤幟，響泉詞尤極溫藻芊綿之致。	p1946
14-	蔣景祁	朱竹垞	蔣京少梧月詞，穠而不靡，直而不倨，婉曲而不晦，庶幾可嗣古人之遺響。	p1946
15-1	龔翔麟	李分虎	竹垞客通潞時，蘅圃與之朝夕，故爲倚聲最早，無纖毫俗尙入其筆端。	p1946
16-1	孫致彌	樓敬思	松坪先生別花餘事，絕似東山、東堂、小山、淮海。梅沜詞，則旁及於青兕，而變化於樂笑。其清空騷雅，駸駸乎入宋人之室矣。	p1946
16-6	焦袁熹	李健林	直寄詞高麗精巧，音節間超然入勝，昔人稱梅溪融情景於一家，會句意於兩得，作者亦然。	※
16-9	魏坤	朱竹垞	魏孝廉水村琴趣，力追南渡作者。	※
18-7	徐瑤	狄立人	天璧才擅眾長，詞不一格，或瑰瑋如夢窗，或清勁如白石，或綺麗婉約如美成、少游。	※
19-1	許田〔註3〕	劉廷璣	詞家三昧，全以不著迹象爲佳。余最愛莘野黃君田〈解語花〉結句：「漾花梢一朵行雲，化水痕難覓。」其妙處在離即之間。	p1947

所至，發爲聲音，莫不纏綿諧婉，誦之可以忘倦。雖其博綜樂府，兼括眾長，固不盡出於二家。然體格各有所近，不位置融谷於二家之間不可也。」

〔註3〕按：「許」應作「黃」，乃《國朝詞綜》誤刻。

20-1	杜詔	顧梁汾	浣花風流蘊藉，詞如其人，麗而則，清而峭，晏、周之流亞也。	p1948
20-1	杜詔	宋牧仲	紫綸詞，脫去凡豔，品格在草窗、玉田之間。	p1948
20-5	程夢星	四庫全書提要	今有堂詩略近劍南一派，而間出入於玉溪生。詞亦具南宋之體，但格力差減耳。	※
20-5	程夢星	江泠紅	香溪瓣香姜、史，故其詞極纏綿婉約之致。	※
20-12	查爲仁	吳寶崖	蓮坡才思超俊，履險能夷，時時招余坐花影庵，風簾雪檻，刻燭賦詩外，尤好倚聲，抽妍騁秘，宮協律諧，能盡洗草堂、花間之餘習。而出之以雅正，押簾一卷，允當把臂玉田，拍肩白石。	※
20-15	徐逢吉	屬樊榭	徐丈紫山黃雪山房，在學士港口湖山幽勝處也。其詞清微婉妙，絕似宋人。	p1947
21-1	屬鶚	徐紫珊〔註4〕	樊榭詞生香異色，無半點煙火氣，如入空山，如聞流泉，眞沐浴於白石、梅溪而出之者。〔註5〕	p1949
21-1	屬鶚	陳玉几	樊榭詞清眞雅正，超然神解，如金石之有聲，而玉之聲清越；如草木之有花，而蘭之味芬芳。〔註6〕	p1950
21-1	屬鶚	趙意田	琴雅一編節奏精微，輒多絃外之響，是謂以無累之神合有道之器者。	※
22-2	柯煜	吳日千	南陔詞有唐人之豔冶，而充拓其門垣；有南宋之縝密，而翦裁其繁賾。	※

〔註4〕 《詞苑萃編》作「徐紫山」。
〔註5〕 《詞苑萃編》作「去臘於友人華秋岳所讀樊榭〈高陽臺〉一闋，生香異色，無半點煙火氣，心嚮往之。新年過訪，披襟暢談，語語沁入心脾，遂相訂爲倡和之作。頃寓秦淮，樊榭書至，知前後題俱削稿，復合以平時所作，付之梓人。回環讀之，如入空山，如聞流泉，眞沐浴於白石、梅溪而出之者。噫，舍紫山而外，知此者亦鮮矣。」
〔註6〕 《詞苑萃編》作「詞於詩同源而殊體，風騷五七字之外，另有此境。而精微詣極，惟南渡德祐、景炎間，斯爲特絕。吾杭若姜白石、張玉田、周草窗、史梅溪、仇山村諸君所作，皆是也。吾友樊榭先生起而遙應之，詞清眞雅正，超然神解，如金石之有聲，而玉之聲清越；如草木之有花，而蘭之味芬芳。登培塿以攬崇山，涉潢汙以觀大澤。致使白石諸君，如透水月華，波搖不散。吳越間多詞宗，吾以爲叔田之後，無飮酒矣。」

22-6	徐漢倬	杜紫綸	吾鄉詞友倚平以外，惟子山、碧滄、予思、子長三四人而已，最後得徐子鳴皋詞筆秀絕，乃不幸早世舊稿零落，可惜也。	※
22-9	吳雯炯	厲樊榭	笙山生世寡諧，含情有託，香草詞卷，小令尤工，「莫道風敲竹，是儂來」，非手提金縷之冶思乎？「孤月也應無可遣，各分愁一段」，非踏楊花之鬼語乎？南唐、北宋殆兼其勝。	※
22-9	吳雯炯	陳玉几	笙山香草一編，薰心染臆於姜、張、吳、史之間，故稼而不迷，豔而能清。	p1947
23-1	陸培	厲樊榭	南香詞，清麗閑婉，使人意消。續稿二卷，乃燕山後遊及客梁園之作，年長多愁，聲情變而愈上矣。	p1947
23-1	陸培	張今培	白蕉詞宮鳴徵和，纖妙嬛奇，直兼宋元諸家所長。	※
23-9	張奕樞	厲樊榭	檇李為詞人之藪，自竹垞導其源，而沈李諸家一時稱盛。二十年來久無繼聲者，張君今培起而振之，其詞綺麗芊綿，淡沲平遠，端可分鑣秋錦、接武南淳。	※
23-12	查學	厲樊榭	東海查君七倫，半緣詞以澹雅為宗，可謂善學南渡者。	※
24-1	王時翔	王小山〈小山自跋〉	詞至南宋始稱極盛，誠屬創見，然篤而論之，細麗密切無如南宋，而格高韻遠，以少勝多，北宋諸公往往高拔南宋之上。余年十五，愛歐文忠、晏小山、秦淮海之作，摹其豔製，得二百餘首。年來與里中毛博士鶴汀、顧孝廉玉停舉詞社，二君皆仿南宋，余亦強效之，弗能工也。	※
25-1	毛健	王小山	鶴汀杜門家居，購唐宋以來諸名家樂府，徧覽而精收之薈萃，醞釀久而後發，故所著彌工，挹其神致，大都在蘋州、花外、玉田之間。	※
25-13	王嵩	王小山	南宋詞人號極盛，然以夢窗之奇麗，而不免于晦，以周草窗之澹逸，而或近于平。穎山詞能兼二窗之美而無見病。	※
26-1	王策	王小山	吾家漢舒香雪詞，逸塵而奔，幾欲駕兩宋諸名家而出其上，吾婁建治三百年，始得一香雪之久而弗能至者，如余是也。	※

27-1	吳焯	厲樊榭	繡谷作詞在中年以後，寓託既深，攬擷亦富，紆徐幽邃，懷悅綿麗，使人有清真再生之想。其掐譜尋聲，兢兢於去上二字之分，尤不失刌度。〔註7〕	p1951
27-6	金肇鑾	杭堇浦	存齋為厲樊榭先生高弟，其詞幽秀澹逸，頗似秋林、琴雅之遺。	※
27-9	馬日琯	陳授衣	嶰谷性好交游，四方名士過邗上者，必造廬相訪。近結邗江吟社，以倚聲與賓朋酬倡，與昔時圭塘玉山相埒。其詞清新刻削，能自名一家。	p1951
27-13	陳榮杰	柯南陔	無波詞能掃除靡曼之音，特標清新之意。	※
27-13	陳榮杰	黃痗堂	陳榮杰無波詞，風流自賞，不輕出以示世，獨以余為知音。其一種清虛婉約之致，全以情勝。	p1952
28-7	陸天錫	張銘信	吾鄉工詞輩有名家，今且萃于陸氏南香大令、漁鄉秘書其至也。踵起者為其小阮青棠，其詞體具葩騷，旨趨麗則，旖旎豪宕處無不與古作者意旨脗合。	※
28-15	朱研	張少華	紫岑宅在閶門外桐溪浜，前疏雨樓，俟秋潭居之。後有萍花水閣，則為其子桂泉、俟時霖讀書地。紫岑長身玉立，工篆書。一家子侄，以倚聲唱和與吳竹嶼、趙璞庵及從弟朱吉人等，詩酒流傳，吳中以為佳話。	p1952
29-1	江炳炎	陳玉几	琢春詞豔豔如月，亭亭若雲，蕭然遇之，清風入林。程物賦形，而無遺聲焉。至於審音之妙，鑰合尺圍，靡間絲髮，昔人所稱神解者非邪。	p1952
29-10	江昱	刁去暇	江賓谷雅好南宋人詞，尤愛其中一二家最平淡者。平日論詞，及所自為，並能追其所見。	p1952
29-10	江昱	趙飲谷	賓谷《梅邊琴泛》一卷追清石帚，繼響玉田，昔《南史》稱柳公雙鎖為琴品第一，若梅邊琴泛者，其亦第一詞品乎！	p1953

〔註7〕 《詞苑萃編》作「吳繡谷焯，其詞寓託既深，攬擷亦富，紆徐幽邃，懷悅綿麗，使人有清真再生之想。其掐譜尋聲，兢兢於去上二字之分，尤不失刌度。」

30-1	張四科	厲樊榭	漁川詞刪削靡曼，歸於騷雅。其研詞煉意，以樂笑翁爲法。讀《響山》一編，覺白雲未遠也。	p1953
31-1	江昉	沈沃田	橙里少嗜倚聲，饒有清致，劌鉥肝腎，磨濯心志，蓋幾幾乎追南渡之作者而與之並。雖自汰甚嚴，所存不啻半鉢一粟，而其苦心孤詣，善學古人，審音者固望而可知也。練溪在歙之北鄉，江氏世居於此，故以名其詞云。	p1953
31-1	江昉	淮海英靈集	橙里意境清遠，慕姜白石、張叔夏之風，其詞清空蘊藉，無繁麗呢藝之情，除激昂囂號之習，可謂卓然名家。	p1953
32-1	史承謙	儲長源	位存以熏香摘豔之才，爲滴粉搓酥之用，優遊漸漬，久而益專。其于南渡諸家，不屑句摩篇仿，而一種幽情逸韻流於筆墨之外，蓋能自出杼軸而又得體裁之正者。	p1954
32-1	史承謙	史術存	位存兄精于倚聲之學，自南唐、兩宋迄昭代諸名家，靡不搜采研誦，吸其精英，而淘洗出之，高者直軋白石、梅溪，次不失爲竹垞、華峯諸前輩語，梁溪、杜丈、雲川推爲近代第一作手，非虛譽也。	※
32-9	任曾貽	儲長源	淡岑詞刪削靡曼，獨抒性靈，於宋人不沾襲其面貌，而能吸其神髓。一語之工，令人尋味無窮。	p1954
33-1	張雲錦	厲樊榭	龍威有和予續《樂府補題》五闋，其〈天香·賦薛鏡〉云：「粉潔休磨，塵輕不染，識取夜來名字。」深有感于余懷也。題二絕句其後云：「蹤跡江湖燕尾船，一回相見一流連。新詞合付兜孃唱，可惜紅牙久寂然。」「樂笑翁今不可回，補題五闋屬清才。薛家鏡子塵昏後，悽絕何人喚夜來。」	※
33-5	朱雲翔	許名崙	蝶夢詞融情煉景，刻羽引商，溯權輿於李唐，備體裁於趙宋，擬之竹垞，可與代興。	p1954
33-10	陸烜	陳太暉	夢影詞以白石之清勁，兼玉田之深婉，生香眞色在離即之間。	※
34-1	朱芳靄	高槎客	桐鄉朱子春橋，竹垞太史族孫，碧巢農部之外孫也。其詞句琢事煉，調合律諧，具有小長蘆家法。	p1954

37-1	過春山	吳竹嶼	湘雲倘佯山水，嘯詠風月，所作詩詞如雪藕冰桃，沁人醉夢。	p1955
37-18	江聲	惠松崖	鯨濤少與過蒪中、吳企晉以詞倡和，逮專心經術，輒不復爲，而所存秀句名篇，並堪諷詠。	※
38-1	汪棣	黃瘄堂	對琴詞如入武夷啖荔枝，鮮美獨絕。又如饌設江瑤柱，與羣殽錯迴別。	p1955
38-1	汪棣	陳玉几	對琴以餘事爲長短句，清音亮節，具體樂笑翁，而生峭之致，奧折之趣，別自煎洗于夢窗、白石。	※
38-1	汪棣	張漁川	對琴每於酒邊花下閒作倚聲，如聞空山琴語，松下幽泉，使人不復作塵想。	p1955
38-7	吳泰來	蔣西原	企晉水月方清，雲嵐比潤，偶作詩餘，亦是蘇門長嘯。	p1955
39-1	趙文哲	吳竹嶼	趙璞函詞，瓣香於碧山、蛻巖，故輕圓俊美，調協律諧。以近詞家論之，尤堪接武竹垞，分鑣樊榭。	p1955
39-15	朱澤生	吳竹嶼	芝田天才幽雋，於詞不學而能，其西湖送春感舊，及梨花翦秋羅諸闋，品格在碧山、玉田間。	※
39-19	朱葆恭	曹來殷	桂泉風神韶令，杜宏治、劉眞長之比，塡詞幽倩，與兄時霖稱「二難」，合蔣升枚稱「三俊」。	※
40-4	張熙純	朱吉人	張少華襟情爽颯，而塡詞又極纏綿，故以韻勝也。外有《香奩》一卷，惜爲人假手，不能傳播藝林。〔註8〕	p1955
42-1	林蕃鍾	沈桐威	蠡槎有精選南宋四家詞，以石帚、玉田爲宗，而旁及于草窗、梅溪，故鍊句研詞，自能超越凡近。	※
42-7	沈起鳳	褚筠心	銅威以度曲知名吳中，麴部求得新聲，奉爲珙璧，而詞亦清新，不墮王實甫、關漢卿蹊徑。	※
43-1	魏之琇	江玉屏	柳州詞筆平正，不失爲雅音，宋人中絕似陳西麓。	※
46-8	西冷酒民	龔南陔	酣酣子長短句一片傷心，寄情言外，泥者昧者，俱未易言。	※

〔註8〕《詞苑萃編》無「外」字。

46-11	雲門僧	柳塘詞話	選本多以衲子、女郎爲殿後，然女郎易見，衲子罕聞。康熙初，雲門一大僧枉過柳塘，留〈巫山一段雲〉詞，則眞韶秀絕倫之語。他如雲漢、澹歸各有專刻，月函亦有禪樂府，皆石門文字一流人也。〔註9〕	p1956
46-12	西湖老僧	查恂叔詞話	茂州陳時若大牧最喜歌此調云：武林一老僧所塡〈點絳唇〉也，忘其名，余聞之，輒錄出，往復咏嘆，音調超絕。噫，此亦紅薑老人儔匹也。〔註10〕	p1956
47-1	徐燦	林下詞選	湘蘋夫人善屬文，兼精書畫，詩餘得北宋風格，絕去纖佻之習。	p1956
48-2	葉宏緗	王素巖	石林居士世仰高風，莢竹名儒代傳情德，書城葉太君頌椒語菊，抹月批風，開寄意于塡詞，積等身之傑作，吹簫嬴館，即試新聲，挾瑟楊家，偏摹舊譜，近宗兩宋，可登秦、柳之堂；上溯三唐，幾奪白、溫之席。	※

〔註9〕《詞苑萃編》作「康熙初，雲門一大僧枉過柳塘，留〈巫山一段雲〉詞，則眞韻秀絕倫之語。他如雲漢、月函亦有禪樂府，皆石門文字一流人也。」

〔註10〕《詞苑萃編》作「武林一老僧所塡〈點絳唇〉詞云：『來往煙波，此生自號西湖長。輕風小槳。蕩出蘆花港。得意高歌，夜靜聽偏朗。無人賞。自家拍掌。唱徹千山響。』音調超絕。噫，此亦紅薑老人儔匹也。」

附錄三 《明詞綜》與前代詞選重收作品一覽表

　　本表除舉王昶《明詞綜》卷十所引《草堂詩餘新集》、《東白堂詞選初集》、《蘭皋明詞彙選》、《御選歷代詩餘》、《古今詩餘醉》五部詞選，以及詞話資料所引錄自《古今詞統》、《倚聲初集》二部詞選外，另增《類編箋釋國朝詩餘》、《古今詞匯二編》、《瑤華集》、《林下詞選》等詞選供參考，以下僅錄各詞選與《明詞綜》重覆一闋以上，就重複數量多寡，按卷頁編排如下：

卷-頁	詞家	詞牌	首　句	類編箋釋國朝詩餘	草堂詩餘新集	古今詞統	古今詩餘醉	古今詞匯二編	蘭皋明詞彙選	御選歷代詩餘	東白堂詞選初集	倚聲初集	瑤華集	林下詞選	總計
6-3	葛一龍	憶王孫	春風吹後滿天涯		○	○	○	○	○	○	○	○			8
1-2	劉基	如夢令	一抹斜陽沙觜	○	○	○		○	○	○	○				7
1-3	劉基	浣溪沙	細草垂楊村巷幽	○	○	○		○	○	○	○				7

編號	作者	詞牌	首句											次數
1-3	劉基	眼兒媚	煙草萋萋小樓西	○	○	○	○	○	○		○			7
1-4	劉基	千秋歲	淡煙平楚	○	○	○	○	○	○		○			7
3-11	文徵明	滿江紅	漠漠輕陰	○	○		○	○	○	○	○			7
7-11	于儒穎	浣溪沙	一片心情眼底柔		○	○	○		○	○	○	○		7
9-4	沈際飛	虞美人	堦前嫩綠和愁長		○		○	○		○		○	○	7
3-4	楊慎	轉應曲	銀燭	○	○		○		○		○			6
3-5	楊慎	浪淘沙	春夢似楊花	○	○	○		○			○			6
4-3	王世貞	望江南	歌起處	○	○			○			○			6
4-4	王世貞	虞美人	浮萍只待楊花去	○	○	○		○			○			6
4-4	王世貞	漁家傲	細雨輕煙裝小暝	○	○	○		○			○			6
4-7	王世懋	如夢令	枝上子規猶鬧	○	○		○	○			○			6
5-5	陳翼飛	字字雙	長城飲馬嘶復嘶		○		○	○	○	○				6
6-9	陳子龍	青玉案	海棠枝上流鶯囀				○	○	○	○	○	○		6
11-2	黃氏	巫山一段雲	巫女朝朝豔		○	○	○		○				○	6
12-14	玄妙洞天少女	謁金門	真堪惜		○		○	○		○			○	6
1-3	劉基	臨江仙	街鼓無聲春漏咽	○	○	○			○					5
1-6	高啓	沁園春	木落時來			○		○		○	○			5
2-8	趙寬	減字木蘭花	寒風吹水	○	○			○		○				5
2-15	周用	滿路花	風前滿地花		○		○		○		○			5
3-4	楊慎	轉應曲	雙燕	○	○	○		○			○			5
3-4	楊慎	轉應曲	促織	○	○	○		○			○			5
3-4	楊慎	昭君怨	樓外東風到早	○	○		○	○		○				5

3-5	楊慎	少年游	紅稠綠暗徧天涯	○	○		○	○		○			5
3-5	楊慎	滿江紅	露重風香	○	○		○			○	○		5
3-14	吳子孝	點絳唇	花信風輕	○			○						5
4-2	李攀龍	長相思	秋風清		○		○	○	○	○			5
4-4	王世貞	虞美人	摩訶池上金絲柳	○	○	○	○						5
4-5	王世貞	玉蝴蝶	記得秋娘	○	○		○		○		○		5
4-13	陳繼儒	攤破浣溪沙	梓樹花香月半明			○	○	○			○		5
5-3	吳兗	漁歌子	千頃蒹葭一釣翁				○		○	○	○		5
5-3	費元祿	賀新郎	瑞腦燒金鼎			○	○		○	○			5
5-11	馬洪	少年游	弄粉調脂		○	○	○			○			5
5-11	馬洪	行香子	紅遍櫻桃				○		○	○	○		5
6-8	陳子龍	望江南	思往事			○			○	○	○		5
6-8	陳子龍	如夢令	紅燭逢迎何處			○		○	○	○			5
10-9	無名氏	踏莎行	佳約偏乖		○	○	○		○				5
11-4	徐媛	霜天曉角	雙峰鬪碧		○	○	○	○				○	5
12-8	王微	搗練子	心縷縷		○		○		○				5
1-3	劉基	少年游	清風收雨	○	○	○							4
1-3	劉基	小重山	月滿江城秋夜長	○	○		○	○					4
1-7	楊基	浣溪沙	鷺股先尋鬪草釵			○	○		○				4
2-2	莫璠	蝶戀花	十里樓臺霧繞		○		○		○	○			4
2-3	徐有貞	千秋歲引	風攬柳絲	○	○		○		○				4
2-13	邊貢	踏莎行	露濕春莎		○			○	○				4
2-13	邊貢	蝶戀花	亭外潮生人欲去		○		○	○		○			4
3-4	楊慎	烏夜啼	雨來江漲波渾	○			○		○				4

編號	詞人	詞牌	首句										計
3-10	文徵明	南鄉子	香暖透春肌	○	○		○			○			4
4-9	林章	孤鶯	為誰拋撒		○		○	○					4
4-11	湯顯祖	好事近	簾外雨絲絲		○		○	○	○				4
4-12	湯顯祖	阮郎歸	不經人事意相關		○		○	○	○				4
4-12	袁黃	鷓鴣天	數疊煙林散翠鬟				○	○	○		○		4
5-4	王衡	點絳脣	濕夢沉沉		○			○	○				4
5-4	王衡	如夢令	風起蘆花如醉		○			○	○				4
5-9	莫是龍	清平樂	春光已半					○	○				4
5-10	吳鼎芳	虞美人	海棠不礙窗紗影			○		○		○			4
5-11	馬洪	滿庭芳	春老園林		○		○		○				4
5-14	顧同應	浪淘沙	生小教人憐		○		○	○	○				4
6-10	陳子龍	蝶戀花	雨外黃昏花外曉				○		○		○	○	4
6-11	陳子龍	桃源憶故人	小樓極望連平楚				○		○	○	○		4
6-14	王彥泓	滿江紅	眼角眉端				○		○				4
7-11	周積賢	南歌子	玉篆沉梟永				○		○	○	○		4
8-2	李明嶽	阿那曲	幾回閒夜停機杼				○	○		○	○		4
10-3	李伊玉	惜分飛	花雨繽紛迷小院		○		○		○				4
10-4	顧眾	浪淘沙	生小弄冰弦		○	○		○					4
10-9	無名氏	踏莎行	香罷宵熏		○	○							4
10-9	無名氏	臨江仙	昨夜驚眠梅雨大		○		○		○				4
11-2	劉碧	浪淘沙	昨夜雨綿綿					○			○	○	4
11-3	王鳳嫻	浣溪沙	曲徑新篁野草香		○				○			○	4
12-4	張紅橋	念奴嬌	鳳凰山下			○			○			○	4
12-9	王微	憶秦娥	多情月		○		○		○			○	4

12-15	王秋英	瀟湘逢故人慢	春光將暮	○	○	○							○	4
1-1	仁宗皇帝	蝶戀花	煙抹霜林秋欲褪					○	○	○				3
1-2	周憲王	鷓鴣天	花簇香鈎淺浣塵			○			○	○				3
1-12	瞿佑	摸魚子	望西湖		○			○		○				3
2-2	莫瑤	蝶戀花	五月涼風來麴院		○			○		○				3
2-5	晶大年	卜算子	粉淚濕鮫綃			○			○	○				3
3-5	楊慎	江月晃重山	臘尾金杯灩灩	○					○	○				3
3-5	楊慎	雨中花	一掬纖腰清瘦	○	○					○				3
3-6	楊慎	水調歌頭	春宵微雨後											3
3-7	張綖	蝶戀花	紫燕雙飛深院靜		○	○	○							3
3-9	夏言	鶴沖天	臨水閣		○		○			○				3
3-9	文徵明	卜算子	酒醒夜堂涼		○				○	○				3
3-14	吳子孝	清平樂	韶光易變	○	○		○							3
4-3	王世貞	重疊金	斷風依約愁砧亂	○	○	○								3
4-4	王世貞	何滿子	卵色遙垂別浦	○	○		○							3
4-8	高濂	西江月	有恨不隨流水		○				○					3
4-8	高濂	風入松	濃煙稠白望中深		○				○	○				3
4-9	陳淳	如夢令	吟罷小池楊柳	○	○		○							3
4-10	林章	更漏子	春山愁			○		○	○					3
4-10	趙南星	水龍吟	春閨忒恁愁人					○	○			○		3
4-11	馮琦	如夢令	竹外瑤華千頃		○				○	○				3

5-4	俞彥	鷓鴣天	淺渚明沙聚碧流			○	○	○		3
5-7	魏浣初	望江南	江南憶			○	○	○		3
5-10	吳鼎芳	惜分飛	紅界枕痕微褪玉		○		○	○		3
6-3	茅維	浣溪沙	四月陂塘水半扉			○	○	○		3
6-7	錢繼章	浣溪沙	春盡園林褪鬧紅			○	○	○		3
6-7	錢繼章	浣溪沙	睡損眉黃澹未添		○	○		○		3
6-9	陳子龍	醜奴兒令	赤欄橋下煙波急			○	○	○		3
6-10	陳子龍	天仙子	十二畫屏圍楚岫				○	○	○	3
6-10	陳子龍	山花子	楊柳淒迷曉霧中				○	○	○	3
6-11	陳子龍	千秋歲	章臺西弄			○		○	○	3
6-11	陳子龍	清平樂	繡簾花散				○	○	○	3
7-2	錢棻	踏莎行	萬乘徒空			○	○	○		3
7-3	魏學濂	浣溪沙	漠漠微寒到水濱			○	○	○		3
7-5	夏完淳	卜算子	秋色到空閨				○	○	○	3
7-7	沈自炳	更漏子	憶情人		○	○		○		3
7-8	沈自炳	虞美人	竹籬陣陣飛花雨		○	○		○		3
7-11	周積賢	望江南	遙想憶			○	○	○		3
7-12	金是瀛	何滿子	憶在玉窗金戶				○	○	○	3
8-1	魏允枏	金明池	燕子磯邊				○	○	○	3
8-3	程頲	西江月	盡日荷鋤治圃			○	○	○		3
8-4	錢繼振	搗練子	春睡足			○	○	○		3
8-5	于玉班	念奴嬌	簾櫳午寂			○	○	○		3
9-2	季孟蓮	滿江紅	燕子何時	○			○	○		3

編號	作者	詞調	首句									次數
9-2	賀裳	蝶戀花	薄暮銀塘風色靜				○	○		○		3
10-3	唐世瀚	攤破浣溪沙	寂寂閒庭雨乍晴					○	○	○		3
10-5	吳楨	西江月	極目煙波渺渺		○			○	○			3
10-9	涵初	柳梢青	碧篠疏篁	○				○	○			3
11-9	葉小鸞	南歌子	門掩瑤琴靜				○	○	○			3
12-3	錢氏	滿庭芳	古樹陰濃					○		○	○	3
12-12	京師妓	瑞鷓鴣	少年曾侍漢梁王		○		○	○				3
12-14	鄭婉娥	念奴嬌	離離禾黍		○		○	○				3
1-2	宣宗皇帝	醉太平	濃雲散雨收					○	○			2
1-4	劉基	瑞龍吟	秋光好					○	○			2
1-5	韓守益	蘇武慢	地湧岷峨					○	○			2
1-6	高啟	行香子	如此紅妝					○				2
1-7	楊基	清平樂	欺煙困雨			○						2
2-4	晶大年	卜算子	楊柳小蠻腰		○		○					2
2-6	沈周	鷓鴣天	慣得輕柔綺陌中				○					2
2-7	吳寬（應作吳子孝）	采桑子	纖雲盡捲天如水	○				○				2
2-12	顧潛	醉春風	紫燕歸來兩		○		○					2
2-14	周用	訴衷情	人間何處有丹丘				○	○				2
3-10	文徵明	風入松	近來無奈病淹留	○	○							2
3-10	文徵明	風入松	西齋睡起雨濛濛		○			○				2
3-13	王慎中	點絳脣	門掩青山				○	○				2
3-14	吳子孝	訴衷情	韶光都過亂離中	○	○							2
3-14	吳子孝	風流子	雨痕消已盡	○	○							2

3-15	薛廷寵	蝶戀花	綠楊枝上黃鸝小				○	○				2
4-13	陳繼儒	攤破浣溪沙	蜂欲分衙燕補巢		○					○		2
4-13	陳繼儒	浪淘沙	風雨霽時晴		○					○		2
4-14	卓發之	菩薩蠻	小玉樓前風雨急			○				○		2
5-3	支如玉	酷相思	新柳月痕初墜				○			○		2
5-4	吳宗達	滿庭芳	蕉長青箋					○		○		2
5-7	錢繼登	浣溪沙	蟬避濃炎靜不譁					○			○	2
5-13	施紹莘	點絳脣	寺枕荒塘				○	○				2
5-14	董斯張	鵲橋仙	輕暖輕寒			○		○				2
5-14	顧同應	柳梢青	六曲窗紗		○						○	2
5-15	孫茂芝	蝶戀花	柳絮捲將春色去				○	○				2
6-5	楊士聰	阮郎歸	風吹黃葉客心驚			○				○		2
6-7	錢繼章	浪淘沙	雲意壓山尖			○		○				2
6-7	錢繼章	謁金門	斜陽促	○		○						2
6-9	陳子龍	江城子	一簾病枕五更鐘							○	○	2
6-10	陳子龍	蝶戀花	裊裊花陰羅襪軟							○	○	2
6-11	陳子龍	畫堂春	豔陽深染杏花梢							○	○	2
6-12	錢棅	浣溪沙	小立幽堦數綠苔			○					○	2
6-12	夏允彝	千秋歲引	澤國微茫			○	○					2
6-13	單恂	浣溪沙	荳蔻花紅滿眼明						○	○		2
7-2	朱一是	二郎神	岷峨萬里						○	○		2
7-3	魏學濂	阮郎歸	去年拋芍種池塘				○			○		2

編號	作者	詞牌	首句									數量
7-4	沈龍	踏莎行	水滿江天				○	○				2
7-5	夏完淳	一翦梅	無限傷心夕照中				○			○		2
7-6	沈泓	江城子	長堤細柳隱虹橋				○	○				2
7-7	沈麐	江城子	浮萍漾曲小橋邊				○	○				2
7-7	沈自炳	中興樂	芙蓉池上露初涼			○				○		2
7-9	許友	眼兒媚	精魂石上憶三生			○				○		2
7-12	計南陽	花非花	同心花							○	○	2
7-12	張天湜	歸自謠	更漏歇						○	○		2
7-13	沈謙	鵲橋仙	粉痕微坼						○		○	2
7-14	沈謙	東風無力	翠密紅疏						○		○	2
7-14	沈謙	滿江紅	一翦鶯梭						○		○	2
7-14	沈謙	喜遷鶯	水鳩鳴屋						○		○	2
8-2	張逸	桂枝香	天高氣肅			○				○		2
8-2	李元組	望江東	一幅春光明更美				○			○		2
8-3	胡楷行	離亭燕	歸雁行行啼哷				○	○				2
8-5	張杞	浣溪沙	苔草無人半入泥	○		○						2
8-6	胡介	滿江紅	走馬歸來			○			○			2
8-7	孟稱舜	卜算子	回首望西陵		○	○						2
8-11	徐士俊	好事近	剪亂海棠絲						○	○		2
9-2	錢光繡	臨江仙	酒國投時輒醉					○		○		2
9-3	賀裳	漁家傲	啼罷荒雞衰雁接				○	○				2
9-5	杜濬	浣溪沙	曲曲紅橋漲碧流						○	○		2
9-9	孫紹祖	謁金門	春雨足				○			○		2

序號	作者	詞牌	首句								總數
9-10	顧志	生查子	幽香度月遲				○	○			2
9-10	張草	生查子	寒井下梧桐			○	○				2
9-10	張草	南鄉子	芳草翠煙濃				○	○			2
9-11	張草	何滿子	月破秋寒灘背			○	○				2
10-2	陸亮輔	桃源憶故人	桃花碎影江如靛				○		○		2
10-2	裘律	小重山	山遶平湖鏡遶山				○		○		2
10-3	江廣	昭君怨	低映垂簾庭院				○		○		2
10-4	喻綜	南浦	天高氣爽				○	○			2
10-4	張仲立	浣溪沙	淺束深粧最可憐			○	○				2
10-4	倪撫	菩薩蠻	年年白放春歸去				○		○		2
10-6	沈士壙	鵲橋仙	澄潭集網			○		○			2
10-6	沈鍾鶴	虞美人	春光九十誰分取			○		○			2
10-6	陸釋麟	八聲甘州	曉風清、灘灘待潮生				○	○			2
10-7	梁木公	蝶戀花	野草含煙鋪紫陌	○	○						2
10-7	秦公庸	卜算子	憶昔約佳期	○	○						2
10-7	梁希聲	浣溪沙	滿徑殘花襯履行	○	○						2
10-7	吳莫勝	浣溪沙	午夢誰驚樹影搖	○	○						2
10-8	陳琴溪	漁家傲	蕩漾明波晴畫永	○	○						2
10-8	張卿玉	青門引	水曲紅波冷	○	○						2
11-2	端淑卿	阮郎歸	園林春到清明節				○			○	2
11-4	王鳳嫻	臨江仙	珠簾不捲銀蟾透				○			○	2

編號	作者	詞牌	首句												計
11-4	陸卿子	憶秦娥	砧聲咽							○				○	2
11-4	陸卿子	畫堂春	晴空煙裊柳絲微							○				○	2
11-5	朱盛藻	蝶戀花	永日三眠聾較憮							○				○	2
11-5	沈宜修	浣溪沙	淡薄輕陰拾翠天						○	○					2
11-6	張倩倩	蝶戀花	漠漠輕陰籠竹院							○				○	2
11-7	商景蘭	搗練子	長相思							○				○	2
11-9	葉小鸞	浣溪沙	幾日東風倚畫樓							○				○	2
11-10	葉小鸞	謁金門	情脈脈						○					○	2
11-10	沈靜專	蝶戀花	舞向低檐依嫩綠							○				○	2
11-11	吳綃	憶王孫	寒砧風急搗衣秋										○	○	2
11-12	張引元	點絳脣	細雨初晴							○				○	2
11-14	周蘭秀	浣溪沙	雨過池塘萬綠生							○				○	2
11-14	武氏	如夢令	畫閣閑吟玉案							○				○	2
12-2	顧若璞	長相思	梅子青							○				○	2
12-8	楊宛	浪淘沙	盡日若含愁							○				○	2
12-8	王微	如夢令	月到閒庭如畫						○					○	2
12-14	翠微	憶秦娥	楊枝裊			○								○	2
1-5	貝瓊	水龍吟	楚天歸雁千行					○							1
1-7	楊基	夏初臨	瘦綠添肥				○								1
1-8	高明	鷓鴣天	綠玉參差傍短楹						○						1
1-11	解縉	長相思	吳山深						○						1
1-11	胡儼	三臺令	樓上角聲嗚咽							○					1

編號	作者	詞牌	首句										總計
2-6	湯允勳	浣溪沙	燕壘雛空日正長						○				1
2-6	姚綬	玉樓春	東風寒悄人何處							○			1
2-11	祝允明	蝶戀花	鬧蝶窺春花性淺					○					1
2-12	顧潛	洞仙歌	婁江一碧		○								1
3-2	陸深	風入松	綠窗午枕睡初酣						○				1
3-3	吳山	清平樂	秋光如許						○				1
3-6	盧雍	蝶戀花	野樹煙生斜日墮		○								1
3-7	張綖	風流子	新陽上簾幌		○								1
3-10	文徵明	風入松	夜涼斜倚赤闌橋	○									1
3-11	陸楫	望海潮	江帆飛雨					○					1
3-12	盧襄	蝶戀花	城上危樓驚欲墮		○								1
3-12	陸埛	臨江仙	病後衣裳慵對客					○					1
4-3	王世貞	浣溪沙	窗外閒絲自在遊		○								1
4-6	鄔仁卿	沁園春	十里江城						○				1
4-7	王錫爵	南歌子	月色依微照						○				1
4-9	彭年	風入松	雨餘山閣洗炎囂					○					1
4-11	屠隆	清江裂石	淼淼重湖背郭斜					○					1
4-13	王肯堂	多麗	步花陰						○				1
4-14	儲昌祚	清平樂	雪眠風掃						○				1
4-14	賀彥登	菩薩蠻	綠窗擁被鴛呼醒								○		1
5-2	范鳳翼	減字木蘭花	晴雲如絮								○		1
5-4	俞彥	長相思	折花枝								○		1

5-5	魏大中	臨江仙	埋沒錢塘歌吹裏							○		1
5-6	焦源溥	醉花陰	紅綴繁枝鶯語巧				○					1
5-6	錢士升	滿庭芳	往事千端							○		1
5-7	阮大鋮	減字木蘭花	春光漸老							○		1
5-7	王坊	一斛珠	翻空紅雨					○				1
5-8	張名由	南歌子	晚霽收梅雨				○					1
5-9	張瑋	雙雙燕	披蓬探隱				○					1
5-12	馬洪	東風第一枝	餌玉餐香	○								1
5-12	施紹莘	如夢令	日約樓陰初整				○					1
5-15	范文光	浣溪沙	夙世剛修半面緣							○		1
5-15	徐石麒	拂霓裳	望中原				○					1
5-16	王屋	臨江仙	獨訪柴門深竹裏								○	1
5-16	葉紹袁	水龍吟	寂寥蘋渚蘅皋								○	1
5-16	陸錫明	點絳脣	三尺冰弦				○					1
5-17	江臏	浣溪沙	宿雨酣花黯未收								○	1
5-17	范沉	望江怨	蘭房曉							○		1
5-17	汪廷訥	玉樓春	畫圖開處飛鶯燕		○							1
6-1	馮鼎位	南鄉子	曉霧如煙						○			1
6-2	馮鼎位	減字木蘭花	長亭淒絕						○			1
6-2	馮鼎位	鹽角兒	春分過也						○			1
6-2	馮鼎位	攤破浣溪沙	遲日青驄緩轡行						○			1
6-2	馮鼎位	子夜歌	上西樓、曲屏暮靄						○			1

6-3	卓人月	瑞鷓鴣	城中火樹落金錢					○				1
6-5	萬壽祺	眼兒媚	花弄香紋春滿樓							○		1
6-5	支如增	如夢令	又見東風吹遍				○					1
6-6	路邁	浪淘沙	花柳漫凝眸								○	1
6-6	吳本泰	滿江紅	白雁南飛						○			1
6-7	歐陽鉉	柳梢青	春去楊花				○					1
6-8	陳子龍	浣溪沙	半枕輕寒淚暗流							○		1
6-10	陳子龍	天仙子	古道棠梨寒惻惻							○		1
6-11	陳子龍	醉紅妝	空庭星露暗香消							○		1
6-12	方大猷	南歌子	蓬鬢驚堆雪								○	1
6-14	周世臣	應天長	溪南溪北橋橫木				○					1
6-14	周世臣	蝶戀花	今夜相思有幾許				○					1
6-15	錢應金	踏莎行	銅雀春深				○					1
6-16	萬日吉	踏莎行	芍藥香凝				○					1
6-16	呂福生	多麗	夜未央				○					1
6-16	沈寃	菩薩蠻	朦朧倦蝶和花睡							○		1
6-16	宋存標	醉花陰	香散飛花衣袖窄							○		1
7-1	朱一是	憶少年	沉沉永夜						○			1
7-2	關鍵	鵲踏花翻	澹沱瓊粧								○	1
7-3	王泰際	浪淘沙	高閣掩春殘					○				1
7-4	宮偉鏐	念奴嬌	蕭娘樓畔							○		1
7-4	徐遠	踏莎行	零雨初收							○		1
7-6	夏完淳	魚游春水	離愁心上住				○					1

7-7	沈麐	如夢令	月枕紗籠酒後				○					1
7-8	韓曾駒	虞美人	落花不爲隨春去					○				1
7-8	張綱孫	浣溪沙	白舫青簾映碧流					○				1
7-9	周永年	山花子	低鬟攏花夢半醒						○			1
7-12	計南陽	如夢令	長樂晨鐘初動					○				1
7-12	沈謙	清平樂	香羅曾寄						○			1
7-13	沈謙	浣溪沙	繡領垂髫不解愁					○				1
7-13	沈謙	蘇幕遮	樹鶯藏蘭雪擁						○			1
7-13	沈謙	蘇幕遮	燕聲嬌					○				1
7-13	沈謙	月籠沙	簾外潺潺暮雨					○				1
7-14	沈謙	月籠沙	半暖蘭邊玉手					○				1
7-15	沈謙	一萼紅	漫窺簾					○				1
7-15	李標	踏莎行	硯點飛花						○			1
8-3	程翮	玉樓春	子規啼過楊花路						○			1
8-3	程翮	錦堂春	玉簟寒生暮雨						○			1
8-4	張大烈	阮郎歸	綠陰鋪野換新光				○					1
8-4	張大烈	少年游	蕭瑟秋風古渡橋				○					1
8-5	沈懋德	菩薩蠻	江聲洶洶魚龍老				○					1
8-7	戈止	風入松	生涯應作浣花翁			○						1
8-11	爰丹生	金明池	斷雁西風						○			1
9-3	李煒	浣溪沙	修竹天寒倚翠娥					○				1

序號	作者	詞牌	首句	1	2	3	4	5	6	7	8	9	計
9-3	李煒	南鄉子	談笑解吳鈎								○		1
9-5	姜實節	臨江仙	夢斷羅幃春睡淺								○		1
9-5	錢士貢	行香子	桃浪溶溶								○		1
9-5	紀映鍾	風中柳	春盡荒城								○		1
9-6	陸嘉淑	漢宮春	極目平蕪						○				1
9-6	韓純玉	虞美人	一簾花影春風夜						○				1
9-7	周篔	生查子	徑轉翠屏開								○		1
9-8	周篔	東風第一枝	南浦拏舟								○		1
9-8	周篔	東風第一枝	六寺煙深								○		1
9-9	朱茂暭	驀山溪	雲藍小袖								○		1
9-9	朱茂暭	選冠子	半枕留寒								○		1
9-10	顧朝楨	菩薩蠻	籠煙弱柳絲如帶					○					1
9-10	裘昌今	醉花陰	窗前疏雨冷瀟瀟					○					1
9-11	張草	金菊對芙蓉	寒漏初更					○					1
10-2	方文席	何滿子	簾下楊花似雪					○					1
10-3	胡文煥	一翦梅	雲葉銀牀落井柯					○					1
10-5	徐爾鉉	臨江仙	春光不奈人煩惱					○					1
10-5	霍達	意難忘	雨顫風搖					○					1
10-6	郭輔畿	浣溪沙	海比相思尚有涯					○					1
10-8	天隨子	南鄉子	風雨滿長亭					○					1
10-8	杜陵生	南歌子	草暖鴛鴦泊					○					1
11-7	沈憲英	點絳脣	簾外輕寒									○	1
11-8	葉紈紈	浣溪沙	幾日輕寒懶上樓					○					1

11-9	葉小鸞	虞美人	深深一點紅光小						○					1
11-9	葉小鸞	浣溪沙	紅袖香濃日上初						○					1
11-11	申蕙	長相思	月滿衣										○	1
11-11	張嫻倩	菩薩蠻	風捲落花愁不歇										○	1
11-12	顧道善	滿江紅	禾黍斜陽										○	1
11-13	王朗	浪淘沙	疏雨滴青蕪									○		1
11-14	翁孺安	浣溪沙	雁陣纔過字一行										○	1
12-2	韓智玥	浣溪沙	玉筯雙垂薄袖寒										○	1
12-2	吳朏	滿江紅	雨抹荷池							○				1
12-3	郭王雪	思帝鄉	紅燭冷										○	1
12-7	趙燕	長相思	去悠悠						○					1
12-12	蘇世讓	憶王孫	無端花絮曉隨風						○					1
12-13	鎖懋堅	菩薩蠻	曉鐘纔到春偏度						○					1
12-13	王氏	秋波媚	流水東回憶故秋										○	1
12-13	沈靜筠	鷓鴣天	一片春光遍九宵										○	1

書　影

書影一　王昶像

圖片出處：《中國歷代名人圖鑑》，蘇州大學圖書館編著，瞿冠群、華人德執
筆，上海：上海書畫出版社，1989年1月

書影二 《歷朝詞綜》一般芳艸盦藏本

（光緒壬寅金匱浦氏重修本，台灣師範大學圖書館藏）

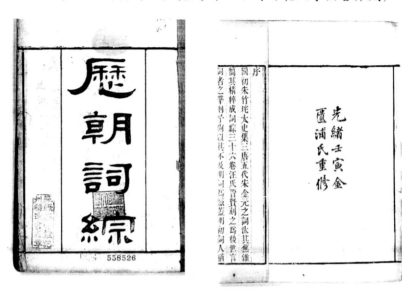

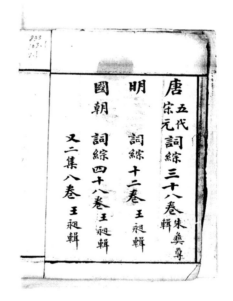